U0131212

漢武帝 下

皇權的邏輯

霧滿攔江 著

目錄

上冊

第二章 奪宮惡戰

第三章 漢武帝敗走後宮

第四章 江湖夜雨十年燈

第五章
帝國死亡筆記

第六章
戰天下

第七章 官民貨幣大戰

第八章

慘勝於黃昏之際

第九章

迷案連連

下冊

第十章 黑暗前夜

第十一章 西域傳奇

第十二章
南方驚變

第十三章
愛國者搗蛋

第十四章

詭異的戰事

第十五章

背水之戰

第十六章

陰謀籠罩的帝國

第十七章

噬血狂魔

第十八章

最後的陷阱

第十九章

悲哀的傀儡

第二十章

尾聲：牧蟻物語

第十章——

黑暗前夜

愚蠢是人類的天性

李蔡死後，新的丞相之位空缺，一時朝中矚目。

此時，朝中威望最高的，就是御史大夫張湯了。他公開說：「丞相之位，舍我其誰？不是，我的意思是說，我的精力還可以，對陛下赤膽忠心，如果陛下委任我更繁重的工作，我想我也能勝任的。」

這時候漢武帝傳張湯覲見，問：「阿湯呀，你說現在官員中，哪個最合適出任丞相呢？」

張湯心裡說：陛下，你眼瞎呀，看不到最優秀的丞相人選，就在你面前嗎？可是做人要低調，這道理張湯還是懂得的。就說：「陛下，丞相人選，茲事體大，請陛下容臣想一想，稍後答覆陛下。」

張湯出來，匆匆找到太子少傅，把他悄悄拉到一邊。

太子少傅，聽這官職名字，就知道是個陪太子讀書的閒官，太子的輔導老師是也。他的名字叫莊青翟，祖上也是跟隨漢高祖劉邦打天下的，但他的祖宗沒名氣沒地位，而莊青翟自己，也得靠了讀書，才能勉強立足於朝堂之上。

張湯對莊青翟說：「小莊，我待你咋樣？」
莊青翟：「沒說的，夠意思。」
張湯：「那如果我有事需要你，你的態度如何？」
莊青翟：「水裡來，火裡去，沒二話！」
張湯道：「那好，小莊，現在我有件事，需要你幫忙。剛才呢，陛下找我，詢問丞相的人選，徵求我的意見和態度。我準備推薦你。」
莊青翟大喜：「謝過御史大夫，你是我們家人恩公，你對我簡直是恩同再造，我莊家定當結草銜環，代代相報。」
張湯大詫：「你等等，啥意思你這是？小莊，你真以為你自己幹得了這個丞相？」
莊青翟比張湯更詫異：「怎麼就幹不了？」
張湯：「小莊啊，愚蠢是人類的天性，但有了自知之明，才勉強不算蠢啊。」
莊青翟：「御史大夫，你到底是啥意思呀？」
張湯歎了口氣：「你看你這叫一個笨。聽我跟你說，你的腦子呢，有個重大特點——不夠用！別說做丞相了，就是做個小小太子少傅，離了我罩著你，你早被人家掃地出門了。簡單說吧，你根本就不是做丞相的料，所以呢，我就偏在陛下面前推薦你，陛下的態度不用說了，肯定不信任你。你最好的選擇，是表示自己能力不夠，還需要跟在領導身後認真學習，堅決請辭。然後呢，你再力推我來做丞相，我資格老呀，現在是朝中最有威望的。這個丞相不由我來做，誰還有資格？」
莊青翟失望地看著張湯，口中發出含糊不清的奇怪聲音：「哦，哦，哦哦哦。」
張湯繼續說道：「你哦個屁呀哦，小莊這樣一來，你因為亮節高風，自知者明，就會贏得陛下對你最大的賞識，對你日後的地位，極有幫助。說不定哪一天，你也會像我一樣，坐到丞相的位置上來。」

莊青翟：「我聽明白了，就是你推薦我，我不幹，再推薦你，是不是？」

張湯：「然也，你也不算太蠢嘛。」

莊青翟：「好吧，我聽你的就是了。」

於是張湯興沖沖地帶著莊青翟回來：「陛下，臣想了又想，終於想到了個最適合於做丞相之人。」

漢武帝：「是誰呀？」

張湯：「就是太子少傅莊青翟！」

說出「太子少傅」四個字時，張湯提高了聲音，提醒漢武帝，莊青翟只是個死讀書的悶頭瓜，是朝中最不適合丞相的人選。

可沒想到，漢武帝只是輕輕地「唔」了一聲，轉向莊青翟：「莊青翟？你有沒有信心，履行好丞相職務？」

就聽莊青翟朗聲答道：「莊青翟謝過陛下知遇之恩，臣一定竭忠盡智，為陛下分憂。」

漢武帝心不在焉地道：「這就好，這樣最好……」身體慢慢栽倒，臉色青紫，口吐白沫。

莊青翟竟然沒有推辭丞相的任命，而是借坡下驢，一口答應了下來。跪在一邊的張湯，頓時傻了眼。如果不是在皇帝面前，他肯定會破口大罵起來：「莊青翟，你他媽的，做人可以這樣不要臉嗎？」

氣憤之下，殺機頓起。張湯目露凶光，在心裡說：姓莊的，老子若不弄死你，就是你妹子養出來的！

因為太過於悲怒，張湯沒有注意到，漢武帝已經栽倒，幾名宮監急衝上來：「陛下，你怎麼了？陛下？陛下你醒醒，快叫太醫來，快快快，陛下他病倒了。」

神仙都是段子手

漢武帝患病，臥床不起。

病得很重，昏熱，冷寒，清醒時就會陷入恐怖的噩夢。

在夢中，武帝夢到許多穿著奇怪衣服的人，這些人有他爹景帝，他爺爺文帝，甚至還有老祖宗劉邦。他們操著陌生的語言，穿著奇怪的衣服，手拿不可解釋的器具，無休止地追殺漢武帝。眼看就要被他們抓到活活打死，幸虧漢武帝一個機靈：對，這是夢，我只要醒來就沒事了。

睜開眼睛，追殺他的怪人們消失了。漢武帝心中仍是悻悻不已，把夢告訴身邊人，又昏昏入睡。睡著了後，又進入那個恐怖的夢。就見那夥怪人指著他哈哈大笑：「啊，小樣的漢武帝，你他媽的還敢回來呀，給我往死裡打！」哎喲我的天，這下子，武帝連入睡都不敢了。

武帝遇魘，朝廷震惶。

事情嚴重了，各地巫師接到快馬催促，紛紛入長安替武帝診斷。摸過武帝的脈象後，巫師們會診，會上通過了一致性的意見：陛下的病，得得不對勁，我們是束手無策的。但有個巫師肯定能治，這個巫師，原來是個智商平平的凡人，可是有一天他患重病，被不知什麼神靈附體，從此成為無所不能的巫者。只不過，此人無名無姓，也無居住地址，要想找到他，得憑運氣。

帝國體制立即進入高速運轉，很快就把這個無名的巫者找到了。巫者立即奔赴甘泉宮，開始祭祀與祈禱。

漢武帝派使者去見巫者，問：「陛下的病情，究竟是怎麼回事？到底是哪條道上的邪魔，竟然糾纏陛下？」

巫者答：「不要問這個問題，只等陛下病情好了，來此見吾便是。」

果然，漢武帝的病很快好了，他來到甘泉宮，與神靈見面。但令人驚奇的是，神靈無形無體，只有一個飄忽不定的聲音。

此後一段時間，武帝沉迷於與這個聲音的交流之中。此聲音來去無蹤，但經過時必有風聲穆穆。每天，聲音都會說些營養價值不高的心靈雞湯：無非不過是人生太短，歲月太長，有一種感覺叫失眠，有一種心疼叫失戀……又或是：知冷知熱才是心，相守相望才是愛，不離不棄才是情，一生一世才是真。總之都是些無病呻吟的小資情調，格調不高品味也差。

敢情這神靈，竟然是個段子手（寫網路段子的）。

但漢武帝，被這些無厘頭的心靈雞湯迷住了。他每天拿著筆，認真記錄聲音傳遞來的這些廢話，記錄了好久。但此事屬於帝國最高機密，身邊人禁止洩露，所以無人知道。

有一天，漢武帝又像往常一樣，離開皇宮，前往甘泉宮去記錄心靈雞湯。這時候他的健康已經恢復，終於有精神坐於車上，不怒而威地環視四周了。

這一環視，漢武帝差點沒氣死。

只見從皇宮往甘泉宮的路上，草木不整，道路失修，枯枝敗葉滿地，觸目無限淒涼。

當時漢武帝就火了，問：「這條道路，是由誰負責監督掃理？」

身邊的親信小心回答：「陛下，是義縱負責。」

哦，是殺人狂義縱。漢武帝陷入沉思：「神靈的心靈雞湯段子，還是有價值的，比如說神靈經常說，你凝視黑暗久了，就成為黑暗的一部分。神靈還說：你心裡有什麼，就會看到什麼。你們猜，朕這時候想到誰了？」

近侍諛笑：「陛下天縱英武，我們這等愚昧之輩，又如何會猜得到？」

「我想到的是卜式，道德模範。」漢武帝說，「還是要弘揚正能量呀！」

錯走上萬家生佛的邪路

公元前一一七年，漢武帝三十九歲。

這一年氣象詭異，冬天降雨，無冰無霜。

漢武帝發布詔令：向卜式同志學習。

卜式，漢帝國曾推出的道德模範，他多次上書，表態捐獻全部家產打匈奴，同時他要率全部家人上戰場。武帝因此樹立他為楷模，重獎厚賞，並號召民眾踴躍效法。

漢武帝派出了一個采風小組，奔赴卜式家鄉，進行深入調查。調查表明，卜式對陛下的赤膽忠心，已經在卜家持續了幾代人。有無數先進事蹟，在當地廣為流傳。新的巡迴報告講演隊伍組織起來，奔赴各地。演講者登上高台，充滿激情地宣傳卜式的無私奉獻精神，並大聲疾呼：「向卜式學習，捐獻出你全部的家產。財產捐光，幸福安康！家留一文，羞恥丟人！我捐家財我快樂，卜式精神伴隨我。」宣傳標語口號，扎實到位。

就這麼搞了段時間，漢武帝問管理帳目的桑弘羊：「咋樣了？收上來的錢，夠打一場大戰役的了吧？」

桑弘羊苦著臉：「陛下，根本就沒錢收上來，別說打場大戰役，就連一個小衝鋒都不夠。」

漢武帝沉下了臉：「無恥！自私！倘不能夠抓住這難得的機會，迅速解決問題，等匈奴恢復過來，這些短視齷齪的刁民，俱無噍類矣！」

桑弘羊點頭：「陛下聖明，好不容易把匈奴打殘，只要再有次規模性戰役，就能夠畢其功於一役了。可是，可是陛下，能夠體會陛下憐惜天下子民苦心之人，少之又少呀。」

「少也沒關係，」漢武帝笑道，「朕派楊可，跟他們講清楚這個道理。」

楊可，是負責監督百姓申報財產，若被人舉報，就由他來清查的小號酷吏，名氣不大，但瑣事極多。他接受了漢武帝布置下來的任務，立即發布告示：幾年前，聖明天子憐憫蒼生子民之艱辛，頒旨允許百姓主動申報家產，除保留必要的衣食之外，餘者徵稅於朝廷，唯其如此，才能夠讓天下萬民，每個人都過上幸福安康的快樂生活。但時至今日，刁猾之民賊心不死，躲在陰暗的角落裡煽陰風點鬼火，夜晚於院中挖坑埋藏浮財。這無恥的行徑，激起了帝國臣民的無限憤怒，鑒於越來越多的正義人士主動站出來，檢舉揭發刁猾之民瞞報家財的罪行。聖天子為嘉獎正義人士，弘揚人間正氣，傳遞正能量，重申舉凡舉報者，可獲得被舉報的刁民之家的一半財產，被舉報的刁民，一律流放到邊關。

新的政令再出，民間頓時沸沸揚揚，那些覬覦鄰家財產或是女人者，紛紛捕風捉影，向當地官府舉報。一時間此類案子數量激增，各地官員數量不足，忙得焦頭爛額，只好請求朝廷支持。

漢武帝對此早有所料，奔赴各地的巡視小組早已準備就緒，這時候紛紛出發，去各地抓捕百姓。

就這樣過了段時間，心急的漢武帝把桑弘羊叫過去：「怎麼樣了？這次錢應該夠了吧？」

桑弘羊：「還不夠，差得太遠。」

武帝大驚：「怎麼會？朕已經派出官吏，去沒收刁民財產，那些錢哪兒去了？」

「錢？」桑弘羊為難地道，「臣也不清楚，恐怕這事得問楊可。」

楊可來了，「撲通」一聲趴漢武帝腳下：「陛下，陛下，這事不怪臣，臣已經盡了力呀。」

漢武帝冷冰冰地問：「我來問你，你派出去的人，在哪裡？」

楊可：「實告陛下，他們都被關在了監獄裡。」

漢武帝懵了：「啥？他們怎麼會在監獄裡？」

「就是，」楊可哭道，「陛下，是酷吏義縱把他們抓起來的。這事也出乎臣之意料。」

漢武帝納悶：「義縱，他好端端的，抓你的人幹什麼？」

楊可道：「陛下，義縱說，我派出的專案組捕捉百姓過甚，嚴重擾民，違反法律，所以把他們全抓了。」

「這真是邪門，」漢武帝失神坐下，困惑不解，「這個義縱，他當初做定襄太守，一日之間殺囚犯並探監家屬四百多人，這是多麼大的手筆？可現在的他，思想怎麼會發生這麼大的變化，錯走到萬家生佛的邪路上去？」

再考慮武帝病時，義縱拒絕修治皇宮到甘泉宮的道路。這兩個資料整合在一起，就只能得出唯一的結論：

義縱，他之所以在定襄血腥嗜殺，並非是他本意如此。而是他善於揣摩上意，知道漢武帝正在尋找視人命為草芥的殺人狂徒，以為鷹犬之用。而當他升官後，恰好漢武帝病重。他顯然是估摸著，武帝命不久矣，所以改變了自己的行為方式，用這種法子改善名聲，收買人心，給自己留條後路。

是不是這樣呢？

不清楚。

漢武帝也沒心思弄清楚：「傳旨，義縱公然抗旨，阻撓公務，將其於鬧市中處死。」

下一個，大司農顏異。

酷吏刑案實錄

顏異，官拜大司農。他在朝中沒有任何人脈，但誰也比不了他的背景深厚。

他是孔子門下，最優秀的弟子顏回的第十代孫子。年輕時，他做過一個小小的亭長，因為正直廉潔，因而獲得機會進入朝廷，並最終成為九卿之一。

武帝推行全新積極貨幣政策，先是五銖錢改三銖，三銖改兩銖半，然後兩銖半改三銖，三銖再改五銖。這樣改過去，再改回來，通脹或緊縮，只是個意外的效果。真正的目的，就是讓百姓手裡的銅錢，徹底喪失價值。

這招果然狠辣，許多百姓辛辛苦苦積攢點家財，幣制一改，舊銅錢作廢，老百姓的積累頓化烏有，頓時就傻眼了。

於是民間應時出現了鑄錢培訓班。幾乎所有的百姓全都以飽滿的熱情，以各種方式參加了學習，雖然沒有畢業文憑可拿，但都學會了鑄錢之法。這樣一來，五銖錢作廢，百姓們立即積極地生產三銖錢，三銖錢作廢，大家立即轉產兩銖半錢。就這樣你有政策，我有對策，百姓總算在這風雲變幻的大時代，獲得一線存活機會。

但是，告發及株連政策，端的狠辣。因為舉報的成本低廉，只需要一紙書信，就能夠獲得別人的一半財產。於是民間形成了舉報狂熱，地方官每天加班加點，連吃飯時間都不離開刑場，不停地斬殺被舉報的人。

從五銖錢政策推行以來，短短時間內，民間百姓因為被別人舉報，而被斬首的人數，已經超過十萬人。這個數量，遠高於漠北戰場上死亡的將士數目。

這就是說，當時的漢帝國，死亡率最高的地方，不是戰場，而是百姓的家中。

但，只打擊天下百姓，遠不夠湊足更大規模戰爭的貨幣需求。

由是天才的發明大師漢武帝，推出了他舉世無雙的新型幣種，專門用以賣給封王與列侯們的皮幣。

皮幣最大的優勢，是無法偽造，因為用來製造這種貨幣的原料白鹿，只有漢武帝的御苑中才有。

漢武帝讓張湯負責製造皮幣。張湯只懂法律，不懂貨幣學，就來向大司農顏異詢問。顏異詫異地問：「為什麼要製造這種怪東西呢？」

張湯回答：「這是錢呀，老顏你莫非跟錢有仇？」

顏異回答：「當年我十世祖宗顏回，在孔聖人身邊學習時，聖人曾經耳提面命，教導曰，『足食，足兵，民信之矣。』子還曰過，『自古皆有死，民無信不立。』夫治理國家，以信用為先，誰聽說過弄張白鹿皮，定個嚇死人的高價，就能夠讓國家強大的呢？」

張湯問：「老顏，你的意思，莫非是說這皮幣，屬於溢價發行嗎？」

「當然是溢價！」顏異說，「一張鹿皮，再貴還能貴到哪去？封王們進獻的最高質量的美玉，也不過價值幾千錢，可這麼一塊鹿皮，就敢開價四十萬錢。你自己說，這不是太缺德了？」

張湯：「哦，老顏，我明白你的意思了，等我去問問陛下。」

張湯回來，把顏異的話，告訴漢武帝。漢武帝憤怒地說：「我就知道，每當帝國的經濟發展，蒸蒸日上之時，總會有別有用心的人，跳出來興風作浪。顏異此人，對朕及朝廷心懷不滿久矣，但他平日裡隱藏得極深，朕也是心太軟，每次都想再給他個機會，可誰知道，由於朕的姑息，最終讓顏異走到了與朕、與朝廷、與天下人為敵的錯誤道路上去。」

張湯：「陛下，臣明白了。」

於是張湯遣人告發顏異，再由張湯，親審顏異之案。

顏異披枷帶鎖，立於堂下，大聲說：「張湯，你這個奸詐小人，想誣陷我嗎？沒那麼容易！儘管把你的刑具拿過來，看看聖人族裔，骨頭有多麼的剛硬。曾子曰：可寄百里之命，可托三尺之孤，哼，怕了你才怪。」

張湯搖頭：「顏異，你把我看成什麼人了？說什麼刑具骨頭的，這是對我張湯最無恥的詆毀。告訴你，我張湯斷案，向來是以事實為依據，以法律為準繩。我既然審理此案，就一定要做到公開公正公平，也一定要讓你心服口服。」

「那好！」顏異問，「子曾經曰，『知之為知之，不知為不知，是知也。』張湯，你說來聽聽，我犯了何罪？」

張湯打開厚厚的案卷：「顏異呀，這事要等我說出來，那就沒意思了。」

顏異：「我還真好奇，想聽聽你手裡有我的什麼犯罪證據。」

張湯撇撇嘴：「老顏呀，子有沒有曰過，不見棺材不落淚，不到黃河心不死，這說的就是你！

哼，幾日前，你在家裡與來訪的客人閒聊，那客人譏諷天子的時策殘酷暴戾，待小民苛毒已極，此事有還是沒有？」

顏異：「子曾經曰過，有朋自遠方來，不亦坑爹乎？當時在場的，只有我們兩個人，他說的話，入我之耳，根本沒第三個人聽到。明白了，原來那客人是你派去的線人，專門誘我入彀。」

張湯大喝：「老顏，你認真點，這事有還是沒有？」

顏異：「子曾經曰過……算了，子也別曰了，沒錯，這事是有！」

張湯：「你承認就好，下一個問題。當客人詆毀天子策令時，你有何反應？」

顏異：「我沒什麼反應。」

張湯：「嗯？老顏呀，實話瞎說，這可不像你。」

顏異：「你把客人叫來，我敢當面跟他對質。我當時什麼話也沒說。」

張湯突然一拍案几：「但是，當時你的嘴角，向下撇了一下。」

顏異：「我的嘴角？向下撇了一下？」

張湯：「嗯。」

顏異：「就算有這麼回事，又能證明什麼？」

張湯：「證明你對陛下心懷不滿，腹誹陛下的政令。」

顏異：「開玩笑，你說我腹誹我就腹誹？敢情你是我肚子裡的蛔蟲，我想什麼你都知道？」

張湯：「如此說來，你承認了？」

顏異：「承認你媽蛋！張湯，你這是審案嗎？我看你純粹是瞎胡鬧！我大漢律令，根本就沒有腹誹這一條。」

張湯：「不好意思，腹誹之罪，是我昨夜請示了陛下，今天早上剛剛添加上的。」

顏異：「張湯你你你你捏造律條，陷害忠良。」

張湯「啪」地一拍堂木：「全體起立，現在宣判：大司農顏異，身為九卿，看到詔令有不當之處，不進宮向天子奏明，而在心中誹謗，腹誹之罪，惡莫大焉，論罪處死。」

顏異被處死，腹誹罪名從此成為口袋罪。朝官個個驚心，列侯人人膽戰，不管是入宮還是出門，一定要在臉上擠出充滿自信陽光燦爛的笑容。生恐只因為臉色難看，就被控以腹誹。

死亡名單越來越長，名單上的下一個人，卻讓所有人大吃一驚。

皇家出了個強盜王

公元前一一六年，漢武帝劉徹四十歲。

這一年，濟東王劉彭離，成為當仁不讓的主角——實際上，這一年無論漢國還是匈奴，都沒有什麼事件發生，唯一引發朝野關注的，就是劉彭離的倒行逆施。

說起這濟東王劉彭離，他算是漢武帝的仇家。因為劉彭離的生父，是早年間與漢武帝爭奪過帝位的梁王劉武。

梁王劉武，他是漢景帝的同母弟弟。漢武帝劉徹年紀還小時，劉武一度成為皇嗣的熱門奪標人選。但最終，梁王錯失帝位，於五足異獸出世的奇怪年景，暴病身亡。

梁王死後，他的一個兒子劉彭離，被封為濟東王。

但這位劉彭離，自打當了王爺，衣朱紫，食金玉，身邊有美貌的婢女與姬妾環繞，劉彭離卻痛苦不堪，坐臥不寧。

他說：「我不快樂！這不是我想要的生活。」

然則，他想要的生活，是什麼樣子呢？

劉彭離自己也說不上來，但是他說：「我的地盤我做主，我的生命我安排。」

於是他打起一個小包裹，離開了富麗堂皇的王府：走四方，路迢迢水長長，迷迷茫茫，一村又一莊。看斜陽，落下去又回來，地不老天不荒，歲月長又長……正值迷茫之際，劉彭離突然看到，前方有個身材嚴重不貼譜（合乎準則）的村姑，手裡夾著個小包裹，正一個人走在路上。

看到前面的村姑，劉彭離突然感受到了一種生命的戰慄。有一種熟悉而又陌生的感覺，如激潮般突然湧至，將他全部的身心，裹脅於其中。這種感覺是什麼呢？呼之欲出卻又遙不可及，親切溫暖而又冰冷陰森。這分明就是他正在尋找的生命意義，分明就是他苦求不得的心靈存在。

他終於找到了。

當他清醒過來時，發現自己全身顫抖，瑟縮不已地躲藏在路邊的樹木之後，遠方傳來那村姑模糊的呼喊聲：「快來人呀，有人搶了我的包裹了，快來人抓賊呀！」劉彭離搖頭：「真是沒出息的蟊賊，連個醜村姑的包裹都不肯放過。倘若讓本王抓住那蟊賊，一定要……」然後劉彭離低頭，不無驚訝地發現，他的手中，正死死地捏著村姑被搶走的那只小包裹。

原來，我上下求索的生命價值與意義，就是這個？

他的心裡，既感沮喪，又極度亢奮。

從此，濟東地方就出現了一個奇怪的賊，專門在人少的地方搶劫，搶女人的包裹，搶小孩子的糕餅，甚至還搶老人的拐杖。有司下大力氣緝查，有幾次就差點把這個賊捉到，可是眼看著那蟊賊逃入到濟東王的府中，消失不見了。

當地緝捕也不是吃素的，敏銳地察覺了蟊賊的身分，就在濟東王府附近加派了人手，打譜要活捉這個蟊賊。

可是，劉彭離的基因，畢竟是來自於漢高祖劉邦，智商是不缺的。發現官府已經盯上他之後，他當即亮出轎杖，搖搖擺擺出門，就在當地找到幾名暴脾氣的亡命少年，帶他們回了王府。

此後，劉彭離就把這些亡命少年，還有府中多名富於冒險精神的家奴，組成了一支殺人小分隊。經常趁著夜色，悄悄溜出門去，當道殺人劫財，然後回到王府大快朵頤。

這夥人，在濟東道上盤踞多年，視官府如無物，甚至還向當地的幾夥黑社會性質的暴力團發出挑戰，並成功地將對方打出濟東道。

濟東王劉彭離，就這樣混成了殺手團的大首腦。被他們殺害的無辜路人，有名有姓的，就超過一百多人。

被害者的家屬，都知道這事是濟東王幹的，就絡繹不絕入京呼冤。事情鬧得太嚴重，終於捅到了漢武帝這裡。

漢武帝皺眉：「看來，還得開個御前工作會議，討論一下這件事情。」

會議開始，群臣小心翼翼地窺視著漢武帝的臉色——以前，群臣是不需要這樣的，漢武帝雖然喜怒無常，殺戮無算。但終究還講道理。可現在不行了，因為始終籌不足發動大規模戰役的經費，漢武帝怒不可遏，發火殺人的概率陡然升高。最要命的是把腹誹罪寫入律條，徹底改變了朝堂上的君臣關係。此前那種雞飛狗跳的場景，再也不見了。現在的群臣，早晨上朝，能否有命回來，已經是把握不準的事兒。

所以，群臣說話前，先行窺視漢武帝的臉色態度。但是，年逾四旬的漢武帝，心智已經成熟，他的臉色從來都是無喜無悲，莫測高深。群臣摸不透漢武帝的態度，只能是按以前的慣例，建議殺掉濟東王。

「為什麼要殺掉他呢？」漢武帝問道。

「因為……」群臣囁嚅，「濟東王心性殘暴，變態過度，性喜殺人，現在已經讓他殺了一百多人了。如果不殺掉他，只恐無法服眾。」

「朕，還需要服眾嗎？」漢武帝問道。

群臣不知如何回答，嚇得齊齊趴伏在地，頭也不敢抬。

漢武帝道：「眼下，最重要的工作是加大力度，繼續推行積極的貨幣政策，水到渠成，在此一舉，萬不可不知輕重不辨緩急，丟了西瓜撿芝麻，有負朕對爾等的期望。」

「陛下聖明。」群臣齊聲道。

「至於濟東王劉彭離，還是要批評教育嘛。」漢武帝溫和地道，「要和風細雨，要言者諄諄，雖然他犯了點小錯誤，但本質還是好的。不能一棍子打死，生路總是要給他留一條的嘛。」

「將劉彭離貶至上庸，欽此。」

武帝起身離去，張湯慢慢爬起來，摸摸自己的腦殼。他感覺到，陛下的心思，越來越難以揣摩了。

天子疑心

公元前一一五年，漢武帝四十一歲。

這一年，漢宮發生重大案件，多名重臣被殺，朝中幾為一空。

引發了這起驚天大案的，是一個極小極小的小人物，名叫魯謁居。

魯謁居，是御史大夫張湯手下的工作人員，是死亡組的骨幹。

張湯手下，有兩套班子，兩組工作人員。兩組班子的職能性質，毫無區別。但一個組被稱為活命組，另一個組則是死亡組。顧名思義，進入活命組審理的案子，鐵定是無罪釋放，哪怕他當面殺人，也是無罪。而由死亡組負責審理的案子，則必死無疑。

張湯審案時，先行與漢武帝溝通，觀察武帝的心思。如果漢武帝希望當事人不要有事，張湯就將此人送入活命組。如果漢武帝厭憎當事人，張湯就將其送入死亡組。所以張湯負責刑案多年，始終是深得武帝歡心。

而魯謁居，就是張湯手下死亡組的重要幹部。他的主要工作，就是搜集當事人的犯罪證據，其方法是他先行去當事人家裡拜訪，並當著當事人的面斥罵朝政，如果當事人隨聲附和，罪證就落實了。如果當事人不置可否，就如同大司農顏異，那也沒關係，一條腹誹之罪，同樣也結果了你。

除了替漢武帝清除對手，張湯自己也有仇家。比如說御史中丞李文，就讓張湯恨得咬牙切齒。

李文，河東郡人氏，他和張湯結有小怨，從此耿耿於懷。他每天不停地搜集張湯判案文書，一字一句地研究，想找出對張湯不利的證據，把張湯弄死。但因為張湯精通法律，李文始終抓不到把柄。

儘管未授人以柄，但李文如此虎視眈眈，遲早有一天，會被他揪到哪件事，屆時就麻煩大了。

於是張湯就叫來親信魯謁居：「謁居呀，這個李文，有問題呀。他每天死盯著我，絲毫也不考慮陛下交給他的工作，這樣下去怎麼行？這樣下去不行的。你先把手頭的工作放一放，處理一下這件事。」

魯謁居奉命，立即去拜訪李文，回來之後，就控告李文圖謀不軌，暗行奸邪之事。審判官是張湯，順理成章地把李文宰殺了。

張湯宰的人，多了去了，漢武帝從未過問。但這一次，不知道為什麼，漢武帝突然把張湯叫去，問：「張湯，告發李文圖謀不軌的案子，是怎麼引起的？」

「這個事兒嗎，」張湯微微偏抬頭，做出認真思考的模樣，回答說，「陛下，是這麼回事，此案係李文的舊友，因為怨恨他冷落自己，憤然上告，才導致此案發生。」

漢武帝看著張湯的眼睛：「是這樣嗎？」

張湯：「應該沒錯，要不，讓臣再仔細查一查，給陛下一個報告？」

漢武帝擺了擺手：「張湯啊，這個刑案呢，如果有奸祟在內，是最難瞞住人的。因為刑案要經手一組工作人員才能落實，倘有不軌之行，總會有人說出去的。你說是不是？」

張湯：「陛下果然聖明，隻言片語，勝過臣在刑案方面多年的苦修。」

滿頭大汗地退出來，張湯心想：事情不妙，如果陛下從魯謁居這邊下手，我就死定了。趕緊去魯謁居家裡看看去。

張湯到了魯謁居家，驚訝地發現，魯謁居患了重病，病得快要死了。

當時張湯就落下淚來：「謁居呀，你這病是活生生累出來的啊。不說別的，就上次大司農顏異那個案子，從陛下把任務下派到執行，雷厲風行啊。你先去顏異家裡搜集證據，回來後立即寫材料，寫完材料分發給大家，再開會討論如何攻破顏異的心理防線，如果不是你，誰又會注意到顏異當時嘴角往下一撇呢？沒有這個破綻，顏異又是異常的頑固，反偵察能力不是一般的強，案子就難以攻破了。開過案情分析會，你又主動參加了對顏異的庭審，顏異認罪後，你又負責大量的文案卷宗。就那起案子，你整整七天七夜沒回家，天天工作到深夜，餓了就啃口冷饃，渴了就喝口冷水。至今我還記得你踉蹌走出衙門時，因為七天七夜沒有洗浴，沒換衣服，全身散發著濃烈的汗味。哪怕是鐵打的漢子，也扛不起這麼煎磨呀。」

魯謁居也失聲哭起來：「大人，我的病沒什麼，辛辛苦苦這麼多年，能夠得到大人這麼一番公正評價，我魯謁居……知足了啊……」

兩人抱頭痛哭：「陛下呀陛下，你知道我們在想你嗎？為了國祚萬代千秋，為了徹底消滅對我漢國虎視眈眈的匈奴，陛下你狠下心腸，厲行嚴刑苛法。因為你知道，如果不這樣，就無法籌足足夠的經費，就無法打出像河西、漠北那樣的漂亮大勝仗，就不能禦匈奴於千里之外，就不能保障我大漢子民，夜夜安臥，安享和平。現在好了，仗是打贏了，人人都感激出征的前線將士，可誰又知道我們為此付出了多麼慘烈的代價？現在人人都在背後詛咒我們，罵我們是鐵石心腸的酷吏，罵我們是殺人不眨眼的冷血屠夫。可這些人不想一想，但凡有一點辦法可想，誰不想做個滿臉堆笑的好人？誰又願意鐵下心來開罪天下人？謁居呀謁居，我們冤，我們好冤啊，嗚嗚嗚。」

捧著魯謁居的頭，張湯慢慢把他放在榻上，問道：「謁居呀，我看你這情形，也撐不了多久了。你還有什麼未了的心事，告訴我，我一定為你辦到。」

魯謁居淚流滿面：「大人，我唯一的心願，就是為了陛下與國家的安康，別無所求，只是我現在病倒，我的腳……我的腳……好疼啊。」

張湯扭頭一看：「我的天，謁居，你的腳腫成了葫蘆，這是淤毒積血吧？」

魯謁居點頭：「痛徹心肺！巫醫說，是因為我長年在陰暗冷潮的房間裡工作，伏案書寫日久，疏於走動，淤毒無法排出所致。」

張湯哽噎抽泣：「謁居，你這是職業病，現在我的腳，也是每天浮腫痛疼，疼不可忍。」說著話，他俯身，替魯謁居按摩浮腫的腳。

次日，張湯上朝，忽見前面一人，黑衣黑帽，不疾不徐地走著，忽然間回頭，對張湯啟齒一笑。張湯的心裡，彷彿被重錘撞擊，頓時轟鳴一聲。

這個人，就是最讓朝中大臣們害怕的劉彭祖。

此人突然來到，張湯心裡頓生不祥之感。

溫靜的美男子

劉彭祖，是漢景帝的第七個兒子，漢武帝劉徹的異母弟弟，比漢武帝年齡大十歲。

劉彭祖相貌柔美，性情溫和，說話時語速緩慢，與人對視，一雙黑白分明的眼睛，透著讓人心神皆醉的純淨。所有人都喜歡和他打交道，他從不駁斥任何人，哪怕是不同意你的意見，也只是溫靜地微笑。

他就是這樣一個靜靜的美男子。

他先後被封廣川王和趙王，因為他態度溫和，處子般的嫻靜，許多大臣都希望去他那裡做國相。可奇怪的是，派去的人，在他那裡待不過兩年，不是自殺，就是被人揭發不軌之事伏法。所以劉彭祖身邊的國相，任期從未有超過兩年的。

起初，張湯對劉彭祖的印象，也是極好。但有一年，權臣主父偃，先後滅了燕國和齊國，當時封王膽寒，列侯束手，趙王劉彭祖卻越眾而出，舉報主父偃收受賄賂，圖謀不軌。

當時，朝中人都對劉彭祖的正直舉動，欽服有加。只有張湯，才意識到在滿腔的正義及柔美的外表掩飾下，劉彭祖其人，實則是個狠辣的角色。

——主父偃私受賄賂，那是何等私隱的祕事。這類事情，從來都是你知我知，除當事人外，別人一無所知。

但是劉彭祖居然知道！

張湯是刑案大師，立即就知道，劉彭祖在整個朝廷，都布伏了自己的眼線，所以才會搜集到主父偃的罪證。

直到這時候，張湯才意識到，劉彭祖身邊的國相，任期從來不過兩年的祕密。原來，每當一任國相到了劉彭祖身邊，劉彭祖就派了親信，或是勾引國相行不軌之事，或是直接搜集國相犯罪的證據。然後，劉彭祖就以罪證相要挾，逼迫國相替他幹壞事，如果國相不從，就立即舉報告發。就算是答應替他幹壞事，但最終，劉彭祖的要求越來越高，遲早有國相無法滿足的時候。

但這些事，只有刑案經驗最豐富的張湯知道，而朝中大臣，對此一無所知。漢武帝是否知道，這卻是一個謎。

就在張湯從魯謁居家出來的次日，他在上朝時遇到劉彭祖。劉彭祖回頭向張湯一笑，那笑容純淨澄澈，陽光一樣的燦爛。任何人目睹這迷人的微笑，都會感受到無盡的生命活力，心中的陰翳一掃而空。

這是標準的正能量式微笑，許多人的人生，就是因為缺少這種微笑，而沉浸入悒鬱傷感，錯失了人生美好的風景。

那一天，張湯就是在這種正能量的光環籠罩之下，看著劉彭祖出列。他的聲音，仍然一如既往的溫靜柔和：

「啟奏陛下，臣有一事困惑不解。」

漢武帝：「彭祖，何事竟會讓你困惑？」

劉彭祖慢慢轉身，看著張湯：「御史大夫張湯，是朝中重臣。魯謁居，不過是一介侍從。可是昨日，御史大夫張湯去了魯謁居家，親自替魯謁居按摩腳。臣心想，御史大夫做出如此驚世駭俗之事，必然有個完美的理由。」

霎時間，朝中所有的目光，齊齊轉向張湯。

張湯大張著嘴巴，呆若木雞。

太恐怖了，他遇到的事情，真是太恐怖了。他在魯謁居家裡，因為說起工作上的委屈和辛苦，一時動了感情，替魯謁居按摩浮腫的腳。當時周邊，裡裡外外，根本就沒有人，除了他和魯謁居，沒人知道這事。

可是這劉彭祖，他居然知道。

他是怎麼知道的？

張湯一生審案，從未曾想到過，世上最離奇最難解的怪案，竟然發生在他自己身上。

這劉彭祖，究竟是人還是妖鬼？

震愕之中，就見漢武帝威嚴的臉，轉向張湯：「可有此事？」

「呃？」此時張湯魂飛膽裂，已然喪失了機能反應，唯有機械地點頭，「陛下，有此事。」

漢武帝：「傳廷尉，收魯謁居。」

張湯失神，跌坐於地，完了，這下子可是跳進黃河裡，再也洗不清了。

越抹越黑

廷尉率領士兵，衝入魯謁居家中：「魯謁居，你涉嫌……涉嫌什麼來著？總之你涉嫌的罪名太他娘的奇怪，出來跟我們走吧。」

屋內無有回應，只有嗚嗚咽咽的哭聲，於風中絲絲縷縷，飄忽不定，令人心裡發毛。

廷尉忍住心裡的驚懼，走進屋一看，只見魯謁居躺於榻上，已然是具冰冷的屍體。家人正圍於屍前，失聲痛哭。

廷尉回來報告，漢武帝瞥了張湯一眼：「本事不小啊，死無對證了是不是？」

張湯慌了神：「陛下，臣發誓，與魯謁居絕無私情。臣冤枉，陛下，魯謁居他是工作勞累，活活累死的呀。」

漢武帝：「朕讓你說話了嗎？」

張湯面色灰白，慢慢退下。

漢武帝：「收魯謁居的弟弟，朕跟彭祖一樣的好奇，真的想知道這是怎麼回事？」

張湯的心在流血，一個聲音嘶喊著：陛下，陛下呀，你想知道，問問臣不就行了嗎？臣可以告訴你，之所以替魯謁居按摩腳，只是因為說到工作的委屈與艱難，情動而已不由自主。可是陛下您，為何不信任臣呢？

默默地回到衙司，正見魯謁居的弟弟，被小吏以重枷鎖頸，強拖進來。張湯心說，這事都是我引起的，無論冒多大的風險，我也一定要救他，不惜一切代價！就向魯謁居的弟弟眨了眨眼，意思是，不要急躁，我會救你出去的。

這一眨眼，魯謁居的弟弟認出了張湯，頓時大叫起來：「大人，張大人呀，我是魯謁居的弟弟呀，我無罪呀，大人你快給我作證，我真的無罪，讓他們放了我，求大人讓他們放了我吧！」

張湯又眨了眨眼，意思是，你切莫衝動。

魯謁居的弟弟看得清楚，叫聲更大了：「大人，你幹嘛裝不認識我？我就是魯謁居的弟弟，大人你不要只顧眨眼睛，快點替我說句話呀。」

張湯做出無動於衷的樣子，冷冰冰走過去。

看張湯不理睬他走過去，魯謁居的弟弟氣炸了肺：「張湯，你屬狗的，翻臉不認人是不是？你不救我，我就把你一塊拉下去。張湯，老子要把你謀逆造反的罪行，統統向朝廷舉報。」

被魯謁居的弟弟這麼一弄，事情已經完全失控。此時的張湯，就算再長兩張嘴巴，也無法辯白了。

微妙時刻

魯謁居的弟弟，惱恨張湯不救他，舉報了張湯，說張湯與自己的哥哥羅織罪名陷害御史中丞李文，並有謀逆不軌之舉。

漢武帝聽了，命將此案，交由與張湯素來不睦的吏員減宣辦理。

減宣，與寧成、義縱、王溫舒、張湯、趙禹等十人，並稱西漢史上十大酷吏。他本是一名地方小吏員，有一年，大將軍衛青到當地買馬，發現了這個人才，就向漢武帝推薦，於是減宣入朝。

減宣辦理的最有名的案子，就是主父偃滅亡燕齊兩國案。簡單說，主父偃之所以死得那麼順溜，就是因為碰到了他減宣。而他與張湯，向來彼此憎恨，同行是冤家，誰也不服誰。於今減宣負責此案，他打定主意，要讓張湯死得難看。

但減宣發現，此案大概是他一生遭逢的最艱難的案子——張湯是西漢第一刑案高手，在罪證確鑿之前，他無法像收捕其他犯案官員一樣，先行收捕張湯。

減宣必須要把案子做扎實了，才能名正言順抓捕張湯。這就意味著，此案將是場曠日持久的消耗型大案，不可能很快出結果。

於是張湯每天仍是照常上班，照常公務，並參加例行會議，與減宣商量工作安排。而且每天還要隔三岔五去漢武帝身邊開會討論國政，儼然一切如舊。

但就在這節骨眼上，又發生了一起蹊蹺怪案。漢景帝陵園中，埋有殉葬用的許多錢幣。卻不知被哪個膽大的傢伙，用洛陽鏟掏了漢景帝的墳墓，把那些錢全部掏走了。

此案重大，張湯立即與丞相莊青翟舉行了會晤。

酷吏不是人養的

張湯與莊青翟，已經好久沒有像現在這樣，面對面坐在一起。

自從上一次，張湯假意舉薦莊青翟為丞相，原以為莊青翟不夠條件，會主動推辭。可沒想到卻被莊青翟借坡下驢，真的出任了丞相，讓張湯竹籃打水，從此兩人交惡。

張湯原本想找個罪名捏死莊青翟，可沒料到，風雲突變，幾路政敵突兀殺至，讓他手忙腳亂，就把莊青翟這茬兒給忘了。現在兩人舉行會晤，他終於想起來這事來。

對了，當前最重要的工作，是弄死莊青翟，不能再分不清主次拎不清輕重了。

於是張湯問道：「小莊，先帝陵園被盜墓，事關皇家榮譽，你打算如何處理？」

「這個事嘛，」莊青翟道，「還是要先行整頓文化市場。你懂的，現在許多人，目無王法，什麼書都敢寫，居然還有種專門講如何盜墓的書籍大量刻印發行。你想啊，人們看了這種書，思想豈能不混亂？做出盜墓這種事來，實屬情理之中。」

張湯嚴肅點頭：「小莊，你讓我對你刮目相看，果然有丞相風儀氣度。我張湯，還要向你認真學習呀。」

莊青翟心花怒放：「客氣了，張湯你太客氣了。」

張湯道：「那就這樣吧，我們兩個現在去陛下那裡，向陛下做個簡潔的匯報。陛下向來耳目聰明，只怕早已得知了消息，我們彙報晚了，陛下未必喜歡。」

「好，咱們一道去。」莊青翟搖搖擺擺，和張湯一道去見漢武帝。

到了漢武帝面前，莊青翟上前請罪：「陛下，先帝陵園被盜之事，臣是有責任的，臣雖然事先已經有所察知，但因為……」

「哦。」漢武帝拿眼睛掃了張湯一眼。張湯急忙跪倒：「陛下，要臣說，此事還真不能怪丞相，雖然丞相早就發現有奸人刻印盜墓挖墳之類的圖書，料到必有掘墳盜墓之類的事件發生，可誰又想得到盜賊竟然如此狂妄大膽？」

「嗯，」漢武帝的嘴唇翕動了一下，「料到會有此事發生，卻不做任何防範，莊青翟，你有負朕之所望。」

不是……我靠……當時的莊青翟，震驚得眼珠差點沒跳出來。這是怎麼搞的？自從得罪張湯，當上這個丞相之後，他就知道張湯會對他報復。所以小心翼翼，不讓張湯抓住把柄。可萬萬沒想到，就是剛才的正常會晤，自己只說了那麼一句話，就讓張湯把自己給裝進去了。

隨便說句話，就能把你弄成罪犯，張湯這傢伙，簡直不是人養的。

震恐之中，就聽漢武帝那沉靜而可怕的聲音：「莊青翟，丞相的日常工作，你還要做好，配合張湯把此案查清楚，聽明白了沒有？」

「臣，領旨。」莊青翟躬身退下，慢慢站直，心中直如一萬匹神獸羊駝奔騰而過。

現在這個朝廷，真他娘的越來越有意思了，朝堂上袞袞衣冠，全都是犯罪分子。張湯正在接受滅宣的審查，我在接受張湯的審查，這他媽的叫什麼事呀。該死的張湯，別以為我莊青翟沒背景沒人脈，就由得你欺負，哼，我莊青翟，也是有朋友的！

你不仁，我不義，咱們就搞搞大，看看到最後鹿死誰手！

莊青翟發了狠。

絕地反擊

莊青翟請了三位部屬飯局。三人全都是任丞相府長史。

頭一個，長史朱買臣，楚地人。

張湯做小吏時，曾在朱買臣腳下伏跪，後來張湯官職越來越大，越來越高，兩人的地位反轉，朱買臣不得不跪伏在張湯腳下，張湯就經常捉弄他，因此朱買臣對張湯恨之入骨。

第二個長史，名叫王朝。他是專業技術人士，精通方士之術，驅個神弄個鬼，撒個豆成個兵，都是他的強項。他脾氣暴烈，不甘屈於人之下。他在朝中主要的工作，是有神仙級別的靈界人士來時，提供參考意見。張湯極是鄙視他，經常羞辱他。所以王朝對張湯久懷殺機。

第三個長史，邊通。

邊通是縱橫學派的高手，看問題角度離奇，死局能夠被他看出活路，活局經常被他說死。他曾兩次出任淮南王劉安的國相，但從未捲入謀逆事件中。他和朱買臣、王朝，三人的情形，大同小異，以前都比張湯地位高，但又都失去了官職，經常受到張湯的鄙視羞辱。

這相當於一個失意者集團，一個反張湯聯盟。莊青翟把他們三人叫來，說起張湯，三人頓時氣憤於心，不絕於口地大罵起來。

罵了一番，莊青翟不失機宜地說：「我說你們幾個，單只是罵，是解決不了問題的，反而會帶來災禍。我不說你們也清楚，逞口舌之利，傷害不了張湯分毫。但如果這些話傳入他的耳朵，我恐怕下一次聚會，我們中的人數，就會少幾個。」

三人頓時變色：「張湯這個王八蛋，他竟然要趕盡殺絕呀。」

莊青翟：「為今之計，須得想個法子才好。」

三人痛苦搔頭：「想個什麼法子呢？他是酷吏，精通法律，你無論如何，也抓不到他的把柄。」

莊青翟反對這種觀點：「怎麼可能一點把柄也沒有？是人，就會犯錯誤，難道張湯他不是人嗎？」

三人搖頭：「張湯是大奸之人，欺君之罪是明擺著的，只是陛下太寵他了。」

莊青翟：「這樣說不行，我琢磨過了，此事必須要有確鑿的證據。必須有犯案之人，有相關證詞，沒這兩樣東西，你就扳不倒張湯，三位也難逃悲劇的命運。」

可是這事，真的沒轍。三人更加絕望：「我們都是文職人員，上哪兒找什麼證人證詞呢？」

莊青翟歎息一聲：「我為三位的智商，深表憂慮，都快要被張湯弄死了，還在老子面前裝逼。說什麼找不到證人證詞這種話，你們以為自己是沒被男人睡過的閨女呀？」

三人悻悻：「你看你，丞相大人，你說話怎麼這麼難聽？」

莊青翟：「老子說話難聽，那是因為你們吃相太難看！你們心裡都恨不能把張湯扒骨剔骨，卻非要假裝正人君子，只想等別人動手，自己坐享其成。倘若出了事兒，自己又不擔干係。醒醒吧三位！現在張湯正借陛下推行積極貨幣政策的機會，不擇手段剪除異己。顏異是怎麼死的，你們都看到了吧？平心而論，你們中的哪一個比得了顏異德品高潔？如果你們還稍微存有那麼一點點智商，就應該知道，顏異死了，下一撥就是你們幾個！」

三人面面相覷：丞相大人把話說到這份上，我們也不要躲閃逃避了，振作起來，拿出勇氣，直面我們的人生挑戰吧。

莊青翟一拍几案：「這就對了吧，男人，就應該這樣。」

共識達成，四個人的頭，迅速地湊到一起。

土豪的冰桶挑戰

長安城中，最大的富商叫田信，他經營的業務比較廣，從農產品、軍工品到日常用品無所不包。而且他還是個充滿了激情的愛國主義者，積極響應朝廷號召，為打匈奴不斷的捐錢捐物。據說大將軍衛青和驃騎將軍霍去病的戰馬，都是他精心餵養捐獻出來的。

田信最痛恨那些自私自利的人，他常說：「沒有帝國，你什麼也不是。作為一個商人，如果不關心國家大事，不在抗擊匈奴中作出自己應有的貢獻，你就不配稱為一個人！」

自打大鹽商東郭咸陽、軍火商孔僅獲得朝廷任命，成為官員後，田信表現得更為積極。他說：「我是個愚昧的人，沒有讀過書，但我生來貧賤，不得不學會了糧草的長途輸運。如果帝國需要我在這方面的特長的話，我是不會推辭的。」

由於田信積極、熱誠，朝中官員對他的印象非常好，他也因而登堂入室，經常在地位極高的官員家出入。這一天，朝中負責財政的重臣桑弘羊，派人來叫田信，讓他去參加會議，議論有關平準均輸的官員人選。這個消息，田信已經期待太久太久了。他仔細地研究過國內的技術人員，知道在這個領域裡，沒人能超過自己。這會不會是陛下感於他的誠心，像起用孔僅、東郭咸陽那樣，也要起用他呢？

匆匆登車，田信心急火燎地催促車夫：「快，快一點，別讓大人們等急了。」快馬疾行，田信的心裡，充滿了無限的期待。

忽聽轅馬嘶聲長鳴，疾奔的馬車突然停止，田信猝不及防，差點從車上跌下來。他氣惱地罵道：「嫌命長了嗎？為什麼突然停車。」

「老爺，你看前面。」車夫用下頜向前挑了挑，讓田信看個清楚。

前面，一排軍士肅然而立，排成整齊的隊列，阻住馬車去路。田信探頭一看，樂了：「嘿，這些士兵們的衣甲武器，全都是我捐贈的。喂，你們攔在路上幹什麼？將官是哪一位？我肯定認識他。」

一名校尉，衣甲鮮明，緩步上前：「你可是田信？」

田信：「就是我，你的模樣面生啊，負責長安城治安的官員都尉，我都認識，怎麼沒見過你？」

校尉道：「小將奉御史大夫張大人之命，有請先生商議國事。」

御史大夫張湯？田信興奮地一拍大腿：「張大人我熟啊，我們前天還在飯局碰到來著。張大人居然有請，真是三生有幸。唉，但我剛剛接到桑弘羊大人的通知，說要參加個會。」

校尉冷聲道：「一碼事，請大人隨我來。」

一碼事？田信大悟，明白了，原來張湯大人也要參加這個會。命令馬車起行，由這隊軍士護送，向東而行。走了一段時間，道路漸漸狹窄，行人也越來越少，四周的建築，彷彿籠罩了一層灰塵，盡顯灰禿禿的悒鬱之色。田信心裡納悶：這是什麼地方？怎麼朝中的大人，偏撿了這麼個冷僻的地方開會？轉身欲問，卻發現那名模樣陌生的校尉，不在身邊，正要扭頭，後腦突然「轟」的一聲，大片的黑暗迅速襲來，他失去了知覺。

醒來時，第一個感覺是疼痛，全身骨頭被打碎了一樣的疼痛。微弱地呻吟一聲，終於聽到有個聲音在叫他：「田信，醒來，田信你醒醒。」

我的頭好疼啊。田信掙扎著睜開眼睛，看到有四個人，站在面前，正抻著頸子仔細地看著他。而他躺在一張極骯髒的案几之上，鼻翼中嗅到的是多年未打掃過的積塵霉味。四周光線陰暗，窗櫺上罩著許多奇怪的東西。他吃力地抬頭：「這是什麼地方？」

就聽四人為首者道：「田信，你涉嫌盜竊帝國機密，囤積居奇，破壞陛下的經濟發展政策，現奉陛下旨意，對你進行調查。」

調查？對我進行調查？田信慢慢地坐起來，發現自己果然是被擺放在一張案桌上，桌下是只木桶，桶裡滿是清水。水面上，漂浮著晶瑩的冰塊。就見為首者伸手在水裡蘸了蘸：「可以了，等會兒要記住多加冰塊。」

然後為首者踱到田信身邊，正要說話，田信已經認出了他：「是丞相大人？丞相大人，一定是什麼地方弄錯了，我對帝國和陛下忠心耿耿，我捐獻的錢、糧草還有兵器衣甲，已經無計其數了。」

那為首之人，正是漢帝國丞相莊青翟。他身邊的，是三名沒有實際權力的長史，田信反倒不認得。只聽莊青翟柔聲道：「田信，你要相信陛下，陛下決不會冤枉一個好人，也不會放過一個壞人。現在請你配合我們的工作，把衣服脫掉，光屁股坐到冰桶裡去。」

「我操！不要這樣。」田信絕望地號叫起來，「連我這麼愛國的人都要嚴刑逼供呀，還用坐冰桶這麼毒辣的刑罰，我我我好冤呀。」

莊青翟低聲、歉意地道：「就是走個程序而已，請理解，務請理解我們。」

四面合圍

幾日後，武帝升殿，就見酷吏減宣出列：

「陛下，御史中丞李文被殺冤案，現已查得明白。」

漢武帝：「查明白就好，稟報上來。」

減宣：「陛下，是這麼個情形，御史大夫張湯，素與李文不睦。李文曾多次企圖陷害張湯，未果。後張湯遣侍從魯謁居，赴李文府上搜集證據，以魯謁居和李文的對話為證，將李文處死。」

張湯大急，急忙閃出：「陛下，不是這麼回事，你聽臣解釋……」

漢武帝：「退下，誰允許你插嘴了？」

強威之下，不得不從，張湯咬著嘴唇退下。就聽減宣繼續說道：「張湯犯有欺君之罪，請陛下裁決。」

武帝正要說話，丞相莊青翟出列：「陛下，臣有本奏。」

漢武帝：「奏來。」

莊青翟：「陛下，近日長安城中，破獲一起驚天大案，涉及了廷議機密洩露。據被捕的大商人田信交待，他在朝中有內應。每當陛下制訂法令，或是推行新政，田信都會及早得到消息。他掌握了機密信息，所以能夠囤積居奇，讓陛下的苦心，付諸東流，也讓天下百姓，受盡了新政無法推行的苦難。」

漢武帝點頭：「此事一點也不假，朕的身邊，確有不軌之人在洩密。每次朕欲推新政，奸商們總是比官員更早知道消息。而且商人們的情報，非常之準確，朕針對哪項物資推政，商人們就囤積什麼物資。張湯何在？」
張湯急忙上前：「臣在。」
漢武帝：「你說，這事奇怪不奇怪？」
張湯：「……這事，實是出乎臣之預料。」
漢武帝：「丞相，你繼續說下去呀，不知道朕最恨吞吞吐吐嗎？」
莊青翟恭敬地道：「陛下，臣得到有司呈報，唯恐不實，親自提審了奸商田信，據他賭咒發誓，把廷議機密洩露給他的，是御史大夫張湯大人。參與現場提審的，還有長史朱買臣、王朝與邊通，這些都是人證。」
啥？我？洩露機密？張湯兩眼突凸，嘴巴大張，已經全然失去反應。
漢武帝失笑道：「如此說來，張湯是個當面一套，背後一套，心懷奸詐，欺君罔上的小人了？來，讓朕問一問，張愛卿，你是這樣的人嗎？」
張湯猝然發出一聲恐怖的尖叫：「陛下，陛下您要明察呀，這莊青翟，他勾連了朱買臣、王朝、邊通四人，設毒計陷害臣，臣冤枉啊，臣是無辜的，真的是無辜的呀。」
漢武帝微笑搖頭：「張愛卿呀，你不要像個女人一樣尖吼尖叫，這成什麼話嗎？你到底有罪無罪，你說了不算，朕也是好奇非常。這樣吧，廷尉何在？把李文和田信這兩個案子，合在一起再審一遍。」

酷吏張湯，進入了他的生命倒數計時。

武帝下令給張湯專門設立了個專案組，搜集到的犯罪證據，摞起來比人還高。專案組信心滿滿，帶著這些證據，來撬開張湯的嘴。可萬萬沒想到，張湯一生浸淫律令，辯才無雙，專案組在他面前，竟然無計可施。

辦案人員：「張湯，你欺瞞天子，罪證確鑿，還有何話可說？」

張湯：「我張湯的心，剖出來只是個忠字，任爾栽贓陷害，不過有死而已。但想讓我屈枉成招，卻是萬萬不能。」

辦案人員：「你還嘴硬？看這份材料，你讓魯謁居陷害御史中丞李文，將李文害死。可當陛下問你之時，你卻謊稱是李文的舊友舉報，這你狡辯得了嗎？」

張湯：「我何須狡辯？我每天處理的案子，何啻成百數千？李文一案，陛下突然問起，細節疏失也是常理，這怎麼能說是欺瞞陛下？更何況，魯謁居和李文，原本相識，說舊友舉報，又有何不妥？」

辦案人員：「哼，看來你是不見棺材不落淚。洩露廷議之密，勾連富商田信，這可沒冤枉你吧？」

張湯：「沒冤枉才怪！一面之詞，羅織之罪，我張湯豈會心服？」

辦案人員：「張湯，你也太頑固了，看來要讓你坦白，須得走上幾趟程序才行。」

張湯：「無非不過是冰桶挑戰而已，冰下是五十度開水燙禿嚕皮，我張湯怕你何來？與我把冰桶搬來，我自己跳進去。要是我稍微皺一下眉頭，也是我張湯骨頭軟。」

「張湯，你簡直是茅坑裡的石頭，又臭又硬！」辦案人員傻眼了，沒想到張湯這麼硬氣，活生生的證據擺在他面前，他鐵嘴鋼牙硬是不認帳。案情就這樣僵住了，辦案人員去見漢武帝，跪伏於地，承認自己無能，啃不動張湯這塊硬貨。

看了這情形，武帝厭惡地皺了皺眉頭：「趙禹何在？」

「臣在。」鬚髮銀白，破衣爛衫的趙禹，閃身出來。

江山代有酷吏出

趙禹，武帝時代十大酷吏之一，和寧成一樣，都是景帝時代的老人。

簡單說，趙禹是景武年間第一個酷吏。他辦案果斷，手段狠辣，皇族宗室怕他怕得要死，有心扳倒他。可是趙禹人品極正，無欲無求，飯菜餿了也能吃，衣服再破也能穿，他不喜錢，不好色，不喜歡音樂歌舞，也沒什麼人生樂趣，就是悶頭坐在刑房裡，把案犯一個個拖過來上刑。人人恨他恨到要死，卻又暗自欽服，拿他毫無辦法。

景帝時代，名將周亞夫曾平定吳王劉濞的七國之亂，威名赫赫。曾有一次，景帝讓趙禹與周亞夫合作，但周亞夫斷然拒絕。

景帝問：「周亞夫，你為何拒絕與趙禹合作？」

周亞夫回答：「陛下，我雖然在戰場上殺人無算，但我多少還有點良知，與正常人之間的距離不算太遠。但趙禹，抱歉，其人殘酷冷血，嗜殺如狂，我會為把我的名字與他並列而羞恥。」

景帝：「你看你這個倔脾氣，那算了吧。」

就這樣，趙禹從漢景帝時代一路嗜殺而至武帝時代，到了晚年，他的心腸更冷酷，手段更冰冷。每當他走進刑房，看到案犯當事人，看到他時那張雖生已死的呆滯嘴臉，他的心裡，就有一種極大的欣慰與滿足。可是有一天，他正在刑房對犯人用刑，忽然間，漢武帝派人把他叫了去。

武帝問：「趙禹，你最近，沒什麼事兒吧？」

「沒事呀？」趙禹詫異地回答，「陛下，臣好好的，每天稀粥喝三碗，一覺睡到大天亮，精神正常到了令人髮指的程度。」

「不對，」武帝慢慢搖頭，「趙禹，你老實說，你是不是對朕心懷不滿？」

「啥？」當時趙禹就嚇慘了，急忙趴伏在地，「陛下，這話從何說起？臣，一心撲在工作上，每天考慮的只是如何對犯人用刑，絕不敢對陛下懷有二心。」

漢武帝：「既然如此，那朕問你，你何以心腸越來越軟，對案犯越來越溫柔呢？」

對案犯溫柔？趙禹困惑了：「陛下，臣刑求一生，從未曾改變過個人風格，說到心腸軟，絕對不是我。哎呀我操陛下，我明白了。」

漢武帝：「你明白什麼了？」

「是這樣，」趙禹解釋道，「陛下，先帝時代，官吏們的治案風格，都是走的溫柔無限脈脈含情的綏靖主義路線，只有我，對案犯向來是秋風掃落葉一樣的無情，但凡案犯落入我手，必然要先行走程序，上刑具，招不招回頭再說。所以呢，先帝時代，我成為天下人人懼怕的煞星，酷吏之名，不脛而走。

「但是到了陛下時代，因為陛下過於聖明，過於體恤子民，過於愛惜百姓。所以呢，正所謂長江後浪推前浪，前浪死在沙灘上。江山代有酷吏出，一吏更比一吏粗。總之吧，陛下英明神武，天下英才輩出。臣老矣，新一代的酷吏擁上前來，比如義縱，他出任定襄太守，一日殺人四百，實在是大手筆。比如王溫舒，此人治政，滅家逾千，這也是臣比不了的。」

漢武帝恍然大悟：「是了，我那死爹時代，別的吏員都是循常辦案，只有你專走酷刑路線，所以人稱你是冷血冰腸的酷吏。可是現在，年輕一代的義縱和王溫舒登場了，他們的手段更狠，更毒辣，這就把你比下去了，顯得你心慈手軟歲月靜好了。」

趙禹：「陛下聖明，正是這樣。」

漢武帝：「好了，朕明白了，你下去吧。聽著，保持你的晚節，別讓自己遭受到年輕人的羞辱。」

「臣，明白。」趙禹退下。

此後的趙禹，果然小心翼翼，雖然與減宣、張湯等酷吏同事，但始終沒被人抓住把柄。最終的結果，是漢武帝派他前來，挫敗犯罪分子張湯的囂張氣焰。

趙禹出場，張湯怫然變色。

縱是酷吏也動情

走進刑房，冷冷地看著張湯，趙禹坐下，不說話。

張湯也看著他，一聲不吭。

長時間的靜寂，趙禹不疾不徐的聲音，響了起來：「張湯，你有什麼話要對我說嗎？」

張湯：「我是受人陷害，是無辜的。」

剛剛開口，只聽「砰」的一聲，趙禹一掌拍在案几上：「張湯，你還有完沒完？」就聽趙禹厲喝道：「張湯，你摸摸自己的良心，想一想。自打你辦案以來，殺過多少人？用過多少次的刑？那些落在你手裡的人，有幾個是真的罪有應得？你何曾給過他們半點申辯的機會？」

俯身向前，趙禹繼續說道：「你之所以不給那些人以機會，不是你殘忍嗜血，也非是私人冤仇。我們都知道，你和我都是一樣的正常人，刀子扎在身上會疼，風吹在身上會冷，遇到美貌女人會動心，好友相聚會動情。可是這個殘酷的時代，容不下我們的兒女情長。匈奴為患，幾成國禍，輕率興兵，禍福難明。簡單說，當陛下決心對匈奴用兵，就把這個時代的每一個人，帶入到了求生不能求死不得的絕境。可這條路你非走不可，逃無可逃，陛下也可以以愛惜子民性命為藉口，繼續採取和親的綏靖策略，把這場戰爭向後推。可是最終，你推不過去的。縱然是我們逃過了這一劫，付出更殘酷代價的，是我們的後人。

「大戰在即，犧牲者無計其數。那些埋骨於沙場的將士們，他們哪一個沒有白髮的父母的等待？哪一個沒有妻兒在翹首？戰爭就是這麼殘忍，這麼不講道理，縱然你有再大的權力享受人生，可戰爭時代對你的要求，只是無辜的犧牲！

「荒漠之戰，短兵相接，殺人如草，不聞聲息。戰爭時代最殘酷的，其實並不是戰場上，而是後方對戰略資源的絕望擠壓。每一次戰爭，沙場死十，後方死百。沙場死千，後方死萬。沙場死上數萬人，後方就會有數十萬人，因為體制殘酷擠壓其生存資源，轉為戰用而喪命。張湯，這些年來，你和我，聽到的沙場戰報，不過是數萬人而已，而我們親眼看到死於刑房或刑場的，早已過了數十萬。

「為何要死上這麼多的人？

「資源，資源爭奪而已。張湯呀，你和我，於刑房殺戮的人，究竟有多少，我們自己都記不得了。是我們生性殘暴，天性邪惡嗎？不是的，我們這樣做，也是因應了戰爭的需求。我們必須要以冰冷的酷吏形象示人，縱然是案犯有天大的冤枉，我們也會無動於衷地羅織其罪，枉殺其人。我們必須要絕對的殘忍冷血，要從小民百姓口中，把最後一點活命糧，奪下來送到前線戰場。這些年來被殺的數十萬人，只是為了爭取他們的活命權利。他們無罪，而我們，雖然有罪卻無錯——如果我們拒絕，照樣有人來做我們現在的工作。不論是現在，還是以後，這個結果不會改變。

「張湯啊，我知道你心裡委屈。可是你心裡這點小委屈，算得了什麼？你有那被枉殺的數十萬人委屈嗎？你有被從幸福的家庭中強拖出來，推上戰場送死的將士們委屈嗎？這是一個殘酷的時代，也是一個委屈的時代。所有的委屈都將被後人所憑弔，以懷想這個大時代的華麗風情。但獨獨，你我或任何人的委屈，在這個現實中，沒有意義。」

聽到這裡，張湯已經失聲號啕起來。趙禹拿起刑案，遞到張湯面前，這時候的他，彷彿突然蒼老了幾百歲：「張湯啊，我們辦案，是否冤屈不是我們該問的，我們唯一關心的是資源的節省，還記得你對申訴者的憤怒嗎？任何申訴都意味著巨大資源的投入。如果，你此前不能容忍這些，那麼，現在這個法則仍未改變。」

張湯抽泣著：「請允許我，最後一點微小的訴求。」

趙禹：「好，我破例答應你。」

民權無存，天下益困

趙禹回來，向漢武帝稟報：「陛下，結案了。」

漢武帝：「怎麼個情形？」

趙禹：「張湯，業已伏罪自殺。」

武帝：「哦，又少了一個。他留下話什麼沒有？」

趙禹把張湯的遺書呈上。漢武帝不接：「念！」

趙禹念道：「罪臣張湯，無寸尺之功，從刀筆吏起家，因為受到陛下的寵幸，官至三公。沒有任何可開脫罪責之處，然而陷害臣的，是丞相府中的三位長史。」

漢武帝：「抄他的家。」

隔不久，廷尉來報：「啟奏陛下，臣率軍士進入張湯家中，但見家徒四壁，空無所有，只有他年邁的母親，拄杖當庭而立。她對我們說：感謝陛下和朝中大臣們的厚愛，只是兒子愚笨無能，未能逃過奸人陷害，辜負了陛下對他的希望。這樣沒出息的兒子，實是家門之恥，他沒有資格在棺槨中下葬。然後臣檢點張湯家中全部所有，大概價值五百金。」

漢武帝：「……才五百金？」

廷尉：「沒錯陛下，可以說是家徒四壁。」

漢武帝：「朕明白了，與我找到大商人田信，弄清楚此事。」

不過一夜之間，張湯的案子又翻了過來。

丞相莊青翟及三位長史陷害張湯的過程，被查得清清楚楚。漢武帝下令，將朱買臣、王朝並邊通三人斬首棄市。丞相莊青翟下獄。

幾天後，莊青翟於獄中自殺。

事了之後，漢武帝抬頭，仰望高天：「要下雪了。」

武帝建造柏梁台，台上立有高二十丈的承露盤，盤上有只仙人掌，用來承接露水。每天，漢武帝命人採集仙人掌裡的露水，摻入玉石粉末飲用。

方士說：「飲此露，長生不老。」

酷吏張湯死，標誌著漢帝國貨幣改革的成功。這一年，軍火商孔僅被任命為大農令，桑弘羊為大農中丞，漢帝國開始實行全面經濟壟斷，控制天下貨源，試點均輸法，調劑各地貨物。

效果立竿見影——是年大雪，關東地區餓死數千人，人相食。

這一年，漢武帝終於找到了完美的貨幣解決方案。他下令上林苑三官鑄造銅幣，幣上有高精度的防偽標誌。民間市場，非此錢而不得用。民間私鑄幣的現象頓時絕跡。因為新銅幣的鑄造，要求於特殊的技術，民間無法掌握。只有極少數的豪強與專業人士，還能夠繼續仿製。

從此經濟主動權徹底掌控在漢武帝之手，天下百姓益困。許多人無以為生，被迫鋌而走險，淪為盜賊。而出使西域一十三年的博望侯張騫，他悲哀地發現，他淪為漢武帝新經濟政策的犧牲品之一，個人經濟狀況陷入絕境，已經無法養活家小。

第十一章——

西域傳奇

落魄博望侯

一大早，張騫就悄悄爬起來，無聲無息溜至門口，推門就走。

他已經溜出了門，可是一隻手突然掐住他的脖頸：「張騫，你還是爺們兒不是？大早晨的你就想逃走？」

「別別別，」張騫慌了神，「夫人是我不好，你放手，放手！」

「不能放手，一放手你又逃了。」揪住他的女人說道，「張騫，你我夫妻，已經二十多年了，在漠北時，你說逃就逃，像扔掉一隻破鞋一樣扔掉這個家，一逃就是一年，我怪過你沒有？現在你又故技重施，又想逃走？」

張騫委屈地道：「夫人，我沒有想逃啊，我這是去早朝，陛下他正在金殿上等著我呢！」

「胡說！」女人斥道，「你的爵位官職，六年前就被削了。你和街口擺攤賣芋頭的蘇老二有什麼區別？都是無職無祿的小民百姓。你卻天天騙我說去上朝，誰見過布衣百姓，自己花錢雇車上朝的？」

張騫用力想掰開女人的手，吼道：「國家大事，你懂得什麼？朝中衣冠袞袞，俱皆酒囊飯袋。只有我張騫好歹有過海外經歷，多少知道點西域的情形。漠北之戰後我漢國又錯失良機，未能抓住機會一擊致效，於今匈奴人的勢力已經恢復，正虎視眈眈躍躍欲試，說不定什麼時候就會突然殺至。陛下的心裡，承受著巨大的壓力。每天都要問起漠北之事，我是這方面唯一有經驗的人，當然要為陛下分憂。你為何如此貶損我，將我與街頭賣芋頭的相提並論？」

女人委屈地道：「既然陛下還在用你，就應該恢復你的爵位，或是給個官職。正所謂食君之祿，忠君之事。沒有俸祿卻不停地使喚你，陛下是想讓我們全家喝西北風嗎？」

「說反了，不是食君之祿，才忠君之事，是不要問陛下給沒給你俸祿，要問你為陛下做了什麼，」張騫推開女人，撣了撣衣袖，「不要再胡攪蠻纏了，誤了上朝，倘陛下責怪，你擔罪不起。」

女人道：「那你也應該想辦法借點錢，家裡已經三天沒有吃的了。」

「行，行，我去借錢行了吧？」張騫早已是不耐煩。

可是女人還不肯罷休：「我是在問你，今天怎麼辦？你走了，看我們娘幾個餓肚子嗎？」

「唉，」張騫無奈地道，「看你這腦子裡，裝的都是自己的小算盤。陛下已經實行了平準均輸，最多幾年，糧食不足的問題就能解決。到時候我大漢帝國的小民百姓，每天可以吃五頓飯，為什麼呢？因為你糧食多到吃不完。」

女人撇撇嘴：「你說你有多傻？等幾年，你全家都餓得只剩骨頭了。」

張騫大怒：「骨頭就骨頭，我張騫生來就是硬骨頭，你奈我何？」

女人眼圈紅了，後退兩步：「低聲說，好了好了，說你兩句你就吼。也不知你餓著肚子，哪來的這麼大力氣。呶，拿著，這是我以前偷偷積攢的錢，你上朝的路上，買幾個芋頭吃。」

「錢？」張騫錯愕，看著女人那乾枯的手掌裡，捧著幾枚銅錢。正要伸手去接，突然大叫一聲，「蠢娘們兒，你怎麼還藏著這個？這是犯法的！」

「什麼？」女人滿臉驚恐地看著他，「我自己的錢也犯法？」

張騫：「當然犯法，你這是好幾年前的兩銖半錢，早就不允許使用了。應該交付有司，讓上林苑三官回爐重新鑄成五銖錢。」

女人：「把這些錢上繳，那新鑄的銅錢，還是咱的吧？」

張騫冷笑：「發你的春秋大夢去吧，朝廷不追究你鑄私錢的大罪，已經是法外開恩，你還想再把錢拿回來？」

女人大怒：「張騫，你看清楚了，我手裡的這些錢，就是你出使西域回來之後，朝廷給你的賞賜。難道我要花掉朝廷賞賜的錢，也是犯法？」

「當然是犯法！」張騫回答道。

「憑什麼？」女人急了。

「這事跟你說不清！」張騫一把抓過女人手裡的錢，推門就走。女人追出來，在後面喊道，「張騫，你可別太缺心眼，真的把錢繳上去，這些錢還能花，我前些日子就是用這些錢買的椿米。」

張騫已經大步遠去了。

釣魚執法

走到街頭，冷風襲來，張騫聽到肚子裡的咕嚕聲，忍不住裹了裹衣衫。

長街的對面，是一家米舖，是張騫以前經常買米的地方。此時這家米舖，已經是門可羅雀，店門被砸開一個大洞，牆上立著一塊衙司的警戒牌。多半是這家老闆幹了什麼壞事，店舖被官府給抄了。張騫的腦子裡，浮現出軍士持刀衝入店舖，老闆及夥計們一張張驚恐的臉。唉，戰爭不能結束，日子一天比一天艱難。

賣芋頭的蘇老二還在，空氣中傳來芋頭的香氣。蘇老二正在招呼幾個客人，張騫匆匆走過，肚子裡又發出了轟鳴聲。

好餓！

但是張騫打定主意，決不能花女人給他的錢。這些錢雖然是陛下給他的賞賜，可已經作廢了。對於陛下的厚賞，因為幣制改革作廢這事，張騫也曾聽到過一些議論。但他不想聽得太清楚，他知道漢武帝是什麼樣的人。

他也不會把這些廢錢花掉，他曾是博望侯，永遠是。他是有骨氣的！

只是，肚子真的好餓。

又走過一個街口，空空如也的腹中轟鳴，已經震動到了耳畔。現在的張騫，已經是餓得耳鳴眼花了。怎麼會這麼餓？昨天上朝時，陛下不是賜了點吃的嗎？對了，陛下賜食是有，然後陛下就詢問西域情形，身為臣子，豈能不顧體面地大嚼大吃，不回答陛下的問題？結果只顧回話沒顧上吃，等回答完了，低頭一看，食盤已經被宮侍撤下去了。忽然之間，張騫止住了腳步。

他的眼睛，死死地盯著一個人身上。

那是一個年輕人，正在一家賣芋餅的攤前排隊，他手中有幾枚銅板，不時地高拋並拿手接住。

張騫看得清楚，那枚銅板，跟女人給他的一樣，也是兩銖半錢。

這錢真的能花嗎？張騫半信半疑。兩銖半錢早就宣布作廢，此事眾所周知。就連改鑄的三銖錢，都已經作廢。現在合法的銅幣，是上林苑三官鑄造的五銖錢，市面上竟然還有人拿著兩銖半錢花，這怎麼可能呢？

張騫站在路邊，留神觀看著。他看得清楚，終於排到了那年輕人，他把手中的兩銖半錢遞給攤販。攤販苦著一張悲慘的臉，端詳了一眼那兩枚銅錢，叉了塊芋餅，遞給年輕人。年輕人把芋餅拿在手上，一邊吹氣，一邊吃著走了。

這錢真的能花！

張騫的腹中，又是一聲炸裂般的轟鳴，好像腸子都已經餓斷了。

看看那芋餅攤，再看看手中的銅錢。張騫生平，第一次感受到了什麼叫痛苦！

這錢能花！但如果他寧肯餓死也不花，未免傻過氣了。可如果他真的花了，卻是陛下最憎恨的犯法之舉。不過話再說回來，這些錢，就是他漢武帝賜給張騫的，賞賜之後再宣布花他的賞賜是犯罪，這豈不是太他娘扯了嗎？

明明是陛下給我的錢，為什麼不能花呢？張騫的心裡，突然感受到巨大的悲憤！

老子就是要花！

他理直氣壯地走過去，排在兩個人身後。幾個正在路邊袖著手的閒人，似乎也突然感覺到了肚子餓，接二連三地走過來，在張騫身後排隊。張騫也沒有理會。只是在心裡慶幸，幸虧自己快了一步，否則就要排到後面去了。

輪到他了，張騫漫不經心地把兩枚銅板遞過去。

攤販接過銅板，仔細地看了看：「客官，你這是兩銖半錢。」

「哦，」張騫心裡頓時緊張起來，「剛才那個人，不也是用這種錢嗎？」攤販的眼神，透著一種讓人心悸的陰寒：「客官，官府有告示，私鑄銅錢是犯法的。」

張騫心裡一緊，幾隻大手突然從後面抓住了他：「又抓住一個，竟然敢私鑄銅錢，你有官司打了。」霎時間，經歷了西域之行而養成的求生本能，讓張騫迅速地做出了正確的判斷。他沒有轉身向後逃，向後是逃不了的，後面那幾個排隊的人，實則都是官府的衙差。他遭遇到的，是釣魚執法——張騫的身體如狸貓突縮，猛地一躥，跳起來從芋餅攤子上躍了過去，留給後面幾聲驚呼。

然後張騫發足狂奔，心裡充滿了驚懼。如果他被捉到，朝廷那些權貴們，該是一張張何等幸災樂禍的嘴臉？什麼？博望侯知法犯法？私鑄銅錢？嘖嘖嘖，枉陛下對他的信任和厚愛，竟然如此沒有出息。

前方有個胡同，只要衝進去，就成功地逃脫了。張騫發力疾衝。不提防路邊突然閃出一個衙捕，槍桿橫掃，張騫躲閃不及，腳踝上頓感劇烈的痲痛。他聽到自己痛叫一聲，凌空飛起，重重摔落。

十幾雙手牢牢地按住了他：「哼，逃得了嗎你？自打你藐視王法，私鑄錢幣時，就應該知道有這一天！」

刑室求生

張騫被橫拖豎拽，拖入到官衙鄰側的一幢宅子裡。

入門，是一張高案。起初排隊用兩銖半錢買芋餅的年輕人，正蹺腳坐在案後，用一柄頎長的刀，小心地修著指甲。

看到他，張騫這才明白過來。

難怪這傢伙能夠花掉兩銖半錢。只怕就連那個芋餅攤，都是官家惡意設的局，先由官捕假扮客人，用兩銖半錢買芋餅。路人見此，以為有機可趁，也拿家裡作廢的兩銖半錢來排隊，於是就會被誘捕。就如張騫所遭遇的一樣。

聽到張騫被拖進來，年輕人並不抬頭，冷聲吩咐道：「先掛起來，等兄弟們吃飽了肚子，有了力氣再用刑。」

幾名衙捕強拖著張騫，往刑柱前走去。張騫奮力掙扎，大吼道：「奴輩住手，你們這些該死的雜碎，先等等，我要見一個人。」

高案前的年輕人笑道：「你知道這裡是什麼地方嗎？既然進來了，你只能見鬼，不能見人。」

幾名衙捕同時大笑，表示年輕人的笑話，極有品味。

張騫等他們笑完，才厲喝道：「大膽，單這一句話，就足以讓你滅族。」

「哎喲，嚇唬我。」年輕人笑了，「你拿什麼來滅我的家族？」

張騫：「我要見陛下。」

年輕人：「你要見哪個？」

張騫：「博望侯張騫，在這裡鄭重通知你們，我要見陛下。」

年輕人失神地站起來：「你是博望侯張騫張大人？」

張騫：「然也。」

年輕人霎時面色如土，撲通跪倒：「我擦張大人，你不早說，你看這事弄的，歡迎博望侯張騫張大人，來我衙司檢查指導工作。」

笑星東方朔

張騫來到了朝廷。

武帝踞蹲而坐，他的身側，有幾個侍女撐起紗簾。簾中坐有一名女子。隔著輕紗，看不清晰女子的容貌。

一名衣衫奇特、相貌不凡的方士，侍立於東階之側。當張騫上來時，正見那方士拍了拍手掌，一字一句地說道：「臨兵鬥者，皆列於前。」話音落下，就見朝堂兩側的大旗，突兀而起，如被人平持一樣，於空中緩慢前進。

張騫扭頭，這花活，他在西域見得多了，膩到了已經不想再看。

但漢武帝看呆了，他大睜兩眼，嘴巴張開，目睹那兩面戰旗，於空中撞擊格鬥。旗杆相碰，發出了清脆的顫音。兩旗相鬥甚久，一旗明顯力怯不支，另一旗凌迫更甚，步步緊逼。忽然間怯旗急速盤旋，升上高空，似有逃遁之意。另一旗飆追疾至，有窮追落水亡寇之意，卻不想變局倏生。怯旗突然向下一落，另一旗速度過快，「嗖」地掠過，被怯旗趁勢一挑對方旗尾，只聽「啪」的一聲，另一旗連打幾個鏇子，「噗」的一聲，插回了原地。

怯旗用計險勝，得意洋洋地在庭堂盤旋一圈，也「噗」的一聲，插落回原位。

戰旗已落，滿朝皆驚，只能聽到朝臣們驚呆了的大聲喘息，卻無人說話。好半晌，才聽到漢武帝叫了聲：「東方朔？」

聽漢武帝叫慣喜滑稽的東方朔，張騫氣得一跺腳。心說這個傻缺的陛下，這事兒你問東方朔沒用，他不過是個慣喜扯蛋的笑星，你應該問我才會弄明白。可是漢武帝沒問他，張騫也只能一聲不吭。

身材矮小的東方朔皮球一樣軲轆出來：「臣在。」

漢武帝：「欒大先生的這個法術，你能破解嗎？」

東方朔笑道：「陛下，我們都曉得，太陽裡邊，有隻三條腿的烏鴉，這隻烏鴉啊，生性愛吃，就是個吃貨，逮什麼都吞進自己肚子裡。有一次，三足烏想吃地下的靈芝草，古神羲和氏就急忙用手捂住三足烏的眼睛，不准牠飛下來。怕就怕這隻三足烏，吃得太安逸，不樂意動彈了。」

漢武帝蒙了：「呃，你這段神神叨叨，從何說起呀？」

東方朔道：「陛下，臣呢，小時候貪玩，有次挖坑，不留神陷入到井底，幾十年也沒能爬上來。」

漢武帝：「你他媽的，幾十年沒能從井裡爬出來，那你靠吃屎活著嗎？」

東方朔：「陛下，臣更小的時候，到紫泥海去玩，紫泥弄髒了臣的衣服，臣就去虞泉把衣服洗了洗。洗了衣服後，臣就在冥間的崇台上坐下來休息，不知不覺睡了過去。後來冥間的王公把我拍醒，王公說，『小朋友，你餓了吧？吃點紅栗霞漿，再來幾杯九天上的仙露。』臣當時回答說，『我年齡還小，不能飲用刺激性過強的液體。』王公說，『沒關係，你偷偷喝上半杯，沒人知道。』」

東方朔說完了，漢武帝更加困惑：「誰能告訴朕，東方朔他這說的都是什麼意思？」

「陛下，」台階下鬥旗的方士答道：「東方朔的意思是，飲了冥間的紅栗霸漿，喝了九天的仙露，因此他不會感到飢餓。」

漢武帝：「那他幹嘛天天纏著朕，沒日沒夜打報告，要求添加俸祿？」

方士笑道：「陛下，這所謂的俸祿，於他而言是沒有意義的。但對陛下有。」

漢武帝：「行了行了，別一唱一和的，朕懂你們的意思。那個誰，東方朔，你繼續說，你陷在井裡幾十年，也爬不出來，後來怎麼樣了？」

東方朔：「後來……後來，井裡出現一個人，帶我去採靈芝草。行至途中，遇到條紅河阻路，無法通過。那人脫下他的一隻鞋，送給了我。我把那隻鞋放在河水中，當成一隻鞋船，因而渡過浩瀚的紅河，抵達了一個奇異的國度，那裡的人用珍玩串成席子，用雲霞織成紗帳，用墨玉做枕頭。我到達後，當地人鋪了褥子讓我睡，我仔細一看，我擦，那褥子是用光線編織成的。我往上面一躺，就聽『嗖』的一聲，掉下去了。」

漢武帝的臉上，充滿了絕望：「媽蛋你個東方朔，每次問你點事，你就跟朕玩離題萬里。這次你玩得太遠了，就問問你這旗子飛起來是怎麼回事兒，你給朕扯了個上天入地的蛋，退下！」

東方朔退下，正退到張騫身邊，就向張騫擠了擠眼：「反正我都說明白了，陛下自己不理解，我也沒辦法。」

張騫低聲罵：「你說明白了個屁，你是善於把人說糊塗的忽悠大師。」

東方朔怒道：「你胖你先吃，你行你去說！」

張騫摸摸頸子：「唉，沉睡之人，最恨把他叫醒的人。我還是多活幾天吧，活著比什麼都強。」

帝子推心

張騫等候在台階下，聽武帝與那名方士聊天。

漢武帝說：「欒大先生，你可曾見過仙人？」

那方士笑道：「陛下，這個問題太難回答，怎麼答，都是錯的。」

漢武帝：「怎麼說？」

方士道：「設若有人問上長安城中的一個布衣，問他見過陛下嗎，他就會陷入巨大的謊言中。說沒見過吧，陛下時不時出宮巡幸，他可是多次在遠方遙遙目睹。可他如果要是回答見過吧，遠遠地瞥上一眼，也算見過嗎？所以這個問題，實際上是個偽問題，無論怎麼答，都是錯的。」

漢武帝：「朕明白了，你是在繞著彎子，批評朕對你們方士不信任。朕在這裡明確地告訴你，朕這輩子，什麼也不信，就信方士之語。朕之言，絕對是發自肺腑的，朕之心，絕頂是真誠的。」

方士道：「陛下真誠之語，化外之民，感懷於心。」

忽然間漢武帝動了感情，說道：「欒大先生啊，你是神仙之屬，應該知道這塵世之間，那叫一個髒啊，骯髒、汙穢、齷齪到了令人髮指的地步。這塵世間，最暗惡的，是人心，最不可信的，是人類的語言。欒大先生，朕對你說句憋在心裡快四十年的話吧，朕自打七歲那年，被立為太子。此後朕習文修武，一心一意想等登基之後，做個體恤蒼生的好皇帝。可是到了朕九歲那年，朝野之間，忽然間謠言紛紛，烏雲滾滾，人們到處奔走傳告，俱言朕為太子兩年，還未生育，足證朕根本不能人道，是個性功能有障礙的殘疾人士，是陽萎太子，性無能大帝。可是欒大先生，朕當年不過是個九歲的孩子，生殖系統還在發育之中，揀這時候誹謗朕是陽萎天子，這豈不是太操蛋了嗎？」

漢武帝突然爆料出獨家隱私，朝臣們驚呆了，方士欒大，大張嘴巴望著漢武帝，更是不知所措。

漢武帝心裡也是驚訝又懊悔，又說漏嘴了，讓這些奸詐的屬臣們，茶餘飯後，憑空多了無限的樂趣。捏了捏自己的嘴巴，漢武帝目視欒大：「先生明白朕的意思了嗎？」

值此欒大恍然大悟：「莫非，陛下是在告訴我，有關我那個可憐的同業人士少翁，被陛下誅殺的消息不確切？」

「豈止是不確切！」漢武帝聲如雷吼，「想當初少翁先生入宮，從冥府喚回了李夫人的幽魂，朕是親眼目睹的，而且朕當時還作了一首詩：是邪非邪，立而望之，偏何姍姍其來遲？有這首詩在，足證少翁先生的法術，是貨真價實的，是受到朕的親自認證的。」

欒大：「化外之民，替靈異界同仁謝過陛下。陛下對我們的肯定，才是我們進行人類與天界社會交往的最大動力。」

漢武帝：「但朕也有句話，要告訴你們。」

欒大：「化外之民，恭聆陛下教誨。」

漢武帝：「你們這些經常與神仙來往的散仙之屬，也要加強業務學習，別像東方朔一樣天天吊兒郎當，躺在經驗簿上吃老本。一說神仙之事，就拿自己小時候的經歷充數。你問他現在幹什麼呢？天天和個房陵縣的女神膩在一起，沒個正形！人不讀書不如豬，人不學習沒臉皮。雖然你們或是吃過天果，或是飲過冥漿，但如果不強加自身業務能力的建設，那你們跟凡人也沒什麼區別。就拿少翁先生來說，他可是習諳長生之術，駐顏得法，活幾千歲了，仍然保持著童子的容貌。可是他在塵世間久了，尤其是受到西域價值觀的不良影響，結果業務能力退步了，神仙之術也失靈了。有天朕帶他出門巡遊，路上我們停下來野餐燒烤，朕烤全馬款待他，他吃了馬肝，竟然中毒死了。活幾千年，到朕跟前偏偏中毒死了，你說讓朕跟誰說理去？」

欒大伏首：「聽君一席話，顛覆人生觀。陛下對化外之民推心置腹，化外民無以為報。化外民幼年得獲仙緣，被神仙收為徒弟，師父曾經告訴我，點石成金，不過是雕蟲小技，長生不老，實乃天界常事。而陛下誠心求仙，卻多年未見結果，不過是這人世間的紛囂謠塵，遮迷了天地，惶惑了人心。現在陛下把話說開挑明，事情相對來說就容易了。」

「哦。」漢武帝滿臉期待地望著欒大。就聽欒大繼續說道，「陛下若想成仙，易爾，只要把化外民的師父請來，羽化升天不過轉瞬之間。但有一樁麻煩，化外民的師父，架子不是一般的大，除非自己的親眷相求，才會答應。倘陛下願意視我師父為親屬，則事半功倍矣。」

「哈哈哈，」漢武帝仰天長笑，「欒大先生，你說這事多有趣？朕和你，想到一塊去了。」欒大也隨之哈哈大笑，突然間漢武帝神色一斂，欒大臉上的笑，卻一時間收不回來，僵在那裡成了個尷尬模樣。

漢武帝的聲音，冰冷威嚴：

「傳旨！」

公主嫁給騙子

黃門官出列，以清朗的嗓音高唱道：

「聖旨下，封欒大先生為五利將軍，賜印。」

五利將軍？哪五利？這算個什麼稱呼？群臣面面相覷。

「封欒大先生為天士將軍，賜印。」

群臣愕然：「陛下大手筆，一下子就封這個江湖騙子兩個將軍，媽的老子替陛下你幹了多年，屁也沒封到。」

「封欒大先生為地士將軍，賜印。」

什麼？連封三個將軍？不過也對，天士將軍都封，地士將軍也得給他。群臣釋然。

「封欒大先生為大通將軍。賜印。」

什麼？連封他四個將軍，陛下可是豁出血本了。群臣驚得腦子都麻木了。

「封欒大先生為天道將軍，賜印。」

好，五個將軍，此時群臣已經死心了。都在心裡說，陛下，你他媽的陪欒大玩吧，老子不跟了。

「封欒大先生為樂通侯，賜印，食邑五千戶。賜府邸，僮僕一千。」

欒大先生捧著六枚印信，滿臉幸福地站在朝堂。群臣的心裡，直把漢武帝的八輩子女性族人，蹂躪了個痛快。無數軍士喋血沙場，封功論賞苛薄吝嗇，稍有差失馬上就剝奪功爵沒收財產，原來陛下弄這麼多錢，只是為養欒大這麼個騙子。

「傳旨，朝中臣屬、列侯，悉親往欒大先生府中，為欒大先生與長公主的新婚祝賀。」

值此，張騫第一個醒過神來，原來如此！

難怪漢武帝，對欒大突然說起他做太子時，遭受政敵攻訐，謠傳武帝陽萎，沒有生育能力的舊事。原來漢武帝一輩子，都在為這事耿耿於懷。當時武帝與皇后阿嬌成親，武帝還是個童子，阿嬌卻已經成熟，婚後兩年未有子嗣，導致了武帝對謠言信以為真，真的相信自己是個廢人。武帝做太子九年，登基兩年，皇后阿嬌仍然未孕，這讓漢武帝更加相信自己有問題，他悲觀絕望，破罐子破摔，連個皇帝都不想好好做了。直到在姊姊平陽公主家裡邂逅衛子夫，衛子夫次年懷上身孕，才讓武帝恍然大悟，從此恢復了自信。

這個長公主，就是衛子夫替漢武帝生的第一個孩子，這個孩子證明了他的能力和清白，讓他恢復了人生的信心，所以武帝對這個女兒寵愛至極。破例封為長公主。地位待遇，在所有的皇子與公主之上。

衛長公主最先是嫁給皇朝開國功臣曹參的玄孫曹襄，後來曹襄死了，長公主孤獨守寡。大家都知道依長公主的性子，斷無可能守寡守貞，但她會再嫁給誰，這卻是讓所有人津津有味的話題。

可萬萬沒想到，英明神武的漢武大帝，竟然把自己最寵愛的女兒，嫁給了一個江湖騙子。

但這也不能怪漢武帝，他擊敗匈奴，人生已經走到最高點。他的下一個人生目標，就是長生不老，成神化仙。這個目標，正經人是插不上手幫忙的，也只有騙子，才敢大包大攬，不管三七二十一，老子先把你家公主睡了再說，不服你去死！

看明白了眼前所發生的一切，張騫臉上堆出燦爛的笑容，擠在群臣之中，向欒大和衛長公主拱手：「恭喜二位，賀喜兩位，正所謂九天仙子臨凡塵，鳳舞鸞鳴一家親。瑤台馭車是虎豹，羽化飛升拜仙人。哈哈哈，我們等這杯喜酒，已經太久太久了，哈哈哈，哈哈哈。」

有人輕拍了張騫肩膀一下。

張騫回頭，就聽身後的黃衣侍從說：「博望侯，陛下正等你。」

張騫最後看了一眼欒大，心說：尊敬的騙子，真希望咱們倆，能換一換。

轉身跟在侍者身後，大步而去。

蠻族愛情傳說

張騫來到，見武帝青衣小帽，倚坐在榻案上。旁邊恭立個年輕人，正眉飛色舞地說著什麼。看張騫過來，漢武帝斂住笑容，擺了擺手：「敬聲啊，你先下去吧。」

張騫看著年輕人退下，心說，原來這孩子是公孫賀的兒子。想那衛媼，生了三個女兒，三女兒衛子夫，是現在的皇后，太子和嫁給欒大的衛長公主，都是衛子夫生的。衛子夫二姊叫衛少兒，和家奴霍仲孺通姦，生下少年英雄霍去病和弟弟霍光。衛子夫的大姊叫衛君孺，嫁給了衛青的朋友公孫賀，生子公孫敬聲。

現在的朝廷，雖然衛青已經邊緣化了，霍去病又不明而死，公孫氏仍然是一支強大的力量。但，象徵著李夫人勢力的李延年與李廣利，正在獲得越來越大的話語權。

張騫心裡想著，在漢武帝面前跪下：「陛下。」

武帝：「張騫呀，朕這段時間，心裡總是猶疑不定，像是有什麼事情，讓朕掛念。但朕左思右想，卻想不明白。朕心不快，張騫你給朕講點域外故事吧。」

「講故事？」張騫道，「好，我給陛下講個獵驕靡臥薪嘗膽，殺仇敵為父報仇的故事。」

「話說在蔥嶺以東，敦煌以西，有一支驍勇善戰的遊獵部落，名叫烏孫。烏孫國主，名叫難兜靡，他身高體壯，英俊非凡，但已經年紀很大，仍未娶妻。部落人勸他說：『我們的王呀，你年紀偌大而不婚娶，等到你年邁高壽，體力衰弱，我們烏孫部落，指望誰呢？』

「難兜靡回答說：『不是我不想娶妻，在我的心中，有個願望。若不是國色天香妙絕天下的女子，是入不了我的眼。如果你們告訴我哪裡有這樣的女子，我一定娶回來。』

「就有位年邁的老者，告訴難兜靡：『我們的王呀，莫非你沒有聽說過嗎？越來越強大的匈奴部落，首領的名字叫冒頓。冒頓有個女兒，因為出生在胡水畔，因此就叫胡水女。聽人說那胡水女，不唯是生得美如天仙，香軟如玉，更奇異的是她力大無窮，騎射無雙。她在湖灣裡洗澡之時，就連天上的雲彩都來偷看。於是各部落的酋長，都向冒頓提出請求，請求娶胡水女為閼氏。於是冒頓就把女兒叫過來，問：「胡水女呀，你看這麼多的部落酋長喜歡你，他們個個都是大英雄，你想嫁給哪一個呢？」』

「『胡水女回答：「我尊貴的父親呀，我要嫁的男人，他必須能夠征服我，打敗我，我才會死心塌地地愛上他。請父王替我主持一場比武大賽，讓所有的求婚者都來與我比武。他若是贏了我，我就是他的。他若是輸了，我就殺死他！」

「『於是匈奴王冒頓，就為女兒舉辦了選婿比武大會。所有遠道而來的男子，無論你是什麼身分，只要你有不凡的身手，都可以下場與胡水女比武。卻不料，前前後後有十幾名部落勇士，信心滿滿地下場，卻全被美貌的胡水女用長刀劈死了。那些想娶她的人，知道自己萬萬不是她的對手，因而不敢下場。再也無人來與她比武，胡水女寂寞又憂傷。每逢月圓之夜，她孤零零地獨立蘆花蓼草之中，眺望空無一人的比武場，唱著悲傷的歌子。』

「難兜靡聽了，興奮不已，說：『我等待的女子，大概就是她吧？』

「於是難兜靡收拾行裝，前往匈奴部落求婚。匈奴王冒頓對他說：『難兜靡，你可要想清楚了，如果你死於我女兒之手，不能因此而部落尋仇。』難兜靡答應了，於是他手提長刀，上了比武場。

「那比武場，是胡水畔邊的無垠草原。東側是蓼花飛揚，西側築有高台，冒頓等人於台上觀看比武。胡水女手持長刀，立於比武場上。果然是人間罕逢的絕世美女。難兜靡一見傾心，正要說話，那美絕人寰的女子，已經手持長刀，兇神惡煞般撲了過來。一刀劈下，難兜靡用刀一格，只聽『當』的一聲，他手中的長刀，已然被格飛。

「難兜靡驚呆了：這看似弱不禁風的美女，卻有著比蠻牛還大的力氣。還沒等他多想，胡水女又是狠狠一刀劈來，他就地一滾，躲了過去。胡水女發出可怕的叱聲，疾追而來。難兜靡跳起來，向著水畔發足狂奔。胡水女窮追不捨。兩人一追一逃，頃刻間來到了沼澤地。就見難兜靡望著水中，一頭跳了進去。

「胡水女持刀追至水邊，正持刀向水中觀看，尋找難兜靡的蹤跡。不提防她腳後的淤泥裡，突然伸出一隻手，抓住她的腳踝，用力一扭。胡水女驚叫一聲，被扭翻在地。

「原來，難兜靡發現，比拚勇力，是無法贏胡水女的。除非把她誘到水邊，利用自己水性驚人的優勢，以智取勝。果然，兩人在爛泥裡好一翻廝打，壓倒了無數的蓼草蘆花，最終，胡水女在水中悶氣的功夫上敗下陣來，不由自主地伸出雙臂，緊緊地抱住了難兜靡粗大的脖頸。

「匈奴王的女兒比武求婚，終於有了個結果，冒頓喜形於色，款待難兜靡最好的酒，連喝了幾天幾夜，難兜靡這才踉蹌上馬，回自己的部落準備婚事。經過一番長途跋涉，他終於回到了自己部落。此時部落裡冷冷清清，不見一個人影，沒有出來擠羊奶的婦人，也不見奔跑玩耍的孩子。但難兜靡處於極度亢奮之中，沒有發現異常，只顧高喊道：『我回來了，你們勇敢的王難兜靡，他回來了，他帶來了特大喜訊給你們。』

「『什麼喜訊呀？』隨著這一聲冰冷的發問，部落的帳子裡，突然湧出來無數大月氏騎士，各個手持刀槍，臉上掛著不懷好意的獰笑，看著難兜靡。

「原來，大月氏王也垂涎胡水女的姿色，一心想奪占己有。只是知道自己不是胡水女的對手，才咬牙隱忍。不料想烏孫部落的難兜靡以智取勝，贏得胡水女的芳心。這激起了大月氏王的妒意，於是趁難兜靡不在部落時，突然率精騎發難，殺光了烏孫部落的人，然後將屍體藏起，再埋伏起來，等難兜靡自投羅網。

「見月氏人如此卑劣，竟將自己部落人殺光，難兜靡氣炸心肺，當場與月氏人廝殺起來。他獨自一人，與月氏人殺了整整一天，殺死殺傷月氏騎士近百人，終於力竭戰死。」

講到這裡，張騫停下來，發出粗重的喘息聲，好像只是講述這個故事，就花費了他極大的力氣一樣。

靜寂中，武帝輕聲問道：「這個故事，你是從何聽來的？」

張騫：「臣上次出使西域，途經烏孫時，聽當地人講的，這個故事，在當地無人不知。」

漢武帝：「可這不合邏輯呀，照你剛才的講述，烏孫部落不是已經被月氏人殺光了嗎？連烏孫王難兜靡都戰死了，烏孫國又怎麼會死灰復燃呢？」

張騫道：「陛下，這是有原因的。」

漢武帝：「什麼原因？」

張騫：「烏孫王難兜靡戰死，部落族人盡歿。但十個月後，匈奴部落有位未嫁人的公主，生下了個孩子。公主告訴人們，孩子的父親，就是烏孫國王難兜靡，所以這孩子，名字就叫獵驕靡。

「這孩子長大後，也是一條勇力過人的好漢，而且他足智多謀，說服了匈奴王冒頓，自為前驅，向月氏人宣戰，一戰而敗月氏，摘下了月氏王的首級，製成了酒器。從此月氏西走，烏孫復國。但此後，烏孫國與匈奴人因為水草之爭，齟齬橫生，雙方多次衝突後，獵驕靡也率烏孫西走，遊獵於祁連山下。」

漢武帝道：「真是個好故事，聽得人心情震盪。想那懷有烏孫族裔的公主，定然是美貌驚人武藝絕倫的胡水女了。」

張騫道：「還真不是，據說復國的烏孫王獵驕靡，其母是胡水女的妹妹。」

漢武帝尖叫起來：「怎麼回事？不是說難兜靡要娶胡水女嗎？怎麼反倒把胡水女妹妹的肚皮搞

大了？」

張騫道：「臣也納悶這事，所以一直狐疑於心，想弄個明白。」

漢武帝：「什麼意思張騫？莫非你想重返大漠？」

張騫：「正是。」

靜靜地看你裝逼

張騫道：「陛下，自打臣從西域歸來，那烏孫國的傳說與風情，就讓臣念念不忘，難以釋懷。這些日子以來，臣反覆擺弄西域諸國的地理位置，終於發現，我大漢帝國欲滅匈奴，就必須要和烏孫國結盟。」

漢武帝的興致高了起來：「說來聽聽。」

看了看漢武帝那張真誠的臉，張騫在心裡暗罵：「你大爺的陛下，老子出使西域，一十三年，險死生還，可給老子的俸祿獎賞，還抵不上江湖騙子欒大的一個零頭。這還不算，你還故意給老子設套，讓老子帶著老弱病殘上戰場，給李廣打後衛，然後又以老子行軍遲緩、貽誤軍機之罪，把老子的家底一下子抄空。你抄光老子的家，目的不就是再逼老子回西域嗎？你把老子害的，花兩銖半錢險被官府弄死，聲名掃地呀攤上你這個焉兒壞缺德的皇帝。跟臣屬玩心眼玩到這程度，你還裝出副純真善良的嘴臉，真是無恥無極限。唉，算了，老子就靜靜地坐在這裡，看著你裝逼！」

於是張騫繼續說道：「陛下，臣研究漠南地理，發現自打匈奴渾邪王部落投降以來，陛下將他們全部換地方安置，以防死灰復燃。但漠南大面積的地區，已經無人居住，成為匈奴人重新崛起的演馬場。所以臣想，倘如果能夠把烏孫國招回，讓他們舉國搬到昔日渾邪王的地盤，成為我大漢的藩屬國，替我們帝國守護北疆，臣以為這樣的話，陛下就能夠多睡幾個安生覺。」

「嗯，」漢武帝假裝沉思，「這樣好嗎？」

「當然好。」張騫道，「倘烏孫國歸來，倚為屏藩，則西域諸國，也必將受到影響，甘願投奔，這就等於我們一錘子打斷了匈奴的右臂，就算是匈奴人百足之蟲，死而不僵，但一個缺胳膊少腿的對手，對我大漢無疑是有利的。」

漢武帝：「然則，此舉可行性又如何呢？」

張騫：「陛下，事在人為。」

漢武帝：「張騫呀，你的考慮是對的，但朕只是擔心，事與願違呀。」

張騫心裡差點大罵起來：日你親娘漢武帝，你想引誘老子立軍令狀嗎？老子又不是三歲的孩子，才不上你的怪當。於是微笑道：「陛下，戰略結盟這種事，最大的特點就是變數太多，已經超出了人力的控制。就拿烏孫國來說，國王獵驕靡的生母是匈奴人，他自己又在匈奴王庭長大，可最終，烏孫與匈奴走到了勢同水火的敵對狀態，難道他們自己願意這樣做嗎？時也，勢也，運也，他們身在局中，也是不由自主。」

漢武帝：「嗯，張騫，朕明白你的意思了。」

張騫：「陛下聖明，就如同上一次，臣出使西域的目的，只是為了招回大月氏，但這個目的並沒有達到，但卻意外地搜集到了有關漠南的詳細軍事情況，所以我漢軍才會一擊奏效。這一次，同樣也會有意外的收穫，臣對此信心滿滿。」

「好！就依卿所奏。」漢武帝終於拿定了主意。

老成謀國

武帝傳旨，以張騫為中郎將，精選報國之士，再走西域，出使烏孫。

第一步是人選的問題，張騫首先挑選副使，副使的人選在皇室邊緣階層選拔，必須有曾在朝中做過高官的背景，但始終未有機會進入高層。無論是從軍或是治政，充其量是個替人頂黑鍋的冤大頭。

誰也不清楚張騫為何制訂出這樣的標準，張騫也不解釋，他自顧去拜訪霸陵人安國少季。

安國少季，是在當時很有名氣的一個人。做過官，不大，理過財，不多，但他為人豪爽氣派，精明心細。儘管如此，也沒聽說他有什麼過人之處，但奇怪的是，就連漢武帝都知道這個人。大概算是個社會名流，或者是漢武帝時代的大V（意見領袖）吧？

張騫拜訪安國少季，說：「少季呀，你不是沒有本事之人，為何要這樣委屈自己呢？跟我去西域吧，這恐怕是你人生唯一的機會。」

安國少季搖頭：「侯爺請了，少季志不在此。」

張騫納悶地問：「少季，你數十年不鳴，必然是一鳴驚人。難道這西域之行，真的不是你的機會嗎？」

安國少季道：「侯爺有所不知，少季的機會，在南方。」

「南方？」張騫茫然，「沒聽說陛下要對南方用兵啊？」

少季道：「侯爺何必裝糊塗？昆明池畔的牽牛織女，就連瞎子都看得到。」

張騫：「明白了，不過少季，不是我倚老賣老，你雖然能幹，但終究是缺乏歷練，機智有餘，沉穩不足。我送給你一句忠告，倘你時機來臨，你一定要跟隨老成持重的人，不可獨當一面。」

安國少季拜倒：「少季恭聆侯爺指教。」

抬起頭來，看著張騫登車遠去，他才牙縫裡擠出一句：「老糊塗，以為誰都像你一樣的弱智嗎？」

張騫沒聽到這句過低的評價，他繼續按自己擬定的名單去拜訪，最後湊足了三十個人，才上金殿來見武帝：「陛下，臣遠行，副使的人選已經備齊，這是名單，請陛下過目。」

漢武帝拿眼睛一掃，頓時大詫：「張騫，你搞什麼鬼？怎麼副使這麼多人？」

張騫：「陛下，這些副使，臣還怕數目不夠，多一個副使，就多一種可能，多一個機會。」

「怎麼說？」漢武帝問道。

「是這樣。」張騫解釋道，「陛下，此赴烏孫，千里迢迢，烏孫國對我大漢到底是什麼態度，實乃未知之數。但沿途所經，道路無數，每條路各通往一個國家。有的去大夏（大致相當於現在的阿富汗），有的去往安息（大致相當於現在的伊朗），還有的去往身毒（大致相當於現在的印度）。如此之多的道路，如此之多的國家，正所謂歧路亡羊，誰也不清楚，我們究竟能在何處覓得機會。」

漢武帝：「這樣啊，朕有點明白了。」

張騫媚笑道：「陛下聖明，其實早就明白了。臣的打算是，每行經一條岔道，就派遣一名副使，手持陛下所賜的節杖，沿路去諸國訪問，揚我國威，勾連縱橫。所以臣精選了身體健壯、知書達理的世家子弟三十人，他們對陛下忠心耿耿，都是最適合的副使人選。」

漢武帝大喜：「太好了，張騫你果然是老成持重之人，如此四面開花，遍地結果，此行必有獲益。」

傳旨，再由張騫精選敢死亡命少年三百人，每人各帶兩匹馬，共牛羊萬頭，黃金幾千萬，貨幣、綢緞無計其數。不管到哪個國家，先狠命地砸錢，不信砸不死那些雞毛小國。

坐井觀天說烏孫

公元前一一五年，漢武帝四十一歲。

這一年，張騫率使臣團隊三百人，再出西域。

一路行來，張騫每到一個路口必要仔細地詢問，打算放下一批副使。可這事就奇怪了，途中的道路千迴百轉，竟然都是通往烏孫。

張騫心裡有點醒過神來，敢情這個小小的烏孫國，恰好堵在了漢國出使的大門口，不管你想去哪兒，都要經過烏孫不可。

河西已經沒有了匈奴的蹤跡，張騫的使臣隊伍，浩浩蕩蕩抵達烏孫，向守關的士兵報告，請求遞交國書，面見烏孫王。

烏孫王，號稱昆莫。在位的，正是張騫所講的故事中，那個由匈奴公主所生的獵驕靡。

遞交了請求之後，等了幾天，不見動靜。張騫就前往烏孫貴族家裡拜訪，當然是黃金開路，輕易地砸開了對方的家門。

張騫請求道：「煩請閣下在昆莫面前多多美言幾句，讓昆莫接見我們。」

對方大大咧咧地回答：「不要急，短日長日，十天半月，昆莫總是要找個時間見你們的嘛。」

張騫說：「希望能夠快一點，我可是帶了厚禮，給昆莫的呀。」

對方答：「我可要提醒你一句，你的禮物雖然厚重，但你們國家太小了，見到昆莫時，萬不可提出什麼過分的要求。」

「我們國家小？」張騫詫異地望著對方，「漢國可是中國呀，怎麼可以說小？」

對方答：「好了好了，知道你們國家很大，行了吧？」說完爆發出刺耳的大笑。

張騫滿心狐疑出來，隔幾天不見動靜，再去催促。就這樣催來催去，過了十幾天，昆莫獵驕靡，終於開恩接見漢國使者。

張騫率一隊副使，列隊來到，烏孫方派了十幾個光膀子壯漢，嗚嗚嗚地吹起牛角，算是迎賓曲。走入大名鼎鼎的獵驕靡的王庭，張騫心裡叫一聲娘，娘喲，這烏孫國王的日子，過得忒淒慘了。他的王庭，還比不了我的狗窩大。

雖然在見過世面的張騫眼裡，烏孫人的居住條件，實在是太可憐了。但看在場烏孫諸部貴族們的表情，儼然以他們的成就而自豪。當張騫入帳，看到居中而坐的獵驕靡時，他的心裡說不出的失望。

獵驕靡不失為一條威猛的大漢，只不過，大概國王的舒服日子過久了，耽於酒色，身體顯得肥胖臃腫，估計騎馬對他來說，無異於酷刑折磨。令張騫奇怪的是，獵驕靡看著他的表情，似笑非笑，古怪非常。

張騫心裡納悶，又不好問，硬著頭皮，操著生硬的當地語言開口：「尊敬的昆莫，我是天朝漢國來使張騫，我朝天子威行天下，仁澤四方。久聞烏孫昆莫之名，特遣我來，希望能夠迎請貴國重返南漠，與我大漢國結為兄弟。為表誠意，我漢國願意以公主嫁與昆莫，從此烏漢兩國，永結盟好。」

「哦，」獵驕靡的臉上，掛著古怪的笑容，「我聽說你們的漢國，也不小？」

張騫：「回昆莫的話，我天朝漢國，不是大小的問題，而是遼遠無垠，居於天下之中，所以古來稱中國。」

「哈哈哈，」王帳之中，突然爆發出一陣哄堂大笑。張騫茫然環顧，發現領頭大笑的，正是昆莫獵驕靡，或立或坐於兩側的酋長和貴族們，也都在前仰後合地捧腹大笑。這笑聲讓張騫驚疑不定，出什麼事兒了？我說錯什麼話了嗎？他們怎麼會笑成這個怪模樣。

好長時間過去，才見獵驕靡擺了擺手：「好了，遠來是客，不要同使者開玩笑了。」然後他很嚴肅地轉過身來：「使者，你們漢國部落，有十萬人嗎？」

這句話可把張騫問住了，他萬萬沒想到，這個烏孫國，從國王到貴族，竟然如此無知，對天朝上國竟然全無瞭解。因為事出意外，張騫腦子僵住了，憋了半晌，才憋出一句話來：「昆莫，不要開玩笑了，前者我大漢對匈奴的漠北之戰，僅出動的士兵，就超過了二十萬。」

獵驕靡認真地思考了一下，說：「如此說來，你們被匈奴凌壓，整個部落的人，包括老人和孩子，還有女人，全都上了戰場嗎？」

「我們沒那麼慘。」張騫都快要氣瘋了，「昆莫，你對我們天朝漢國，不是太瞭解。讓我來告訴你吧，我漢國從南到北，不少於百萬里。北方冰天雪地，南方卻是烈日炎炎。我漢國從東到西，也不少於百萬里，天子出巡，行經數月而不見其邊。我漢國有郡一百零三，郡下有縣一千五百八十七，其中侯國一百八十八。這其中，大郡人口逾百萬，小郡人口也不少於十數萬。我漢國每天出生的嬰兒，就不少於二十萬。前者漠北之戰，我漢國只是調遣了北部邊疆的幾個郡縣，就足以盡掃狼煙，打得大單于伊稚斜聞風而走，從此不敢犯我邊關。」

當張騫說話時，獵驕靡詫異地看著他：「使者，我們烏孫有句話，嘴巴太大的人，不可以讓他接待客人。」

張騫氣得一跺腳：「尊敬的昆莫，你不信也罷。我請求昆莫派幾個使者，等我回去時，與我同返天朝。屆時昆莫就知道，我的話絕無絲毫誇張。」

「好，好，你不要動氣，我信你還不行嗎？」獵驕靡嘴上說著信你，但任誰都能聽得出來，他實際上是說：行，行，論吹牛咱吹不過你，那你自己找個地方吹去吧！

武帝情迷天馬

張騫回到了漢國，面見漢武帝。

漢武帝悠閒地倚坐著，聚精會神地聽張騫講述。

張騫：「陛下，我好說歹說，終於說服了烏孫昆莫，派了幾個使者，跟我們一道回來。我們帶著烏孫使者，一路行來。過了邊關之後，使者的眼睛就不夠看了。前方到得一個驛站，使者急忙湊過來，問，『這裡就是你們漢國的王庭吧？』我告訴那兩個烏孫白癡，這只是家普普通通的驛站，我漢國像這樣的驛站，有幾十萬個。陛下，臣說出來你都不會信的，那兩個傢伙臉上的表情，根本就不相信！再往前，看到一座小縣城，那兩個使者就震驚了，說，『張騫呀，你們的漢國確實不小，人口也蠻多嘛。』我告訴他們，這只是一座小到不能再小的縣城。等到了長安城，你們才算見世面。陛下，等到了長安城，那兩個沒見過世面的呆瓜，整張臉都變形了，嘴巴這樣大張，眼睛這樣突凸，哈哈哈。」

漢武帝哈哈大笑起來，笑得前仰後合，不停地重拍案几。張騫也陪著大笑，笑著笑著，漢武帝的笑容突然一斂：「然則張騫，事情你沒辦成，是不是？」

「呃，」張騫好不窘迫，「陛下，你聽臣慢慢說嘛。」

漢武帝橫了他一眼：「你說！」

張騫滿臉晦氣地道：「陛下，那個啥，這個烏孫昆莫獵驕靡呢，雖然身世傳奇得很，但他的人又蠢又愚，更沒什麼志向。他被匈奴打怕了，對咱們大漢一無所知，以為咱們大漢，不過是個十幾萬人的小部落。聽臣勸他遷國遠走，他哼哼唧唧根本不表態。不過陛下你放心，等他們的使者回去，那烏孫就知道好歹了。」

漢武帝：「烏孫使者歸國，總不能讓他們空著手吧？張騫，朕告訴你，爾等出國，不唯是瞭解諸國風物，更緊要的是弘宣我大漢威嚴。現在朕封你為大行，你馬上準備去江都，為江都公主劉細君，主持和親的準備事宜。」

劉細君？張騫心裡「咯噔」一聲。他還記得，劉細君的爺爺，是早年與漢武帝爭奪過皇位的江都易王劉非。好長時間以來，漢武帝以劉非為心腹之患，提防日緊。甚至到劉非死後，漢武帝仍是放心不下，那時候張騫就曾聽漢武帝說起劉細君之名，打譜要把這個可憐的姑娘，送到塞外蠻荒之地。

但是這些事兒，涉及到皇族內部極為複雜的矛盾，遠不是張騫能夠插嘴的。他俯身道：「陛下，臣領旨。還有件事要向陛下稟報。」

漢武帝：「說！」

張騫：「陛下，臣在烏孫國時，多方瞭解到了域外諸國情形，派了副使們手持節杖，分道而行，前往大宛、康居、大月氏、大夏、安息、身毒、於闐及周邊諸國。剛才臣問過了，那些副使們，多數還沒回來，臣想，這些人遲遲不歸，必會有好消息回來。」

漢武帝無可無不可地說了句：「但願如此吧。」

過了一年多，真的有好消息傳回來。這一天，張騫正在朝中與人商議江都公主劉細君和親烏孫的瑣碎細節，忽然圓球一樣的東方朔軲轆進來：「張騫，去大宛的副使回來了。還帶回來幾匹大宛的汗血寶馬，聽人說陛下見了那馬，喜形於色，你時來運轉了！」

張騫匆匆趕到馬廊，遠遠地就聽到漢武帝興奮的叫聲：「小心，給朕小心著點，這可不是人世間的凡馬，這是天馬，對，沒錯，是天馬，朕現在就賜名為天馬。」

張騫走過去，正見早年匈奴休屠王的王子金日磾，正牽著一匹汗血寶馬，讓漢武帝欣賞。見張騫來到，漢武帝高聲叫道：「張騫，你還真不是說嘴，這次終於給朕立了大功了。現在你接旨，朕要你再選派幾支使節團，前往大宛，替朕再要些天馬來。」

從此，西域道上，絡繹不絕，一支又一支的漢國使節團，晝夜不停地向大宛進發，替漢武帝討要汗血寶馬。昔日荒涼的大漠，從此熱鬧了起來。

與仙女上床

又過去了一年，公元前一一二年，漢武帝四十四歲。

匈奴大單于伊稚斜死了，其子烏維繼單于之位。

漢國河東郡守也死了。他沒有料到漢武帝靜極思動，突然來到他地盤裡巡視。事出意外，什麼準備也沒有，龍顏大怒是必然之事。所以河東郡守急忙自殺，避免了牽罪於家人。

接下來死的是隴西郡守。和河東郡守一樣，他好端端地在自家衙門裡，衝老百姓逞威風，忽見道路上飛塵遮天，漢武帝招呼也不打一個，就突然來了。一下車，漢武帝的大隊人馬就要吃要喝。慌了手腳的隴西郡守，把能找到食物全給漢武帝送去了。但武帝的隨從沒得吃，就怒氣沖沖在武帝面前告御狀，指隴西太守久懷謀逆之心。太守無奈，只好選擇了自殺。

下一個輪到誰了？朝臣神色緊張，充滿期待。

張騫拿定主意，做好自己的事情，除了對西域諸國的外交事務，其他一概不聽不問不討論。世道不靖，人命如草，能多活幾天，就努力爭取吧。

這天上朝，東方朔又湊了過來：「好消息，欒大先生回來了。」

「欒大先生？」張騫問，「他去哪兒回來了？」

東方朔：「去東海找他師父去了，聽說他師父已經答應來朝廷，度化陛下羽化成仙。」

「有這事？」張騫鬱悶，「我還以為他和衛長公主成親之後，就從此幸福地生活在一起，他真捨得拋下美貌溫柔的公主，遠赴東海？」

東方朔嬉笑道：「哪有這種美事？陛下可是明確說過的，倘有成仙機會，拋棄妻子兒女，就如同扔掉一隻破爛的鞋子。若非有這番誠心，怎麼可能把衛長公主嫁給他？」

張騫道：「欒大先生去東海求仙，你應該陪同呀。你不是說，東海的仙島，你去過不知多少次了嗎？」

「呃，這個嘛，」東方朔的臉不紅不白，「我們走的不是同一條路，更何況東海的仙島極眾，仙人無數，他認識的仙人我未必認識。這就好比侯爺你去西域，我也去西域，但我們遇到的人，多半不是同一個。」

好像有點道理。兩人進了金殿，按序排好。張騫理過衣冠，抬頭一看，就見漢武帝仍如往常，高踞御座。衛長公主又出來了，這次撤掉了紗簾，張騫仔細地端詳，發現她的美貌果不虛傳。而且她的氣色非常好，不時地跟身邊的婢女說說笑笑。欒大先生華服高冠，立於公主身畔，不時用脈脈含情的眼睛，看著妻子。

太溫馨了。張騫心裡想，溫馨的朝堂，和諧的氛圍，滿滿都是正能量，真希望這種情形，能夠多一些。

稍頃，朝臣寂靜下來，就聽漢武帝柔和的聲音響起：「欒大先生，你遠行辛苦，朕一直期待著你的好消息。」

欒大走到台階下，奏報道：「陛下，臣這次出海，不敢表功，但確是耗盡了心智。臣的師父原本是行蹤不定，有時乘坐六龍駕馭的天車，去東王公那裡作客。去的時候泰山還是一片汪洋大海，回來時泰山已是登之可小天下。有時候，師父會去蓬萊島與仙子董雙成下棋，有次仙子悔棋，把棋子藏到了衣袖裡，不小心掉落凡塵，砸出一個深坑，後來形成了洞庭湖。仙子董雙成也為此受到天帝的貶斥，罰入九淵之地牧龍。陛下呀，就是這麼個複雜情形，可想而知我的師父是多麼難找。單說這次出海，正逢驚濤駭浪，無數條比泰山還大的鯨魚，包圍了臣的座船。有條鯨魚的尾巴輕掃，臣的座船立即被掃為碎片，臣跌落於水中，遇到一個人，身穿麻衫，頭束高冠。他帶臣去了九淵之下的地心，那裡有片牧場，無數生了雙翼的獨角獸，在那裡吃草。」

欒大講述時，朝堂鴉雀無聲，只有東方朔踮起腳尖，貼在張騫耳邊說了句：「私貨太多，穿幫了。」

「什麼？」張騫沒聽清，急見漢武帝森冷的眼神掃來，忙收斂精神，全神貫注聽欒大講述。

「……臣在牧場上遇到一個女子，說：『妾身，董雙成，天界的仙子也。因為和你師父下棋，偷藏棋子一枚，不慎跌落，形成了洞庭湖。天帝罰我於此牧龍。欒大你能來此，是因為我們有姻緣，請你馬上脫掉服冠，與我顛鸞倒鳳。』臣斷然拒絕，曰：『家人嬌妻，當今聖明天子的長女衛長公主是也，雖然仙子有命，不敢相從。』董雙成就說：『若如此，則你為陛下的求仙之路，橫生坎坷。』說罷，她喚來一匹雙翼獨角獸，送臣去了昆侖山巔，於天池中見到了師父。師父歎息說：『欒大，你為人世間情欲所困，險些錯失了為陛下求仙的良機。董雙成之所謂與你顛鸞倒鳳之意，並非是人間欲情，而是要授你化羽天術。你錯過這個機會，還需要再等十年。十年後，我將與你共赴朝廷，帶你和陛下馭龍升天。』」

欒大一口氣講完，喘息了一會兒，聽漢武帝回應。就聽漢武帝歎息道：「欒大先生，果然有情有義，雖然為了守護人間真情，卻錯失了朕馭龍升天的良機，朕也不應該責怪你是不是？」

欒大先生哭著拜倒：「雖然如此，但臣耽誤了陛下大事，還請陛下責罰。」

武帝點頭：「欒大先生，你之所言，朕全都相信。只是想和你核對一個小小的細節。」

欒大：「臣，恭聆陛下之教。」

漢武帝：「你最終，到底有沒有和仙子董雙成上床？」

欒大：「臣對天發誓，絕對沒有。」

漢武帝：「真的沒有？」

欒大：「倘若欺瞞陛下，臣永世不得超生。」

「我看懸，」漢武帝怒聲道，「與朕宣仙子董雙成上殿。」

啥玩意兒？漢武帝這句話，不唯是把欒大驚呆了，朝堂諸臣，也俱面面相覷，相對錯愕，那天界的仙子董雙成，她真的下凡來了？

金殿質詢

只見幾個黃衣宮監，挾持著一個衣衫破爛的年輕女子轉入殿來。那女子頭髮蓬亂，滿目驚惶，只有一隻腳上套著鞋子，另一隻腳上，滿是泥垢和汙血。轉出來，看到在場如此之多的人，女子嚇得臉形扭曲，失聲尖叫起來：「各位達官大老爺，饒了小女子吧，小女子給你們磕頭，放我回家吧，小女子知罪了。」聽她的口音，是齊國地方的人氏。

黃衣宮監叱道：「大膽，見了陛下還不跪下！」

「陛下？」女孩嚇慘，跌跪於地，「你的臉好長，真的是陛下嗎？」

漢武帝頭向前探：「你不要怕，朕問你話，你只須照實回答。明白嗎？」

女孩：「明……明白。」

漢武帝：「你叫什麼名字？」

女孩：「回大老爺，小女子姓董，叫董雙成。」

黃衣宮監怒道：「告訴你這是陛下的嘛，什麼大老爺？」漢武帝抬手，制止宮監，繼續溫和地問道：「你是做什麼的？」

董雙成：「小女子不做什麼，家父開了家客棧，生意勉強湊合。小女子日常就在店裡，幫助客人端盞遞水。」

漢武帝：「你家客棧，在什麼地方？」

董雙成：「就在泰山十八彎下的拐角處，大老爺你要是來，我爹肯定會給你打折，冷清時季，正是登山觀景的絕佳時候。」

漢武帝：「最近，你家客棧有客人嗎？」

董雙成：「有啊大老爺，還是京城裡來的侯爺。對了，這裡就是京城皇宮，對了，你是陛下，陛下饒命啊，民女無罪呀，求陛下開恩，饒過小女子吧。」

漢武帝哈哈大笑起來：「董雙成，朕像那麼凶惡的人嗎？」

董雙成定睛，仔細地瞧著漢武帝：「陛下，還真不像，你慈眉善目，是小女子無知，缺見少識。對了小女子該死，還沒有回答陛下的問話。沒錯陛下，半年前客棧來了好多客人，簇擁著一個衣衫華貴、氣宇不凡的人。他們先聲稱自己是路過的客商，可我們開店的，什麼樣的客人沒見過？一看他們就是微服出遊的達官貴人。果然不錯，小女子給那貴人斟酒時，貴人撫摸著小女子的手，說，『想不到這山野之間，鮮花居然可以開到如此之美。』小女子有心推開他，可是貴人的力氣好大，他還拿出六枚黃金鑄造的印信，給小女子看，說，『丫頭，看清楚了，這可是皇帝親賜的印信。』小女子無知好奇，只顧擺弄那幾枚印信，誰知道那貴人就從人家的後面，把人家給……嗚嗚，人家不好意思說，醜死了。」

漢武帝點點頭：「是這樣啊，那董雙成，如果再見到那男子，你能認得出來嗎？」

董雙成咬牙切齒：「他答應帶小女子走，說是要讓小女子享受榮華富貴的，可誰料他是個騙子，在客棧居住了大半年，突然之間就悄無聲息地逃走了，連店錢都沒有付，要是再見到他，哪怕他被燒成了灰，我也能認得出！」

漢武帝：「那你看看這個人，在不在朕的朝堂之上？」

「就是他！」董雙成站起來，手指欒大，「你這個大騙子，你溜走前還騙我替你遮掩，說什麼回來後就娶我為正妻，那你也應該告訴我你連住店的錢都沒有付呀，把住店錢還給我！」

出乎所有人意料，欒大不驚不慌，哈哈大笑起來：「原來陛下派人追查到我在泰山上居住的客棧了，這又讓臣師父說中了。臣離開客棧，就赴東海，入九淵，登昆侖，其間十數萬里之遙，豈是這鄉野柴禾妞能明白的？陛下，直到現在，臣才明白過來，當臣離開昆侖山時，師父對臣說，『此去有野棧，殿上野丫鬟。人主休驚疑，天地有神算。』臣當時，還不明白這句話是什麼意思，原來是說的這件事。」

漢武帝眨眨眼：「如此說來，朕命你赴東海求仙，你確曾先去了泰山，居住了大半年的光景，這才啟程前往東海？」

欒大：「陛下明察，正是如此。」

漢武帝：「你難道不是離開泰山，就直接回來了？」

欒大：「臣豈敢？欺瞞陛下，豈是如臣這等忠心之人，幹得出來的？」

漢武帝：「那好，咱們就核對一下你離開客棧後，每天的行程吧。」

黃衣宮監立即高聲唱道：「宣，欒大回京沿途各家店棧相關人等入殿。」

我擦！欒大一屁股坐在地上：「陛下你狠，連這些你都給掏出來了。這下咋整？沒咒念了。」

公元前一一二年，江湖術士欒大欺騙漢武帝事發，以欺君之罪，腰斬。

同時腰斬的，還有推薦欒大入朝的樂成侯。

欒大的妻子、漢武帝最寵愛的大女兒，從此消失於歷史，不聞聲息。

第十二章——

南方驚變

帝國青春往事

「司馬相如，已經死了六年了。」

漢武帝說。

又說，「倘相如在，朕定然不會如此憂心。」

沒人敢說話，張騫和東方朔，兩人匍匐於地，偷用眼神交流；陛下今日，緣何突發神經？但兩人在對方眼神裡窺視到的，只有疑問。張騫努力回想他上朝來的路上，長街寂寥，空無一人，只有寒風襲掠著枯葉，間或有神色慌張的軍士疾奔而過，究竟發生什麼事了？他只有滿心茫然。

武帝的聲音更加肅冷：「起來吧，鳥之將死，其鳴也哀，總不能就這樣僵持到地老天荒。」

話意不善，張騫和東方朔提心吊膽地站起來，就聽武帝說道：「早年間，朝廷遣使往夜郎國，其國主問使者，夜郎與中國孰大？此事傳回，成為笑談，從此人們稱坐井觀天、缺識少見的人為夜郎自大。後來朕遣唐蒙為中郎將，率軍士一萬，後勤系統輸運衣食糧草者萬人，再徵數萬役夫，打通夜郎之路。豈料唐蒙有負朕之期望，修路者逃死無數，主帥唐蒙按軍令被誅殺，巴蜀百姓夜夜驚恐。幸有司馬相如單騎入蜀，傳朕旨意，昭告天下，由是西夷咸服，去國設郡，從此無患。是誰說書生無治國之能？朕看司馬相如，其胸中智蘊，朝中沒有幾個人比得了？」

仰頭長歎，漢武帝繼續說道：「可惜相如智長命短，朕尚未大用，卻已於六年前辭世。空留下書賦百卷，又有誰能夠承其衣缽？」

漢武帝不停地誇死去的司馬相如，不過是責臣屬們無能。但張騫仍是不明白，此事跟他和東方朔有什麼關係？他負責西域，東方朔負責瞎掰搞笑，武帝偏挑他們兩個說這事，這不是扯蛋嗎？

平靜了片刻，漢武帝說：「東方朔，朕心疲憊，給朕講講司馬相如少年時代的事兒吧。」

司馬相如少年往事？東方朔抓耳搔腮：「陛下，相如與臣一向交好，他是文帝年間生人，自幼聰明穎悟，聞一知十，他的賦恢宏大氣，讀來蕩氣迴腸。他喜歡……呃，美貌的女子，嗯，臣常嘲笑他，見到美貌女子，他就渾身綿軟。呃，還請陛下明示，不知陛下想聽相如的哪段經歷呀？」

漢武帝：「說說他琴挑卓文君的故事，也不妨。」

東方朔：「陛下，相如少年時，就是這樣子的。聽說誰家的妻子女兒美貌，就備薄禮登門作客，卓文君的父親是個大富翁，因為宴請司馬相如，被司馬相如席間彈奏一曲鳳求凰，躲在屏風後面偷聽的卓文君為之心動，是夜私奔。呃，但卓王孫以此事為恥，拒絕給司馬相如陪嫁，於是司馬相如就命卓文君布衣荊釵，當壚賣酒。呃，卓王孫羞愧無地，只好送了一大筆錢給司馬相如，呃。」

漢武帝聽了，半晌才問：「少年多情，浮浪子弟，原本是人生難得的樂趣呀。嗯，想朕少年歲月，人生的夢想就是為害鄉里，騷擾四鄰，咳，朕的事就不提了。司馬相如拜訪卓王孫家的時候，是他一個人去的，還是另有同伴？」

「同伴？」東方朔茫然地看著張騫，「陛下，這事太久了，已經成為傳奇，誰也不清楚當時的具體情形了。」

漢武帝聲音冰冷：「再給朕講一個。」

「還要聽？」東方朔大窘，用眼神向張騫求助。這時候張騫終於醒過神來，漢武帝知道一切。就像對待江湖騙子欒大一樣，武帝也在他的身邊布置了特工眼線，對他組織副使出使西域的過程，瞭如指掌。知道他認為最適合於副使的人，是誰！

那就只能說了。

於是張騫上前，笑道：「陛下，司馬相如的浪漫情事，是我大漢當時的風俗。琴挑文君，美女夜奔，類似的美好事情，非此一件。」

漢宮離奇情案

張騫說：「大致和文君當壚賣酒同一時間，長安城中，發生了一起極為轟動的事件。

「有一對老夫婦，從邯鄲而來，在長安城中落了腳。這戶人家姓樛，有一手磨漿的好手藝。他們家賣的漿，細膩柔和，味道甘甜，就連許多朝官，每天上朝之前，必要飲盞樛家甜漿。所以樛老頭家的生意，堪稱紅紅火火，門庭若市。

「樛老頭家，有個女兒，年方十二三，不怕人，膚如凝脂，香柔誘人。兩隻圓溜溜的眼睛，秋水般的澄澈。生意繁忙時，樛女也會出來幫父母招呼客人，每次她一出來，門口就會聚一群浮浪子弟。

「附近人家看到了樛家女兒的姿色，紛紛托人上門求親，可是都被樛老頭委婉地拒絕了。他說，

『我們老兩口年紀大了，只有這麼一個女兒，將來還指望著她養老，小門小戶的，不敢高攀呀。』

「有個在宮中當值的軍官，名叫嬰齊，每天來到繆老頭的店鋪，買一盞漿汁。每次他來的時候，繆女都會找理由出來接待，兩人眉目往來，早生情愫。

「既然有心，必生孽緣。於是有一天，嬰齊又來買漿汁時，趁繆老頭夫婦不注意，悄聲問道，『姑娘，你家的店鋪，每天都這樣忙碌嗎？有沒有歇業的時候？』

「繆女低聲答道，『寒食節的那天，我父母都要去神祠上香，只有我一個人看家。』

「嬰齊心裡興奮起來，知道繆女的意思，是暗示到了那一天，讓他悄悄來家裡私會。到了日子，嬰齊匆匆趕去，不想繆女卻不肯為他開門，只是隔門相對，喁喁情話。或許嬰齊本意，只為偷歡獵豔而去，但見繆女如此端莊，發乎於情，止之於禮，反倒心生欽服，對繆女敬愛有加。

「此後每隔十天半月，繆女就會與嬰齊祕密幽會，情景一如之初，繆女雖然對嬰齊脈脈柔情，但始終不肯越雷池半步。兩人祕密幽會兩年，繆女才在嬰齊的百般懇求之下，於窗櫺中伸出一隻雪白的手，與嬰齊十指相扣。

「繆女承諾說，『天在上，地在下，縱地老，雖天荒。我與嬰齊，不舍須臾。永結同心，不離不棄』。

「嬰齊很是亢奮，就準備了聘禮，請了街坊三老並媒人，以及禁宮侍衛中，與自己交情最好的一位兄弟，五人前往繆家求婚。

「一如嬰齊所願，事情非常順利。繆氏老夫婦瞭解到求婚的嬰齊，是禁宮中的侍衛，滿意非常，當場收下聘禮，並約定了大婚之日。

「次日，繆氏夫妻像往常一樣早起磨漿，沒聽到繆女房間的動靜，也沒有在意。等到日頭上來，客人越來越多，漸漸招呼不過來時，老夫妻就招呼繆女出來幫忙。可是繆女毫無響動，繆氏夫妻十分詫異，進女兒房間一看，才發現房中空無一人。

「繆氏夫妻當日向衙司首告，並派人通知宮禁嬰齊。衙司不敢怠慢，立即進行偵捕。幾日後，人們才發現，宮禁中與嬰齊私交最好、替嬰齊去繆女家裡說情的那位兄弟，也在繆女失蹤的當夜，下落不明了。

「接下來，侍衛嬰齊也突然失蹤了。此案上達天聽，據說後宮有懿旨，務須找回此三人。兩個月後，從邯鄲方向的快馬報來消息：有兩名年輕男子，持刀激鬥於邯鄲城外的一家客棧中，兩人俱各受了重傷，現場還有一名年輕的女子，臉色慘白，佇立觀看鬥劍。到了官捕來到，女子始終不發一言。

「京師使者快馬趕到邯鄲，辨認出現場的女子，正是失蹤的繆女。而兩名鬥劍的男子，正是京城挖地三尺尋找的禁宮侍衛：嬰齊和他最要好的朋友。此時兩人已經傷癒，卻從朋友成為了生死仇家，只要看到對方，就會衝過去不死不休地砍殺。使者嚴詰三人何以如此，三人卻不肯回答。

「此案几成懸疑，無人可解。於是天子入後宮，詢及太后。太后說：這種案子，你們男人是無法破解的，而我們女子，只須一眼，就知道發生了什麼。

「事情的經過，應該是繆女與嬰齊相戀兩年，只有過一次十指環扣的刻骨銘記。但千不該、萬不該，嬰齊不該請了自己要好的朋友去繆家說親。結果是繆女與嬰齊的朋友一見傾心。兩人當時雖然一句話也沒有說，但四目相對，彼此已有默契。所以是夜嬰齊的朋友私離禁崗，來到繆女家門外，繆女卻早已準備好，見他來到就悄悄開門出來，兩人一道私奔了。

「誰也未想到嬰齊好友，竟與繆女失蹤有關，只有嬰齊想到了。他心中悲憤已極，他傾心繆女兩年，繆女只答應了他一次十指相扣。而繆女與嬰齊的朋友只一見面，就立即以身相許遠走高飛了。這讓嬰齊感受到了無法忍受的羞辱。於是嬰齊私離禁崗，追蹤兩人到了邯鄲城外，終於在客棧裡相遇，當場大打出手。

「朝廷議論此案的處理結果，朝臣們的意見是，繆女不貞不潔，毀棄信言，當斬。兩名宮禁不以國事為重，私離禁宮，按律當斬。但後宮不允，卻提出來個奇怪的法子，讓繆女於他的兩個追求者挑選一個，選中者就是她的夫婿，未選中者處斬。但繆女卻舉棋不定，一味哭泣。而兩名擅離職守的宮禁都聲稱，死尚不懼，難舍繆女，結果又形成了僵局。

「後來不知是誰，想出來個奇怪的法子，命人送兩柄劍與繆女，讓她自殺。而實際上，這兩柄劍，分屬嬰齊和他的情敵，無論繆女選擇哪柄劍自刎，被選中者，就是她的丈夫。未被選中者處斬。

「結果，繆女自刎時順手抓起一柄劍，而那柄劍，是嬰齊的。

「於是這場古來罕逢的奇案，就這樣了結了。繆女下嫁嬰齊，另一名宮衛斬首。」

妙手天子

故事講完了，張騫停了下來，等待著漢武帝的反應。好半晌，才聽到武帝說道：「張騫，你講的故事很好。」

張騫：「哦。」

漢武帝：「你當然也知道，當時送到繆女面前，讓她自刎的兩柄劍，其實都是嬰齊的。無論她挑選哪一柄，她的丈夫都是嬰齊。」

張騫：「臣也聽過傳言，今天才得到陛下親口證實。」

漢武帝：「樛女必須下嫁嬰齊，因為嬰齊姓趙，名趙嬰齊。他是南越國王趙昧的太子，送來我漢國為人質，以宮中侍衛的身分質長安，所以才有機會結識樛女。」

張騫：「這個臣也有所耳聞。」

漢武帝：「當然，不允許被樛女選為丈夫的那名宮衛，也並沒有殺掉。你二出西域，選擇副使人選，第一個想到的就是他。」

張騫嘀咕了一句：「安國少季。」

漢武帝：「如果朕派他出使南越，你們認為可行嗎？」

張騫搖頭：「陛下，這的確是一步好棋，樛女下嫁趙嬰齊，後與趙嬰齊返回南越。趙嬰齊在父親趙昧死後，繼任南越國王，樛女就成了王后。現在南越王趙嬰齊死了，樛女已經成為太后。她當然有心回歸，改南越為郡。安國少季與樛太后曾有一段纏綿情緣，也確是完成這個任務的不二人選，只是……」

漢武帝：「只是什麼？」

張騫：「陛下，有句話叫老成謀國。何以謀國者非要老成？因為國之一事，紛繁亂雜，千頭萬緒，非老成者不足以安撫人心。安國少季他雖然與南越國的樛太后早年有私情，但論及老成，卻火候不足，臣恐誤了大事，悔之晚矣。」

漢武帝：「張騫，你初出西域，多大年齡？」

張騫：「那一年，臣正值年少，二十有六。」

漢武帝：「你老了。」

張騫：「臣明白了。」

漢武帝：「你們下去吧，讓安國少季進殿。」

血性方剛

張騫回到家沒多久，門人稟報：「老爺，有個叫安國少季的客人，正在門外。」

張騫：「快請。」

安國少季大步而入：「侯爺請了。」

張騫：「少季啊，你可來了，若不是陛下有旨，恐怕我這小門檻，還真的請不動你。」

安國少季哈哈大笑：「侯爺，你可真是老成精啊，還真是陛下讓我來的。讓我臨行之前，聽你叮囑幾句。說到底陛下還是不放心我。」

張騫道：「少季，你這話就說錯了，陛下對你的賞識，那是毫無保留的。之所以讓你來我這兒，絕非什麼叮囑。而是我到底多吃了幾年閒飯，你要想為出使之事找個人商議，我還是有可能幫點忙的。」

安國少季搖頭：「侯爺差矣，西域和南越，情況完全不同。拿西域的經驗來談南越，那可是地地道道的刻舟求劍。」

張騫：「少季言之有理，言之有理呀。說到底還是我老了，這個腦子呢，明白的時候少，糊塗的時候，就多了點。」

安國少季笑道：「雖然如此，還要煩勞侯爺替我推薦一下副使的人選，說到挑選人，侯爺的眼光可是最犀利的。想當初侯爺二出西域，挑選副使，那叫一挑一個準。侯爺師出一無所獲，但副使卻個個滿載而歸，這叫什麼？這叫過人的眼光！當今天下，也就陛下和侯爺，能有這份本事。」

「不敢不敢，」張騫拿出份名單來，「少季呀，你看這幾個人怎麼樣？他們都曾跟我二出西域，具有獨當一面的能力，把事情交給他們時，我是最放心的，所以才會向你推薦的。」

安國少季接過名單，掃了一眼：「侯爺，你給我的這幾個人選，最年輕的，孫子都已經娶媳婦了。除了這些老掉牙，侯爺你就不能給我推薦幾個年輕點的嗎？」

張騫變了臉色：「少季呀，我推薦這幾個人，是有用意的。你年紀雖然老成，但性子不改少年時的衝動，易於為情緒所左右。我也知道說這話你不愛聽，可找個年紀老成些的，彌補你氣血過盛的情形。畢竟你這是出使，所謀者大呀。」

安國少季無奈把名單收起來：「侯爺也是一片好心，那我再考慮考慮吧。」

說罷，他站起來，向門外走去，走了幾步停下，笑著說道：「在侯爺眼裡，我安國少季始終是那個為了女人，和知交好友鬥劍於客棧的多情少年，哈哈哈，侯爺呀，人會老，心會變，我安國少季，已經不復當年了。」

聽著安國少季遠去的笑聲，張騫看了看眼前碰也未碰過的茶盞：「唉，說什麼不復當年，連端起茶盞的禮貌都沒有，就這樣子出使番國，不捅出大婁子來，才是怪事！」

說完，張騫頭靠在椅子上，嘀咕了一句：「老了，說這麼幾句話，就感覺到乏累噬骨，就讓我倚在這兒，歇上一歇。」話音低弱，他昏昏睡了過去。

稍頃，一個老家人躡手躡腳走近過來，輕喚道：「侯爺，侯爺，到席榻上睡去吧，睡在這裡容易著涼。侯爺？」拿手一推，張騫栽倒。老家人頓時發出一聲哀號：

「不好了，侯爺死了！」

「侯爺歸天了！」

滿朝碌碌

聽說了張騫身死的消息，漢武帝傷感地說：「張騫，他是位罕有的中正之士，自二十六歲出西域以來，矢志報答朕對他的恩典。朕和張騫，既是君臣，也是難得的人生諍友。可惜天不假年，老天無情，奪走了朕最信得過的臣子。於今在這朝常之上，衣冠袞袞，道貌岸然，可又有幾個比得了張騫？哼，一個個鉤心鬥角，私欲氾濫。朕可要告訴你們，再這樣下去，你們就沒幾天舒服日子了！

「朝廷，不是讓你們混日子的地方！

「於今新一代的年輕人成長起來了，他們遠比你們更忠心於朕，更聰明，更有頭腦，也更有能力和勇氣。如果你們終日昏昏，抱殘守缺，你們會看到自己是如何被優秀的子姪輩，無情淘汰的！

「難道你們，真的就沒有一點危機感嗎？

「與朕宣安國少季上殿！」

安國少季健步而入，至台階前拜倒：「陛下，臣恭祝陛下萬年萬年萬萬年。」

漢武帝：「少季呀，你屢次三番上書，非要見朕，有何事呀？」

安國少季：「啟奏陛下，臣以前有個情交莫逆的朋友，叫趙嬰齊。他是南越國趙眛之子，質於天朝，當時於宮中為侍衛。臣曾與嬰齊聯劍邯鄲，還曾替嬰齊出面，赴樛家說親求婚。不久樛女為嬰齊生了個兒子，起名叫趙興。後嬰齊一家返國，嬰齊繼位是為南越王，妻子樛女為后。近日臣聞，好友嬰齊已然身死，子趙興繼位。王太后樛氏思念故國，仰懷天子聖恩，於是盡收朝中印信，上書朝廷，唯願陛下開恩，讓樛氏率南越舉國回歸，去國設郡，從此天下一統，海內安靖，豈不美歟？但臣想來，王太后樛氏歸國之心，固然可憫，然歸國事大，南越人不歸王化久矣，人心滋擾，變在肘腋。所以臣想效博望侯張騫，提三尺劍，入番禺城，助王太后樛氏率國來歸，以分陛下南疆之憂，此誠臣之心願也。」

漢武帝大喜，環顧左右：「聽見了沒有？你們聽見了沒有？當年的張騫，也和他一樣的豪壯，一樣的勇氣！朕就是喜歡這種視一切艱難險阻為無物的凛然之氣。張騫雖去，精神猶存，朕之心，不勝欣悅呀。」

朝臣隊伍裡，頓時爆發出一片嗡嗡聲，全都在附和武帝，對安國少季發出讚揚之聲。只是聲音微弱無力，且人人都在藏頭縮尾，生恐讚揚的聲音太大，被漢武帝點了將，那可就划不來了。

漢武帝這輩子，心裡最恨的就是臣屬們的縮頭縮尾。他哈哈一笑：「少季呀，出使南越，與你少年遊劍是不同的。那時節你只需要一腔豪氣。而現在，你可是肩負著朕的無限期望的。」

「陛下休要擔心，」安國少季道，「臣近來結識一位朋友，名叫魏臣，其人乃聶政、荊軻一類的劍俠人物，最是仰慕古有俠風，豪氣干雲，力大無窮。臣以魏臣為副使，此行必然成功。」

漢武帝沉下臉來：「少季，話不要說得那麼滿！朕已經說過了，你此行，不是少年人的任俠使性，隱忍不可缺，老成不可少。畢竟謀國之事，不是力氣大的莽夫能夠勝任得了的！」

這句話說得聲色俱厲，安國少季不敢回應，廊下群臣，開始拚命縮小自己的身形，心裡說：來了來了，陛下要點將了，老天開眼，讓我現在消失吧，可別點到我頭上。

果然，漢武帝凌厲的眼神掃過，怒吼道：「司馬相如死了，張騫也死了，難道朝中就沒人可以與朕分憂了嗎？」

回應是一片死寂，墳墓般的死寂。

漢武帝盛怒之下，一隻手抬起來，正要點出幾個有資格出使的大臣姓名，這時候廊下突然響起一個清稚的聲音：「陛下，臣願往。」

漢武帝定睛一看，頓時大喜：「是你嗎？我大漢時代的甘羅，有你在，朕高臥無虞矣！」

少年請纓

死寂的朝臣中，走出一個少年，說：「陛下，臣願受長纓，必羈南越王而致之闕下！」

有分教，少小雖非投筆吏，論功還欲請長纓。正因為此人在這個節骨眼上站出來，並創造性地在人類歷史上首次使用了「願請長纓」四字，從此，請纓報國，成為了中國文化中的常用詞，用來形容主動請戰的情況。

那麼這個人，到底是誰呢？

君不見，弱冠繫虜請長纓，自古少年出英雄。漢宮風雲說終軍，萬古千秋是豪情。於武帝朝堂之上，主動站出來請纓南越的，是一位少年臣子，名叫終軍。

終軍，少好學，博聞強志，能言善辯，文賦冠絕一時，十八歲被舉薦為博士弟子，出函谷關。過關時，守關的官吏遞給他一件帛繻。終軍詫異地問：「此何物？」

官吏回答：「此物，護照也，你出了國，沒個護照咋個回來涅？這東西就是個憑證，證明你是漢國之人。等你回來後，驗明護照，才會允許你入關。」

終軍大怒，「啪」的一聲把護照摔在地上，曰：「男子漢大丈夫，西出此關，終不復還！」

言訖，腳踏護照而去，讓守關官吏瞠目結舌。

理論上來說，終軍這一去，就應該回不來了，但古人的記載也不知哪出了岔子，總之他是到了長安，成為武帝身邊的近臣。

一次，終軍隨武帝到雍地祭祀，隨從捕捉到一隻異形獸，五蹄獨角。同時又見到一株奇異的合抱樹。武帝問：「諸位愛卿，見此異物，是何徵兆啊？」終軍越眾而出，答曰：「陛下，小臣自幼打書上看來的，見此二異物，人主安康，天下大治。」漢武帝大喜：「從哪本書上看來的呀？」終軍回答：「臣，記性不好，忘了。」

總之終軍是個少年逗逼，有著鮮明的東方朔風格，此次對答讓武帝龍顏大悅，於是改年號元狩。

另一件事是，漢武帝實行中央集權壟斷，行鹽鐵令，不許民眾私自煮鹽冶鐵。齊地百姓求生無路，遂有博士徐偃巡視當地，假武帝之令，仍允當地人煮鹽冶鐵，於是人皆稱天子聖明。

而徐偃因此遭受到酷吏張湯的控告，指其假傳天子詔令，按律當斬。徐偃據理力爭，引《春秋》之語，解釋自己的行為是合法的。張湯聽不懂，不敢擅專，於是請示武帝。

武帝就說：「誰去一下，噎死這個徐老頭，他都快要把朕氣死了！難道老百姓的生存吃飯，真的那麼要緊嗎？值得破壞朕的法令。」

最擅辯術的終軍挺身而出：「臣願往。」

於是終軍去和徐偃辯論：「我來問你，《春秋》是什麼時候的書？」

徐偃：「乃春秋年間，聖人所著。」

終軍：「我現問你，現在是什麼年月？」

徐偃：「現在是……聖明天子在位的大漢時代。」

終軍：「哈哈哈，讀過《韓非子》吧？聽說過刻舟求劍嗎？楚人有欲涉江者，其劍自舟中墜於水，遽契其舟曰，『是吾劍之所從墜。』舟止，從其所契者入水求之。舟已行矣，而劍不行，求劍若此，不亦惑乎？徐老頭，你拿上古的書，來說現在的事兒，能行得通嗎？」

徐偃正色道：「少年，你不能這樣無恥。縱萬古千秋，也改不了百姓衣食性命最大這個事實。豈有事易時移，百姓性命不重要的情形存在？」

但終軍理也不理他，已經回去稟報自己贏了辯論。徐偃因此被治罪。

漢匈漠北戰役後，匈奴主力被殲，無力再戰。漢國這邊也是拚至絕地，沒有餘力滅亡匈奴。由是兩廂裡展開了心照不宣的外交戰役，使者頻繁往來，都在等待恢復實力。但外交戰也極是兇險，一言不慎，就有可能再也回不來了。於是終軍主動請纓，對漢武帝說：「陛下，臣不過是一介刀筆吏，不習征戰之事，不能為陛下被堅執銳，擒殺大單于以分陛下之憂，臣常為此羞愧無地。現在臣願盡精厲氣，奉佐明使，畫吉凶於單于之前。」

武帝大喜，真的把這個不到二十歲的孩子派了出去。他抵達函谷關，手執大旗，問守關官吏：「認得我嗎？」

守關官吏細看，頓時大驚：「你不是那個撕碎了護照，毅然出關不返的逗逼少年嗎？你你你怎麼從後面繞回來了？果然是做人神出鬼沒，英雄不在年高。」

終軍抵達匈奴處，展開舌辯之才，可憐那匈奴人漢語都不會講，如何扯得過他？於是終軍於外交場上揚大漢之威，得勝凱旋。

值此南方有警，朝臣畏縮，只有少年英雄終軍，主動請纓。漢武帝對他寄予了無限厚望，希望他能夠成為外交場上的霍去病。

史上最長壽帝王

安國少季、終軍及勇士魏臣一行，舟車勞頓，晝夜奔行，不一日抵達了南越國。

南越，又稱南粵。秦始皇併吞天下時，南越是秦帝國的南海郡。到了秦滅亡時，南海郡尉趙佗起兵，兼併桂林郡和象郡，建立南越國。這個國家建都於廣州近旁的番禺，疆域包括了現在的廣東、廣西大部、福建小部及海南、香港、澳門以及越南的北部。所以南越在越南的歷史課本中，又稱為趙朝。

劉邦擊敗項羽，建立大漢帝國，趙佗先向劉邦稱臣，後來發現這個漢帝國不過如此，遂宣布獨立。此後漢國的歷任君主，莫不是為了這個南越操碎了心，一心想吞併而不可得。直到漢景帝時代，南越趙佗仍然在位稱帝。

南越帝趙佗，是人類歷史上最長壽的帝王，他活了足足一〇三歲，到得他死的時候，劉邦的子孫都已經七代了。

趙佗的長壽，是南越太子的噩運。可憐的太子活不過趙佗，活生生地老死了。到得趙佗一〇三歲去世，只能由孫子趙眜繼位。

趙眜繼位沒兩年，閩越國就打上門來了。趙眜招架不住，遂向漢武帝稱臣求援，武帝大喜，立即遣大行令王恢，遠征閩越——卻不料王恢未至，閩越國內亂，臣屬恐戰禍連連，遂暗殺閩越王，向漢國求和。結果王恢不戰而勝，這導致了王恢從此腦子不夠用，長途奔馳去北部邊關，接受豪民聶壹建議，意圖在馬邑道設伏誘殲匈奴大隊人馬，不想被匈奴軍臣單于看破，從此掀開了漢匈大戰的宏大帷幕。而王恢，被漢武帝究責，下獄自殺。這是前面已經說過的事兒。

當時的漢武帝，一邊挑釁匈奴，一邊想誘南越王趙眜入覲，趁機拿下，則南疆之患，永久平息。但趙眜也非心眼不夠之人，他接受了臣屬的勸告，若去漢國，必然不返。於是趙眜以退為進，一邊宣示和平之意，派了二兒子趙嬰齊入長安。

結果趙嬰齊到了漢國，權充侍衛，愛上了樛女，而樛女卻對安國少季情有獨鍾，兩人更曾有過床榻之上抵死纏綿的戀戀濃情。三角大戀的結局，是以趙嬰齊抱得樛女歸，返國後在漢武帝的支持下，廢了趙眜的長子趙建德，繼趙眜而後成為南越第三任帝。

但趙嬰齊命短，他死後，樛女所生的兒子趙興，成為了第三任南越王。趙興年齡還小，王太后樛女主政，孤身異域，風土大異。她渴望回到故鄉，於是收南越諸臣之印，向漢武帝發出請求。

漢武帝大喜，策劃了這麼一次扯蛋大行動，以和王太后樛女有過肌膚之親、至今情愫不斷的安國少季，為漢國祕密武器，以能言善辯的少年英雄終軍，為宣撫使，赴南越宣讀武帝的旨意，傳南越太后樛氏並少主趙興赴長安覲見，武帝將比照漢國諸侯的待遇，安置此二人。但如果此行不順，那就讓勇士魏臣露兩手，讓他們見識一下北地豪俠的身手，以督促他們啟程。

為防萬一，漢武帝另行命衛尉路博德統兵馬一支，屯桂陽。路博德曾隨霍去病遠征匈奴，稱得上沙場老將。有他在後方坐鎮，漢武帝信心滿滿。

安國少季抵達南越王庭，太后樛氏、少主趙興及老丞相呂嘉相見。

安國少季宣旨，漢國天子全面接受南越太后的要求，此後南越國比照諸侯待遇，南越王可三年朝拜一次，取消邊境關隘，從此兩國相通。另外賜南越王丞相呂嘉銀質印信，賜內史、中尉、太傅印信。聖旨上還承諾，此後南越國的官吏，自己決定設置，天子不過問。但，必須要取消南越國現有的臉上刺字及割鼻子的刑罰，此後南越國的法令，改為漢國律條。漢廷的使者，此後就留在南越，盡到對吏民的安撫責任。

安國少季宣讀完畢，抬起頭來，目視樛太后。

分手日久，樛氏於宮中過著錦衣玉食的日子，居養體，移養氣，變得比她少女時代更白更胖，但華服鳳簪，比之於她在長安城時，平添了奪人的高貴之氣。

始終不變的，是樛太后的眼睛，熾熱、濃烈，那壓抑日久、一旦開閘猶如天潮般狂湧而出的欲望，霎時間將安國少季湮沒。

諸人退下。樛太后威嚴地喝道：「容哀家與天朝上使，說幾句家鄉話。」

更無一個是男兒

隔日，安國少季從王宮中回來，和終軍、魏臣開會，交流信息。

安國少季說：「才明白樛太后為何要回歸故國，原來這南越的王庭，竟如虛設，無異傀儡。南越國人都把太后和少主，視為中國人，對他們心存疑慮，縱有號令，也推三阻四不予執行。而朝中阻礙王命執行的大反派，就是老不死的丞相呂嘉。呂嘉其人，早在南越開國趙佗時，就擔任丞相，後來輔佐二任主趙昧，現在又是少主趙興的丞相。他樹大根深，歷任三朝，家族中人於朝中為官者，有七十多人。這個王庭，與其說是南越王的，莫如說是他呂嘉的。而且，呂嘉族中的男子，娶的都是王族之女，呂嘉家族中的女子，全都嫁給了王族，敢情這趙氏王族與呂家，兩姓相互嫁來娶去，有肉全爛在鍋裡，全都是一家人。實際上呂嘉的勢力，遠比南越王更大，他還和蒼梧的秦王趙光，有親族關係。簡單說來就是，於這南越王庭之上，少主趙興和太后樛氏，發出的號令，還不如呂嘉一個屁重要。」

終軍聽得頭大：「好複雜，樛太后還說什麼了？」

安國少季回答：「太后說，她和少主，名為國主，實際上等同於被困於宮中。身邊沒有可信之人，所舉沒有可行之事。此前太后與少主，多次上書漢廷，急欲思歸，卻總是被呂嘉所阻。所以要想完成任務，救樛太后與少主出宮，帶他們重返漢國，就必須要解決呂嘉這個『分裂分子』！」

終軍：「解決呂嘉，可有腹案？」

安國少季：「腹案這東西嘛，我來之前，並沒料到情報如此複雜。還以為這天下王庭俱如我們漢廷，陛下專斷獨裁，令出法隨。想不到世上竟然有說話沒人聽的王侯。這，這這這太出人意料了。」

終軍：「真的好奇怪，南越果然是化外蠻地。你看咱們漢國，丞相不過是條狗，陛下高興了賞根骨頭，不高興了拖出去斬之，這裡丞相的權力，怎麼會比國王還大呢？真是豈有此理！」

安國少季：「你這不廢話呢？若非如此，人家太后少主好端端地享受榮華富貴，缺心眼呀非要去你漢國只做個小諸侯？」

終軍：「那眼下這局面，怎麼解決呢？」

安國少季：「你怎麼來問我？你主動請纓，不就是來解決這個問題的嗎？」

終軍急了：「我是主動請纓，但請纓時也不知道樛太后和少主，形如囚徒呀？還以為樛太后和少主舉棋不定，猶豫不決，本欲逞三寸不爛之舌，說得他們消除疑慮，率國來投。怎麼會料到事情如此複雜離奇？」

安國少季：「現在也沒什麼區別，只不過你這三寸不爛之舌，不需要說給樛太后和少主，而是要說給呂嘉聽，能把呂嘉說服，也是奇功一件。」

終軍：「那好，請你發出天使符節，宣呂嘉來見。」

安國少季：「也只能這麼著了，死馬就當活馬醫吧。」

於是派了隨從，手持使者符節，往召呂嘉。不久使者回來，說：「小人適才到了南越相爺的府上，呈報使令，可是那守門人說，『哎呀，你這個北方蠻子說話好難懂啊，是不是要請我家相爺赴宴呀？如果是這樣，那你來的真不巧，現在相爺患病，吩咐過門人不見外客的，改日吧。』」

改日？安國少季和終軍面面相覷。這呂嘉，好大的盤口，竟然連漢廷天使的邀請，都不當回事。沒辦法，等了幾天，安國少季和終軍，再派人去請呂嘉，可是呂嘉仍是稱病不出。終軍急了，想逕往呂嘉相府，面見呂嘉展開舌辯。卻被安國少季所阻。

安國少季說：「不可，此舉萬萬不可，我們可是天朝上使，呂嘉不肯來見，已經讓我們沒面子，嚴重削弱了漢廷在南越人心目中的威信。如果你一意孤行，徑闖相府，被呂嘉阻於門外，見都不見你，那咱們就把人丟光了，徹底淪為笑柄。」

「那這事怎麼辦？」終軍急了，「總不能讓魏臣，打進相府吧？」

武人魏臣，是個一點就著的暴脾氣，怒道：「開什麼玩笑？憑我一人之力，豈能殺入戒備森嚴的相府？如果能殺進去，那還叫相府嗎？叫狗窩還差不多！」

這也不行，那也不行，南越之行，使者團竟爾陷入僵局之中。就這樣僵持了好多日子，終於把宮中的樛太后激怒了。

樛太后說：「你們還是爺們兒吧？一群大男人，坐困愁城，苦思無計，真丟盡了我漢國的臉！」

四萬萬人齊傻眼，更無一個是男兒！

讓我們女人來吧！

朝宴殺機，太后操矛

唯恐丞相呂嘉搶先發難，殺入王庭，樛太后主動出擊，以宴請漢廷來使的名義，宮中設宴，百官須得到場。

也只有這一個辦法，能夠把呂嘉引出來。

到了日子，王宮門外車馬絡繹，百官紛紛到會，差不多人都到齊了，唯獨只缺丞相呂嘉。樛太后的臉色，變得說不出的難看。

宴會時間到了，丞相呂嘉仍然是悄無聲息，正當眾人心裡疑惑之時，忽報說王庭門外，有一隊森嚴的兵甲，由大將軍統領，迅速地將王宮包圍。又過了一會兒，才聽見門官傳報：「丞相呂嘉大人到。」

就見一個衰朽的老翁，被幾個下人攙扶著，一步一咳步入宮來。就見宮中所有人轟然肅立，恭身叫道：「相爺大人好。」

「咳，咳咳，大家好，好久不見了，孩子們都還好吧？」隨著呂嘉這有氣無力的聲音，朝中百官，「呼啦」一聲，潮水般湧過去，將呂嘉圍在當中，紛紛出語問候。漢使安國少季、終軍並魏臣，看得目瞪口呆，面面相覷。老天爺，原來這南越朝堂，全都是呂嘉的家人，只有他們三個，再加上樛太后，在這個龐大家族面前，盡顯微乎其微，形同於無。

怪不得樛太后想要歸國，這麼個怪地方，哪個正常人待得下去？

百官們依次上前問候呂嘉，紛紛攘攘，折騰了好久，這才慢慢落座。樛太后臉色鐵青，坐在那裡一言不發。就聽呂嘉笑道：「唉，老了，身子骨也不行了，每次入宮而來，都像是要了老夫的命。少主還好嗎？身體可安康？太后的臉色，比以前強些了，喝得慣我們南方人煲的湯吧？」

樛氏不吭聲，少主趙興是個眉目清秀的孩子，舉起杯來：「謝丞相過問，丞相須以國事為重，無論如何也要保重身體。」

呂嘉咳嗽道：「咳，咳，老臣老矣，衰朽殘年，蒙少主掛念，老臣感激不盡，銘記於心。」

接下來有朝臣詢問呂嘉家人近況，呂嘉回答，這些人全都是打斷骨頭連著筋的親戚，一個問完了另一個問，問過了阿公問阿婆。威嚴的王宮國宴，瞬間變成了呂家人的家事討論大會。沒人理會三名漢廷來使，也無人再搭理樛太后。安國少季和終軍如坐針氈，拿眼偷看樛太后，只見她正襟危坐，眼瞼低垂，彷彿游離出這陌生的國度。

武人魏臣，把他自己的座位，稍微向後拉了拉，與安國少季並終軍隔開距離。這意思是說：你們的事兒，咱不摻和了，你們愛怎麼玩，就怎麼玩吧。

安國少季臉色鐵青，卻又不好當面責難魏臣。

宴會持續了好長時間，終於，呂嘉捧盞，轉向了被冷落太久的漢使：「咳咳，咳咳咳，這幾位遠道上朝的來使，英氣內斂，蘊智含珠，老朽生平，竟有機緣得見上國衣冠人物，實在是三生有幸，三生有幸呀。」

安國少季終於等到了說話的機會，當即大聲道：「老丞相請了，我等奉天子之命，宣撫寶地，傳天子意旨，南越王及太后可三年進覲一次，不知丞相之意如何呀？」

「太好了！」呂嘉滿臉激動的表情，「老朽生平，侍奉過三任君王，說到這個進覲大漢天子，早在我家開國之君時，就久有此意。到了二任君在位，日日夜夜，想的都是這件事。於今聖主在位，此事終於提上議事日程，老朽我，咳咳，咳咳咳，老朽喜不自勝呀。」

終軍插進來一句：「幸蒙丞相深明大義，我等感激，但不知啟行日程，丞相是怎麼考慮的？」

「這個，」呂嘉正色道：「這要聽取少主與太后的意見，老朽身為臣子，一切以少主為馬首是瞻。」

「不對吧？」樛太后冰冷的聲音響了起來，「哀家記得，丞相以前可不是這麼說的！」

「呃，」呂嘉滿臉茫然，眼神充滿了孩子般的委屈無辜，「太后這話，讓老臣羞愧，不知此言從何說起呀？」

樛太后怫然變色：「呂嘉，你這隻老狐狸，少玩人前一套人後一套的鬼把戲。我來問你，我和少主屢次三番，讓你安排赴漢國覲見天子事宜，你為何推三阻四，阻撓不辦？」

樛太后突然發難，把安國少季和終軍嚇了一跳。兩人生於漢國，長於漢國，浸淫漢國的權力文化久矣。最講究一個話只說半截，留三分見面餘地。哪怕在戰場上殺得血流成河，宴會上仍然是熱情洋溢一團和氣。從未見過如樛太后這般，當面把人戳穿。事發突然，兩人不知所措，都在心裡埋怨樛氏終究是出身於民間女子，不識大體不顧大局。

果然，樛太后當面發難，呂嘉卻只是哈哈一笑：「太后呀，你誤會老臣了。須知謀國事大，不可與尋常人間搬家相比，所以要深思熟慮，方方面面都要顧及得到的。」

「胡說！」樛太后根本不理會呂嘉的解釋，厲聲喝道，「我南越小國，歸屬於漢國是遲早之事，如今聖主雖然年幼，卻以百姓身家性命為計，不惜委屈枉駕。此事有利於國，有利於民，有利於天下，丞相你為何執意阻攔？你到底安的是什麼心？」

「言重了，太后言重了，」呂嘉痛心疾首，「百官在此，你們是知道老臣的，老臣這顆心，為了國家幾欲操碎，太后如此指責，老臣我……百死莫贖呀！」

樛太后叱道：「呂嘉，事已至此，你還敢胡說八道，蠱惑人心？與我拿下！」

說到拿下兩字，樛太后「騰」的一聲站起來，擲盞於地，目視三名漢使，等他們幾個動手。可三個漢使哪想過這事？還以為在自家漢廷上，只要天子喝一聲「拿下」，就會有黃衣武士現身，當場將人拖走。他們以為太后既然下令，王宮中自然會有人執行命令。可現實是，太后的命令根本沒人理會，所指望的，是他們三人出手。

安國少季手忙腳亂，扭頭去看終軍。終軍回頭，去找據說是力拔山兮氣蓋世的勇士魏臣。可魏臣佯裝喝多了，伏案不睬。

只是這愣怔的工夫，百官已經紛亂起來，三名漢使面前，湧上來一群朝官，七嘴八舌地說著當地方言，其意在阻止三人的行動。

樛太后的忍耐已到極限，就聽她尖叫一聲，竟然從身後拿出一柄長矛，持矛在手，大喝一聲：「呂嘉老賊，你欺負我孤兒寡母無助是不是？今天不是你死，就是我活！」

太后持矛疾衝，朝堂還真無人敢阻。就在這時，少主趙興突然衝上前來，一把抱住樛太后的腿：「母后，你清醒清醒，不要衝動，你看武士們入宮來了。」

職為南越大將軍的呂嘉親弟弟，已經率甲士疾衝起來，護住呂嘉，不看樛太后一眼，轉身便走。頃刻之間，宮中百官散盡，只有樛太后手拄長矛，面如死灰，呆然而立。偌大的朝堂，樛太后和三名滿臉茫然的漢使，猶如幾個死人，寂靜無語。

滿朝文武皆吃貨

接到安國少季發來的急報，漢武帝攬後，大怒：「安國少季這個吃貨，這麼點小事都辦不成。此番南越王室已決意回歸，不過是一個快死的丞相阻路，他竟然無計可施，實是讓朕失望。」

於是漢武帝叫來大臣莊參：「朕現在給你旨意，由你率兩千人，突入南越，攜南越王並其國太后，入朝覲見，欽此。」

不想莊參並不接旨：「等等陛下，你讓臣去，是做使者嗎？要是的話，咱們那邊已經有了個精英使者團，會說的有，能打的也有，連陪樛太后上床的也不缺。臣去了也是多餘。」

武帝道：「當然不是做使者。」

莊參：「既然不是做使者，那就是與南越接仗了。可是陛下，南越國雖小，但兩千人馬，真的不夠人家打的。臣請陛下多撥兵馬，否則臣難當此任。」

你他媽的！漢武帝怒火攻心：「時機難得，稍縱即逝。這種事要的是乘虛而入，快刀斬亂麻。若待大規模軍團作戰，單只是準備工作，就得持續一段時間，你到底是去還是不去？」

莊參：「臣無能，但腦子還沒笨到家，不敢胡亂請纓。」

「那你他媽的滾蛋！」

漢武帝當場將莊參革職，逐出朝廷。舉目朝堂之下，武帝心裡說不盡的悲哀：「吃貨，吃貨，滿朝都是他媽的吃貨，就沒個有真才實學的人，替朕分憂嗎？」

這時候朝臣的末尾，走出一人：「陛下，臣願提精兵兩千，赴南越國，攜其國主來朝。」

漢武帝大喜：「你是哪個？朕看你模樣好面生啊。」

那人道：「臣，韓千秋是也，郟縣人氏，曾出任濟北國國相。」

「好，就是你了。」漢武帝精神大振，「韓千秋，滿朝庸臣，朕只見到你這麼一個勇士。值此南越國德政不修，太后與丞相朝堂上矛槍相見，其國的兵治必然無備，這是你立下不世功業的最好時機，朕親自為你壯行，等你得勝歸來。」

韓千秋：「臣，信心滿滿。」

漢武帝：「對了，朕再給派個幫手，南越國樛太后的親弟弟樛樂，望你二人同心協力，為朕立下不朽功勳。」

勇士韓千秋並樛樂率兩千人出發了，時隔不久，南方有快馬報來消息：

「報，勇士韓千秋並樛樂，率兩千人突入南越，破十餘城，殺至距番禺不足四十里的石門，遭遇到南越軍瘋狂反撲，韓千秋並兩千人盡皆死國，南越王趙興並太后，以及使者安國少季、終軍並魏臣，悉為丞相呂嘉攻殺。」

「什麼？」漢武帝如受雷擊，「呂嘉大膽，朕不滅你南越，誓不罷休。」

當漢武帝陷入憤怒時，沒有注意到，在他的身後，有一個人正在微笑。

金日磾！

休屠王王子。

他等待這個時機，已經太久太久。

他為滅亡了他部落的漢武帝，準備了盛大的厚禮。他在漢國朝堂中的隱祕政治活動，已取得突破性進展，這將讓此後的歷史布滿愁雲慘霧，變得晦澀迷離。

第十三章——愛國者搗蛋

鼠籠世界

「人分愚智，以定尊卑。」

「貧富易替，三世而斬。」

卜式一邊說著，一邊停下在女人身體上的蠕動，慢慢翻轉身，一絲不掛，四肢袒裎仰面朝天，躺在榻上。

幾個小丫鬟立即上前，替他按摩身體上運動過的各個部位。

卜式愜意地哼哼著，繼續說道：

「愚者，終其一世懵懂惶恐，匍匐於草，輾死溝壕，淪為帝君腳趾縫裡的泥垢。雖百死而不明因由，命運悲哀而徒勞惘然。

「智者，生於草莽之間，但因為能夠把握天下之勢，伺機而出，擇時而起，一飛沖天躍踞蒼生之巔。俯瞰這滿目瘡痍的大地，再不復昔日寒門布衣之窘態。」

說到這裡，卜式停了下片刻，突然怒氣沖沖地道：「喂，對你說話呢，耳朵聾了嗎？」

「啊……」榻上橫陳的年輕女子驚恐坐起，赤身伏跪在卜式腳下，「老爺，賤婢不知，還以為老爺像往常那樣，在自言自語呢。」

「哼，自言自語！」卜式充滿悲情地續道，「沒錯，我是有個自言自語的毛病，尤其是一個人時，我習慣於自言自語。然則這個毛病，又是怎麼養成的呢？如前所說，那是我居處貧寒之時，經年牧羊於荒野，日日夜夜苦思如何擺脫困窘，琢磨思索得久了，不知不覺說出心裡的思緒。這樣的狀態持續，就養成了一個人邊踱步，邊自言自語的習慣。」

支起一條腿，卜式揮手趕開替他按摩的小丫鬟們，湊近女人，推心置腹地說：「你可知道，少年時期的我，在牧羊時自言自語說的，都是些什麼事情嗎？」

女子的身體微微顫動：「老爺胸懷珠璣，賤婢不知。」

「那時候我每天自言自語的，就是你呀！」

卜式哈哈大笑起來。

「那時候，我不過是荒郊上瘦弱的牧羊少年，只等年齡長成，就會送上疆場，為帝君開邊而死於溝瀆。而你，卻是豪門深閣的千金小姐，名花傾城，香名千里。如我這般早生暮死的窮小子，是你這種富貴之女，連眼角都不屑掃一下的。

「牧羊時我朝思暮想，想的只是若能夠與你一親香澤，死而無怨。然而這個願望又是多麼的卑微可憐，根本沒有實現的可能。那時候的我，一想到不久的一天我就會為帝君開邊死於荒壕大漠，而你卻不知在哪個富貴子弟的門楣之中，燈下淺笑，盈盈喁語。我那顆少年不羈的心，就如同被八匹烈馬撕開，感受到噬心刺骨的劇痛。

「終於有一天，我再也忍受不下去這種痛苦的煎熬了，於是就想，這樣每天於絕望中活著，又有什麼意義？生而無望，活又何益？莫不如死了的好。於是我乾脆去找鄉里的保正，要求隨軍遠征大漠，為帝君開邊而死，雖死猶榮。

「我向保正要求去大漠征戰，可萬萬沒想到，保正大喜，立即將我的情形上報，還命人當夜將我送往郡國，沿途官家老爺，無不倒履相迎。起初我茫然驚恐，莫名所以，後來終於弄清楚，原來天子早就有旨，要嘉賞一名自願出征、報效君王的義民。雖然聖旨已下，但民間百姓仍然是東躲西藏，誰也不願望離開家鄉，為君王死於荒冷的郊漠。只有我生之無味，才第一個站出來，主動請纓從軍。

「我驚訝地發現，這個世界，宛如一只巨大的捕鼠籠。百姓和帝君之間，在玩一個貓子捉鼠的遊戲，百姓如鼠，帝君如貓。百姓東躲西藏，顧頭不顧腚地自以為藏到了誰也找不到的地方，可是帝君高高在上，慧眼如炬，一眼就識破了百姓的心計。

「百姓所想，無非是嬌妻在室，和美安居。帝君所思，卻是萬里拓疆，千載留名。而帝君之拓疆，當然要以百姓的血、生民的淚為代價。所以帝君高居廟堂，每日裡不時想出些奇謀妙策，目的就是要讓百姓無法安臥於自己家中，縱百萬般不情願，也要離開嬌妻，拿起刀戈，赴疆場與那些從未見過的人廝殺。

「所以，帝君存在的價值，就是要讓百姓感覺到生之無味、生之無趣與生之無望——除非你一天也不想再活了，否則誰又會願意野死於千里之外的蠻郊？

「帝君，他是一種務必讓百姓陷於貧寒、絕望的存在。你不可以富有，富有之民，生存選擇機會在所多有，對君王的依賴極弱。你不可以幸福，幸福之民，生活多是處於安逸之中，不喜歡大的變動。你必須淪陷於絕望與貧寒之中，才有可能自暴自棄，聽天由命地由任君王擺布。

「一旦發現這個祕密，我就立即意識到，我若想在這個時代獲得自己的機會，就必須要讓自己成為帝君最喜愛的工具，要體現出一種讓百姓驚懼惶恐、莫名所以的功能與效用。於是我當時立即向天子表奏，請求捐獻出全部的家產，然後帶著妻子兒女，上前線打匈奴。

「這是一次大的冒險，要知道帝君對我的心思，看得明白通透。一旦帝君不需要我這個工具，索性順水推舟，真的收了我的家產，把我全家送上沙場，我也沒有辦法可想。但最後的結果，卻證實了我的判斷。

「帝君需要我。

「需要我這個工具！

「帝君需要用我來告訴蒼生子民，帝君要他們去死！

「死的子民越多，帝君的功業就越大，就越能垂名於史。倘若任由子民幸福快樂，帝君的功業又從何說起？

「而我就是帝君的工具，用來警示百姓子民，告訴他們，你們的生命毫無價值，你們的存在毫無意義。唯其生於絕望，死於苦難，不過是帝君千秋功業基座下的一星殘泥灰土，這才是你們存在的價值與意義。」

善良有愛的男子

「你！」卜式突然高站起來，戟指伏跪於他腳下的赤裸女人，「你，還有你那些蠢不可及愚昧透頂的父兄家人，想不透這麼個簡單的道理。在帝君那偉大死亡的召喚下，一味逃避躲藏。他們藏起金銀，埋起糧食，舉家出逃東奔西走，可他們又如何逃得過帝君的手掌？結果怎麼樣？你父兄最終被捕吏所獲，家裡的金銀財寶，全部沒官，糧食也被收繳，闔族男丁被迫編入行伍，跟隨少年英雄霍去病遠征大漠。霍去病從此名垂青史，而你的父兄，卻淪為沙場上無數殘屍中的幾具。

「闔族男丁死盡，如你這般養尊處優的深閨小姐，也淪為官家拍賣的賤婢性奴。算你幸運吧，遇到我卜式這般善良有愛的男子，把你從官市贖回，以後你在我的府中，雖說不再有此前的錦衣玉食，但餓是肯定餓你不到。雖說閒時忙時要操持些家務，但我終究不會拿你當普通的奴婢隨意鞭撻。雖說我斷無可能明媒正娶了你，但你終究，不會有性命之虞。知足吧你，相比於淪入花街柳巷的從軍女眷，你已經算是燒了高香。」

那女子身體微微顫動，小聲哭道：「難女謝過老爺收留，必當結草銜環，效死於老爺座前……榻上。」

「嗯，知足，感恩，這才是你這類賤婢人生的真諦呀。」卜式道，「這就是我，卜式，一個偉大的，愛國者，對你這類人的諄諄告誡。」

說到這裡，卜式心裡油然生出一種悲壯情懷，兩眼中隱隱有淚意湧動。正要再發表一番演說，門外忽然傳來幾聲叩門響，一個家奴誠惶誠恐的稟報聲：

「老爺，不得了了，咱家的商隊又被官府查扣了。」

「又查扣了？」卜式失笑，「這是第幾次了？自打我們卜家的忠君愛國號商隊上路以來，漢國的情形，堪稱是波濤洶湧呀。什麼匈奴派來的奸細呀，拿了匈奴銀子的賣國賊呀，全都跳出來了，處處與我們卜家尋釁。我卜式忠君有什麼罪？我愛國有什麼錯？值得這些人大張旗鼓大動干戈？哼，我早就給陛下上過奏摺的，央求陛下對那些匈奴奸細和賣國賊，來一個漂亮的收網行動，把他們統統送上沙場……」說到這裡，他又冷哼一聲，對著門口吩咐道，「知道了，多大點的事兒啊，讓大公子去衙司走一趟，問問他們，他們到底是誰家的衙司？對我們卜家愛國者又是個什麼態度？對陛下究竟是個什麼態度？讓大公子把商隊領出來，就沒事了。」

「不是老爺，」門外的家奴急聲道，「這次事態有點嚴重，大公子他……他和商隊一併被衙司鎖拿了。」

「什麼？」這一次卜式想不吃驚，都不可能了。他「騰」地站起來，說：

「山雨欲來呀，這一次可是強風暴，大戰役。那就來吧，我卜式，不怕你們這些匈奴奸細賣國賊，誓與爾等周旋到底！」

這次不上陛下的當

轎子在緝捕衙司門前停下，一個家奴彎腰掀起轎帘，卜式板著一張憂國憂民的臉，動作緩慢地環顧左右。

衙司左邊，是堆積如小山般被查扣的商貨，每堆商貨邊上都械著幾個人，應該是違反朝廷政令，私自販運商貨的貨主。

右邊，是一排排囚籠，籠裡關著的全都是年輕女子。這些女人，都是犯官或犯民的妻女，按朝廷政令，這些女人一律充官拍賣。賣得的銀錢，用來支付朝廷不堪重負的軍資費用。

卜式注意到，囚籠中的女子，不乏細皮嫩肉、雖面目淒苦仍不失溫婉氣質的富家或官家之女。這些美女是官市上最搶手的俏貨，一旦上市就會搶購一空。

一個滿臉狠絕、眼神犀利如刀的年輕人從衙司走出來，他就是負責緝捕私商的都捕。那雙犀利的眼睛，一瞥之下就窺破了卜式的心思。就見他上前一步，笑道：「卜老爺你可來了，恰好昨個天子震怒，沒官了兩家侯爺之女，正值妙齡，我吩咐過先行造冊暫不上市，就是給老爺你留著呢。」

「侯爺之女……」卜式嘀咕了一聲，「沒見識，陛下封侯，除了像飛將軍李廣那種正經做事的，幹到累死也封不到個侯之外。朝官捕吏雞鳴狗盜，封侯卻比茅坑拉屎還要容易，昨日還在村東口爛泥裡挖芋頭的野丫頭，稍不留神就是侯門之女了，買回家洗八百遍還是滿身的腥泥味，哼，老夫上陛下這個當久矣，這次不進套了。」

收肅臉色，卜式仰頭望天，做悲痛欲絕狀：「這世道，天要變了嗎？匈奴奸細和賣國賊們，又在興風作浪了嗎？為什麼忠心耿耿的愛國人士，一次次蒙受到無以言說的打擊和羞辱？」

都捕滿臉茫然狀：「卜老爺，此言從何說起呀？」

卜式緩慢扭頭：「為什麼？為什麼我那一心忠君報國的犬子，會被你們捉來？這裡邊一定是出了什麼誤會。」

「有這事？」都捕的表情，是很嚴重的吃驚模樣。

「你……」卜式氣得渾身顫抖，「你看清楚了，他就被枷械在那邊，和一堆爛泥和嗡嗡嗡滿天飛舞的蒼蠅在一起！」

「怎麼會這樣？」都捕臉上的震愕，已經到了極點，「卜老爺莫急，你等我去查查看……」說罷，掉頭就跑進衙司。

片刻，都捕臉色凝重地出來：「卜老爺，這事……」

「到底是誰下的令？」眼見兒子被枷械遭罪，卜式急了，厲聲問道。

都捕回答：「是大農令。」

卜式的臉色大變：「桑弘羊！」

「你這個匈奴奸細賣國賊，我早就知道，你遲早會有一天跳出來，向我們愛國人士發難！」

傷自尊了

卜式進門，就聽到美妙的弦樂之聲，遠處軒廳，人影往來，能清晰地看到衣衫華麗的樂女，正坐於堂下演奏。

沒人來迎接他，卜式只好忍住心裡的屈辱，自己一步步往裡走。到得軒廳門前，就看到主位之上，坐著一個五綹長鬚的瘦子。桑弘羊這般形貌，是卜式最討厭的。卜式喜歡年輕人，年輕人在他面前，總是抑制不住驚喜和激動。對他蒙受天子恩寵，充滿了景仰和羡慕。他厭憎比自己年長的人，那些老傢伙，總是能一眼看穿他的心理，讓他很是不自在。

他一腳踏進門裡，仍不見有人理睬他。桑弘羊端坐在上，手拿杯盞，正入神地與左右兩邊的人聊天。

左邊是個肥膩的胖子，滿身的五花肉，能激起人強烈的食欲。右邊則是一個精明強幹的中年人，雙目低垂，但開闔之間，精光駭人。這兩個人，就是名滿天下的大鹽商東郭咸陽，與大鐵商孔僅。這其中，肥膩的東郭咸陽，和卜式還是老鄉，但卜式曾多次暗示拜訪，卻未獲得東郭咸陽的絲毫響應。

卜式進門來，桑弘羊和東郭咸陽只顧熱烈交談，根本沒看到他。坐在右邊絲毫不起眼的孔僅，那雙眼睛卻閃了一下，就見他輕叩了桑弘羊的案几，意在提醒他有客人來了。

孔僅的觀察能力，令卜式暗暗心寒，心說倘若我一定要有個敵人，但願不是孔僅。

至於桑弘羊，他扭過臉來，略有幾分茫然地看著卜式，半晌才恍然大悟：「是你，那個卜……就是嚷著帶全家上沙場的卜什麼來著？對了，你叫卜式，應該是為你兒子的事而來的吧？」

「沒錯！」卜式悲憤地回答道，「我是生平第一次登臨大司農的府上，府門前沒看到通報的門丁，就一個人晃悠悠地走進來了，請大司農恕卜式擅闖之罪。」

卜式這句話，是有內涵的，他在暗示自己在桑弘羊的府上遭到冷遇。如果桑弘羊是個明白人，就應該當場向他道歉。

不承想，桑弘羊卻是當時官場極少見的技術官僚類型，他的特點是簡明扼要，不事虛禮。根本不理會卜式的言外之意，而是語句如連珠炮，乾脆利索地說道：

「安國少季一行覆滅於南越，因此陛下對南用兵，勢在必行。但說到用兵，第一沒有人手，青壯年都在漠北戰場上打光了，連老翁都送上了戰場，於今街頭巷尾，唯見白髮蒼蒼的老嫗，信知生男惡，反是生女好。生女猶能嫁比鄰，生男埋沒隨百草，你懂的。不知陛下如何解決這個問題。但第二個問題落在本府這裡，為籌措戰事款銀，朝廷已經宣布停止一切民間貿易，一切商務由官府經營。有犯禁者，一律充軍上戰場。」

卜式默不作聲，看著桑弘羊那兩片迅速翕動的嘴唇，聽他說道：「於今道路空曠，商旅絕行。可是貴府公子卻驅趕著一票商號，公然上路，挑釁朝廷威嚴。更離奇的是，貴家公子的商號，還插著面怪異的小旗，叫什麼忠君愛國票號。你走私就是走私，販運就是販運，這跟忠君愛國有個屁關係？你以為打著愛國的旗號，就可以為所欲為了？

「我桑弘羊不吃你這套！」
卜式板著一張悲憤的臉，一聲不吭。
桑弘羊繼續道：「是我親自下令，拿下的貴公子。按律，貴公子應該充軍送上南越戰場。這豈不正是你孜孜以求的夢想嗎？」
這時候孔僅探身，在桑弘羊的案几上叩了一下，意思是替卜式說情。
可是桑弘羊不為所動：「律令就是律令，不為任何人所通融。」
孔僅又在桑弘羊的案几上叩了一下。
桑弘羊猶豫了：「嗯，雖說律令就是律令，但你卜家，是陛下親自彰顯的道德典範，是為萬民的一面旗幟。如果貴公子因罪而充軍，必然是震動朝野的大事。嗯，這樣吧，此事到此終止，你可以拿我的手令，將貴公子帶回家。但有一條，此事可一而不可再，倘他再敢觸及國法，恐怕天子御前，你也無可辯白。」
卜式謝過大司農。低下頭，卜式長鬆一口氣。
無論如何，兒子總算是平安無事了。接下來的工作，相對來說就簡單了——弄死這個桑弘羊，他太傷自己的尊嚴了！

雲端浮城

車仗停下，公孫卿急忙上前接駕：「化外野民，恭迎大天子陛下。」
漢武帝「嗯」了一聲，拿眼角仔細地掃視著這個奇異的人。

公孫卿，是你無論怎麼猜，也猜不透他年齡的那種人。氣質儒雅，皮膚白嫩，幾綹鬚髯，根根透肉，飄逸著一種自由散漫之風。此人是世俗仙人中較為低調那一種，因向武帝獻天書而知名。有關黃帝乘龍升天，臣屬揪著天龍的鬚髯而上，扯斷龍鬚而紛紛從半空墜下的宏大敘述，就是此人的始創。

漢武帝暗中派人查過公孫卿的來歷，但也沒查出個什麼名堂。問東方朔，也是含含糊糊語焉不詳。總之能夠確認，公孫卿應該是到過瑤池，也和東方朔一樣偷吃過仙果之類，所以形貌才會如此的奇特。

武帝腳趾微動，車前立即有三個人行動起來，接奉天子落仗。

此三人者：身材高大、隆鼻深目的金日磾，少年英雄霍去病的異母弟弟霍光，以及霍去病的兒子霍子侯。霍子侯，不過是個十四歲的孩子。

目前漢武帝允許接近他身邊的，就這三個人。

一個正在隱然崛起的，隱祕的、真正的權力中心。

這是公元前一一一年，漢武帝四十五歲，正值壯年。

這個年齡的男人，心智已經極為成熟。

如果他不喜歡，誰也欺騙不了他。

但如果他喜歡，那就不好說了。

武帝落車，金日磾與霍光左右攙扶。他轉向公孫卿：「真的看到了？」

公孫卿：「化外野民，親眼所見。」

武帝：「具體是怎麼個情形？」

公孫卿道：「陛下，那一日，化外野民經此而過，忽然聞到一絲絕美的樂聲，有種似曾相識的感覺。野民恍然之際，忽然悟及。昔年野民遊瑤池時，依稀彷彿曾聞聽此律。這是仙樂，必有仙人經過。

「於是野民留神四看，就見西邊天際，煙雲滾滾，隱現出一座巍峨城池，城中盡皆上古衣冠，往來穿行。仙人所行，或赤足御風，或座下異獸。偶或見絕美的天女悠然飄逸，漫空裡灑下華麗的繁花。野民心裡想起了陛下的囑托，就立即誠心默念，希冀於仙人能夠近前一晤，可是仙人卻如風散盡，半空中唯見一條白龍的光影掠過，伴隨著雲端古城的遠去，再也不聞仙樂異香。」

漢武大帝愛聽不聽的樣子，失笑道：「公孫卿，你莫非是想學少翁和欒大？這兩個傢伙，前一個把帛書餵給牛吃，後一個在泰山腳下客棧躲藏多日，結果俱各被朕識破，枉送了兩條小命。」

公孫卿搖頭：「陛下，可否允許野民問個問題？」

漢武大帝：「朕允許你。」

公孫卿：「請問陛下，仙人於人世間，可有所求？」

漢武大帝喟然悵望天際，滿臉落寞：「仙人居於天界，不化不生，不朽不滅，與天地同在，與日月同光，於這悲哀的人世復有何求？」

公孫卿道：「陛下，正是這個道理呀。仙人於這塵界，並無所求，是凡人求仙，而非天仙求人。既然是求人，就要表現出來個清寬，心要大，胸要寬，寧可碰錯，不可錯過，野民斗膽請陛下想想，是不是這個理兒呢？」

漢武大帝冷聲道：「理兒是這麼個理兒，但是證據呢？」

公孫卿：「證據？」

「對，」漢武大帝道，「你說此地有仙人出沒，可有證據？」
公孫卿：「野民斗膽請陛下低頭。」
「低頭？」漢武大帝低頭一看，頓時怫然變色。
這仙人留下來的腳印，可真不小！
朕居然就站在仙人足跡的大拇腳趾處，這莫非是個大足仙？
傳旨，命各郡國修葺道路，整治觀宇、名山並神祠，一旦發現仙人蹤跡，不管是大足仙還是小綠人，要立即向朝廷稟報。

犀利如炬

漢武帝坐下來，吩咐道：「把卜式的上書拿過來。」
卜式的上書？霍光臉上現出驚訝之色，看了看金日磾。
金日磾神色不動，只要漢武帝身邊還有第三個人，他就絕不說話。
把說話的機會讓給別人，把犯錯誤的機會，也留給別人。
這位昔年的匈奴小王子，雖是夷狄，卻遠比朝中任何一個人，更明白言多必有失的道理。
十四歲的霍子侯卻忍不住叫起來：「陛下，你剛剛上朝理政，怎麼會就知道卜式上了書？」
漢武帝冷笑：「這麼個人，無知無識，心術又不正，文無安邦之才，武無拓邊之能，朕卻賜他良田美女，讓他養尊處優，所為何來？
「不過是因為他，比別的人更明白朕的心思罷了。」

頓了頓，武帝沉聲問道：「他的上書是怎麼說的？」

霍子侯展開一道奏摺，回答道：「陛下，卜式的上書，是這麼說的。他請求陛下允許他，獻出全家的良田女眷，讓他和兒子一道赴南越參戰。他要生擒南越丞相呂嘉，執南越王趙建德交由陛下問罪。」

良田女眷？漢武帝皺起眉頭：「卜式的意思，是想再要點田產，再讓朕賞他幾個妙齡女子。不過，他的上書中為什麼偏偏非提到他的兒子？莫非他的兒子，觸犯刑律了？」

「與朕查一查。」漢武帝吩咐霍光，「不要引人注目，查清楚了報給朕就是了。」

「臣領旨，」霍光俯首，然後抬起頭，問，「陛下？」

漢武帝繼續道：「傳朕旨意，賜給卜式關內侯位，賜黃金六百……嗯，六十斤，再給他良田百頃……不，良田十頃。」

艱難時期，錢還是省著點花吧。

「把卜式的上書，昭示天下，讓每個人都看到。還有，讓卜式父子，披紅掛綠，赴列侯之門宣讀他的上書。要在最短時間內，每戶列侯府中都要巡遊過。」

霍光失笑，抬眼看看金日磾。

於今在朝在野，被封列侯之家，幾近千人。讓卜式父子一家家走過來，就算是累不死他，也把他的舌頭磨出大泡來。

陛下其實很討厭卜式。

為列侯挖個死亡之坑

十幾天後，漢武大帝登座，問霍光：「卜式巡遊列侯的事兒，完成得怎麼樣了？」

霍光奏道：「啟奏陛下，臣聞卜式父子，驅車如飛，如電光石火，一日要疾奔於數十家列侯門前，就連入夜也不休息，挑燈宣讀陛下詔旨。近千家列侯，已於日前宣遊完畢。」

「夠快的啊，」漢武帝笑道，「都有幾家列侯響應呀？」

這次霍光不吭聲了，連十四歲的霍子侯，都緊緊地把嘴巴抿上。

「怎麼，一戶也沒有嗎？」漢武大帝哈哈大笑起來，「這似乎並不出乎朕之所料呀。」

「對了，」漢武大帝又想起什麼來，問霍光，「卜式兒子的事情，可有結果報來？」

霍光對答：「尚未。」

「嗯，」漢武大帝收斂心神，說道，「朕早就說過的，我們大漢帝國，是講法律的，法律面前，無論是列侯還是布衣，概不容恕。

「傳朕旨意，卜式忠心為國，以其為御史大夫。

「讓他立即與朕制訂一條新律法，把這些私心作祟，不肯獻出女兒金帛的列侯們，統統裝進去！

「朕要聽到那些列侯妻子女兒們的，徹夜不休繞梁徘徊時的悅耳哭聲。

「朕就是喜歡聽這個！」

這條律法，卜式早就為漢武大帝準備好了。這邊任職的聖旨一到，使者就帶著卜式制訂的新律法回來了。

新律法規定：祭祀之日，列侯須得獻黃金助祭，若成色不足或缺斤短兩者，概以不敬之名問罪。

這條律法，聽起來制訂得容易，但卜式委實是煞費了苦心。就在使者宣旨之後，他避入內室，一個人負手在屋子裡走來走去，大聲地和自己討論爭辯著：

桑弘羊？這個隱藏在朝廷內部的匈奴奸細，而且他肯定和南越那邊，有不可告人的勾當。為了帝國的千秋萬代，我必須要替天子除掉他。不除掉他，遲早必有後患。

可如何除掉他呢？

告訴陛下他貪賄？

這招不管用！

陛下身邊的臣子，哪個是省油的燈？哪個不公然貪賄？倒是飛將軍李廣不貪賄，知道陛下為何偏偏就不喜歡他，死也不給他封侯了吧？

桑弘羊可不是飛將軍李廣，他絲毫也不會虧待自己。明裡暗裡，他撈了不知多少。陛下對此心知肚明，只不過還要指望他來籌措龐大的戰爭經費……咦，就說他籌措軍資不力如何？

這招應該會有效果的。

唯一的麻煩是，要保護陛下江山永固，除掉桑弘羊，就必須先把丞相裝進去，讓他淪為陛下基業的犧牲。

現在的丞相是哪個？

趙周是不是？

趙周，世襲高陵侯。他爹叫趙夷吾，曾任楚郡國太傅，因為不從楚王反叛，被殺掉了。陛下就是看他們一家好欺負，才撿了他來做丞相，無非不過是等這個時候，拿來試刀而已。

就他了。

死亡是那麼的甜美

旬日，丞相趙周下獄。

罪名是：明知列侯所獻黃金數量不足，卻不上報。

同日趙周死於獄中，詔書稱其自殺身亡。

與趙周同日而死者，有列侯一〇六人，罪名都是所獻黃金數量不足或成色不純。這些列侯的妻子女兒及家產，悉數沒官。

京師的獲罪列侯，闔族男丁被戴上重枷，集結於監獄門外。御史大夫卜式坐著轎杖，帶著兒子趕到，對這些人訓話。

站在台階之上，卜式說：「幾天前，我曾經告誡過你們，天子對你們的徵召，是絕對真誠的。大好男兒，志在遠方，建功立業，血染沙場。成者如霍去病，威炳史冊，千古流芳。失者如終軍，如安國少季，縱不能執番君問罪於朝廷，也要在青史留下請纓之名。仰天出門，輕擲頭顱，這樣的人生，這樣的青春，才是你們應該追求的。生而為男，怎麼可以躲伏於祖蔭之下，屈陳於兒女情懷？

「你們，都是有罪之人，罪不可綰！

「但陛下仁慈寬恩，沒有追究你們的彌天大罪，而是寬厚地給了你們一個機會，讓你們在沙場之上，重新贏回你們的榮譽與機會。南疆不遠，夜路迢迢。昔年秦始皇打造的郡縣制，讓你們的世界成為一個大囚籠。不，成為了一個大軍營。你們每一個人，都在朝廷登記造冊，從出生那一天，你們就居住在指定的地方，你們是看守，也是囚犯。當你們踏上這條不歸路時，就知道你自打生下來，就已經加入到帝君拓疆的偉大宏業中來。倘如果你們更早知道自己存在的意義，那麼今天在這裡，為你們餞行的，不是我而是你們的父兄。但是愚昧蒙住了你們的雙眼，直到現在，陛下的偉大召喚，重新喚回你們與生俱來的使命。

「前方就是戰場，用你們的刀槍，洗盡錦衣玉食花前月下帶給你們的恥辱。就從現在開始，向前，向前，越過高山，涉過長河，帝業在徵召，戰場在前方，廝殺是那麼的快意，死亡是那麼的甜美。當你們載譽歸來，你們家族那破敗的門楣，必將重放光彩！」

「假如，你們能活著走到南越的話。」身後，一個人適時接過話頭。這句話，頓時引發了囚犯們的一片號啕。

卜式惱火地回頭一看，只見大司農桑弘羊不疾不徐地下車，陰腔陽調地冷笑道：「御史大夫，你很賣力嘛。」

「哼，盡職而已。」卜式冷冰冰回答道。

桑弘羊走過來，仔細地打量著這支披枷帶鎖的囚徒軍，說了句：「隊伍裡，好像差了兩個人呀。」

卜式心裡明白，桑弘羊這句話的意思，是暗諷他們卜家父子，也應該站在這支囚徒軍裡。但桑弘羊雖然不在權力中心，卻是漢武大帝最為信任的少數幾個重臣。卜式一紙上書，連丞相趙周都能夠下獄殺掉，卻唯獨拿桑弘羊沒辦法。他在心裡發恨，臉上卻堆滿了笑容：「大司農，這支囚徒軍，我已經給編排好了，他們出征後的糧銀度支，就有賴大司農了。希望這支軍隊能如天子所願，早日抵達南越，擒獲番王趙建德與呂嘉。」

桑弘羊哈哈大笑：「御史大夫，你這玩笑開得大了。南越在什麼地方？千里迢迢呀，其間相隔著千山萬水，等到這支囚徒軍一路經行，進入荒僻之地水土不服，跑肚拉稀上吐下瀉，死淨死絕一個不剩之後，南越那邊的戰事，早就他娘的結束了。」

說這番話時，桑弘羊有意提高聲音，讓所有的囚徒都聽清楚。就見那些人面色如土，再度發出瀕死般的號啕。

卜式變了臉色：「大司農，你這話說得可不妥當。我天朝大軍，疾掠如火，不動如山，攻無不克，戰無不勝，只有對陛下懷叵測之心者，才會出言詆毀我天朝大軍。」

桑弘羊回答道：「所以呢，御史大夫你可要小心了，不要散布那些詆毀聖明天子的言論了，這對你在朝廷中的前程，可不是什麼好事。」

「什麼呀，」卜式氣得鼻孔翻轉，「大司農，那句話明明是你說的。」

「我說什麼了？」桑弘羊茫然地東看西望。

「你說，」卜式怒吼道，「這支該死的囚徒軍，走不到南越就會因為水土不服上吐下瀉活活地跑肚拉稀而死掉……」激憤之下，卜式把桑弘羊的話全說完了，才突然醒過神來，驚恐地急忙掩住嘴巴。

「聽聽，」桑弘羊搖頭歎息道，「卜式，你一而再、再而三地散布這類詆毀聖朝的言論，大家聽到可不止是一次兩次的了。」

看著慢悠悠踱過來的大胖子東郭咸陽，和精明如利箭的孔僅，卜式滿臉悲憤屈辱，掉頭匆匆走了。

看著他的背影，東郭咸陽有些擔心：「老桑，這傢伙是個地地道道的小人，你何必要招惹他？」

孔僅卻道：「無妨。昨日陛下任命了石慶為丞相。你們知道，本朝的丞相，向來是挨刀的貨，死得快而慘。但石慶這個人不同，他父親可是萬石君石奮，出了名的大滑頭。早年石家是竇太后的人，可是陛下獲得權力之後，石家人絲毫未受影響。現在石慶做丞相，此後的丞相就不再是替罪羊了。那新的替罪羊是哪一個，大家心情好的話，不妨猜上一猜。」

看著卜式駛遠的車子，三人相視而笑。

只有他了。

這個欺世盜名的騙子！

新權力中心

桑弘羊、東郭咸陽及孔僅三人，是朝中不可或缺的技術官僚，而且他們極聰明，不爭權不爭名，踏踏實實地做漢武帝的後勤班子。朝廷的重臣走馬燈一樣來來去去，一撥人下獄身死，又一撥新貴當權。只有這三人穩坐於他們固定的位置上，一聲不響地看著。

但與卜式產生權力衝突，這卻標誌著新一輪權力爭競的開端。在他們之上，一個隱祕的新權力體系，正在形成。

但目前這個新型的權力中心，結構過於奇特了。

金日磾及霍光父子，這三個人能否完成一次權力的神祕轉移，是極為可疑的。而此時，桑弘羊三人所能做的，只是眼看著這支必然死於途中疾疫的囚徒軍編隊行進。而他們的耳畔，迴盪著的則是南方各州郡囚徒軍的行軍腳步聲。

惡毒的玩笑

入夜，楊僕獨立岸邊，看著一支奇怪的軍隊，向著他所在的戰船方向走來。他忍不住歎息一聲。這當然是一支囚徒軍，只有剛剛從死牢中放出來的犯人，行軍之時才會如此的疲憊、惶恐與絕望。

楊僕是河南人，從軍一生，征戰無數。他暗中評價朝中諸將，在軍事能力方面，他唯獨欽服李廣，至於衛青及霍去病，在楊僕看來他們打的根本不是陣仗，不過是受天子之命所迫，由側翼軍隊將成熟的勝利拱手相送而已。

事實上，楊僕是漢國的第一個樓船將軍。他認為這是漢武帝對他能力的認可，是對他以水上李廣而自詡的高度認同。

他確實是第二個李廣，甚至比之於李廣要更慘。

李廣畢竟是死於沙場之上，甭管是自殺還是戰死，好歹地方沒死錯。

可自己就悲慘了。

還記得三年前，漢武帝分封有功之將，就當著自己的面啊，把關內的土地全部分封完畢，然後故意問自己：「楊僕，關內的土地已經沒的分了，你就做個關外侯如何？」

陛下這是開的什麼玩笑？

太惡毒了！

我楊僕家在關內，卻要把我分封到關外去。難不成我家世襲的領地上，來讓別人做侯爺不成？

幸虧楊僕當時還算機靈，他奏報道：「陛下，臣之心，不在於封侯，而在於國家的萬世永固。所以臣以為，目前函谷關的地域需要擴充，非唯擴充，不足以起到中流砥柱的作用。」

漢武帝頭腦過人，當時就聽明白了：「哈哈哈，楊僕，你玩的好花招，函谷關一擴，你這個關外侯，立即就變成了關內侯。聰明，聰明，朕就喜歡聰明人，好，朕就依你。」

漢武帝嘴上說喜歡，但真心是討厭他。武帝真正喜歡的，或是如安國少季那般的青春美少年，或是如匈奴小王子金日磾那般外形奇特的男人，對這兩類人，武帝有著一種病態的偏愛。他習慣於將簡單的陣仗，擺布得異常複雜，目的就是為了讓自己喜歡的男人，輕而易舉地摘取勝利果子。

在漠北，漢武帝為了讓少年霍去病立下不世功勳，活生生逼死了李廣，還兩次強迫衛青與霍去病移師換將，只為了讓霍去病擊敗匈奴王。

在南越，漢武帝故技重施，把兩個不諳世事的懵懂少年，安國少季和終軍送入虎口。

現在，還是在南越國，漢武帝還想繼續把這個遊戲玩下去。

此番有數支囚徒大軍，正向番禺集結。伏波將軍路博德，率桂陽囚徒走湟水，楊僕這邊率豫章囚徒走湞水，還有個歸義侯嚴為，率零陵囚徒走離水。除了這三路水師，陸路上還有兩支軍隊，全部是從牢中放出來的死刑犯人，再加上江淮以南十萬後勤之眾，此次出征的人數，比之於南越國的人口還要多。

而這只是帝國的南部戰役，北部還有十萬之眾，正在殺奔西羌。

無論是西羌還是南越，這麼多的死刑犯人蜂擁而至，當地人嚇也嚇死了。

總之，勝利是必然的。只不過，漢武帝如此排兵布陣，只是想讓路博德這廝獲取勝利榮譽。那老子就成全你好了。

楊僕憤憤不平地想。

忽悠的最高境界

看著那些七長八短、滿臉驚恐的囚犯們，楊僕作最後的動員訓話。

他說：「可能有人對你們說過，你們非常非常幸運，你們中的許多人是死囚啊，臭爛在牢房裡，只等秋後拖到法場，一刀下去，一命嗚呼。可現在你們突然又獲得了一次機會，一次有可能出將入相、徹底改變自己命運的機會。

「如果你們有誰真的這麼想，那你們就錯了。

「大錯而特錯！

「這樣想的人，會死得很慘、很慘，慘到了無以復加！

「老實說，你們在戰場上根本沒什麼機會。

「就算是你們僥倖沒被敵軍打死，也逃不過死在自己人手中的命運。

「如果你立了功，身邊的人就會因為嫉恨而害死你。一樣的死囚，憑什麼你時來運轉出人頭地？

「或許你們有人聽江湖術士說過，《易》云：二多譽，四多懼，三多功，五多凶。這話是什麼意思呢？前面兩句話是說，最貼近權力中心、最靠近天子陛下的文人學士，最容易獲得財物與稱譽。因為你在天子近旁，隨便一篇賦，就能夠讓你撈到盆滿缽滿。但同樣是一個文學之士，卻漂泊在江湖，遠離廟堂，那你就慘了。不管你隨便說句什麼，或是寫點什麼，總會有人嫉恨你的才華，就捕風捉影牽強附會，向天子密告你口出謗言發牢騷。

「後面兩句話，三多功，五多凶，又是什麼意思呢？是說在天子御前的武將，會平白無故立下許多戰功。而血染沙場的戰將，卻多半落不得個好死。

「何以如此呢？

「這是因為，天子御前的武將，不需要提著腦殼上戰場，只需要對戰事發表一些虛無縹緲的高論。打贏了，是他運籌帷幄，決勝千里。打輸了，是前線將士執行力不足，跟人家沒關係。所以他們容易立功。

「而如我這類，處江湖之遠，帶著你們這批該死的囚徒上戰場的武將，卻是動輒得咎，死多活少。如果我帶領你們打贏了，功勞是人家朝臣運籌之功。如果輸了，我就會立即披枷帶鎖，站在你們的行伍中，淪為你們中的一員。

「我楊僕，堂堂的樓船將軍，前程尚且如風中殘燭，搖搖欲墜，你們這些死囚又算得個啥？

「我楊僕是個什麼人呀？

「是決定你們命運的人！

「是主宰你們死活的人！

「是三軍之首，是一師之帥！

「我可以殺掉你們之中的任何一個。

「不需要理由。」

楊僕誠懇地說著，忽然間厲喝一聲：「那邊那個，就是那個瘦高個，挺大的個男人哭得滿臉是淚，討厭死了。你嚴重影響了本座的心情，這叫擾亂軍心。左右與吾推出，斬訖報來。」

幾名精壯的親兵衝進隊伍，將一個瘦高個、哭成了淚人的死囚拖出來，強迫死囚跪下，長刀輪起，「嗖」的一聲，一顆大好頭顱落地，被親兵順手抄住髮髻，展示給死囚行伍看。

死囚們茫然地看著那顆首級，完全無法理解眼前所發生的事兒。好半晌，才聽到「咕咚」一聲，死屍這才栽倒在地。直到這時候，現場才響起一聲巨大的，因恐懼而導致氣流灌入人體氣管的奇怪聲音。

「你們看，本座真的沒有騙你們。」楊僕滿臉真誠，推心置腹地對死囚們說，「我可以隨心所欲地殺掉你們中的任何人，在任何時間裡，在任何地點。只要本座喜歡，想殺就殺。」

整個死囚行伍中，響起一片牙齒激烈撞擊聲。

忽然間楊僕轉身，用力狂擊自己的胸膛：「老子就是這麼拽，不服你來打我呀！來呀，你來呀！」

當然沒人敢上前去打他，死囚們都在極度的恐懼中，眼看著他發癲。就見楊僕神色又一變，恢復成最初的頹唐沮喪模樣：「你們聽明白本座的話了嗎？嗯，有沒有哪個聽明白了？」

死囚們害怕楊僕這個煞星再開殺戒，就顫抖著，參差不齊地回答道：「聽明白了。」

「你明白了個屁呀，」楊僕失笑道，「本座的話還沒有說完，你怎麼可能聽明白了？」

「本座要告訴你們的是——」楊僕一個大轉身，跳到了高處，語氣突然轉為與他的外貌極度違和的小清新：

「人生啊，如夢。富貴啊，如煙。那可是說散就散啊。本座醒握殺人劍，醉臥美人膝，與你們相比，宛如生活在九霄雲端。可是兄弟們吶，五爻多凶呀，本座不幸統領你們這些王八蛋在外，一條性命，跟你們一樣不過是風中殘燭，說熄滅那可是眨眼工夫呀。這就是本座要告訴你們的，前方戰場，不僅是你們不會有絲毫的機會，本座也他娘的一樣啊！或許三天，或者五日，南越國那破敗的城池之下，就橫臥著本座和你們一樣冰冷的屍體。

「所有的人，所有出征的人，無論是本座還是你們這些王八蛋，都不會再有機會。

「永遠不會有！」

講到這裡，楊僕停下來，心滿意足地舔著嘴唇，欣賞著死囚軍的反應。

死囚組成的軍隊，原本就沒有什麼鬥志。此番聽楊僕「戰前動員」，所有人的內心，幾乎是徹底崩潰的。似乎還嫌現在的場景不夠悲慘，楊僕又添上幾句：

「就跟你們說句良心話吧。本座的性命，雖然是懸於一線，可好歹還有你們替本座墊底。本座心情不爽時，宰殺你們幾隻，聊勝於無吧。所以本座雖然心寒如冰，可活著多少還有點奔頭。可你們呢？

「你們生如草，死如狗，活著有什麼勁呀。

「大家說，是不是？」

楊僕這番話說出來，死囚行伍中，頓時爆發出一片失控的號啕聲。

突然之間楊僕一聲大喝：「回答本座，你們苟活至今，到底有什麼意思？」

他這一聲，嗓門極大，震懾了當場，讓號啕聲頓時低沉下去。

就在這低沉的啜泣中，楊僕不疾不徐，繼續說道：「好吧，讓本座來告訴你，你們生之意義吧！」

他的語調變得低沉，帶有一種中年男子特有的磁性，如泣如訴，字字清晰，讓人想不聽清楚都難：

「曾有一個旅人，獨自行走在沙漠之上。忽然間，前方出來一隻老虎，向他撲了過來。旅人急忙掉頭逃走，卻發現後方正有幾匹狼，銜尾追來。驚恐之際，旅人突然看到路邊有口井，急忙縱身跳入，不承想，井底卻盤著一條斑斕毒蛇，正仰起蛇頭，張開毒牙，向他噬來。幸虧這旅人倉促之下，順手抄住了井壁上的一根藤條，懸於井壁，才沒有落入蛇口。

「就這樣，旅人膽戰心驚地懸於井壁，上有虎狼，下有毒蛇，正無辨法可想之際，耳邊忽然聽到有咯啦咯啦的齧咬聲。旅人定睛一看，卻見井壁上有隻老鼠，正在齧咬著那根細弱的藤條。一旦藤條被咬斷，這旅人的生命之程，也就宣告結束。

「絕望之際，旅人忽然看到藤條邊上，有一滴夜晚寒冷時凝結的露珠。於是旅人閉上眼睛，伸出舌頭，舔舐起露珠。

「啊，多麼甘冽、清新的露珠啊。

「旅人醉倒在他生命的酣飲之中。」

講完這個故事，楊僕的聲音突兀提高，變得尖利高亢：

「我們所有人，正如這個旅人，一生的行程之中，充滿了的是死亡與苦難。虎狼是疾病與災厄，毒蛇是人世之冷漠。我們所有的旅人，都逃不過這些苦難的追逐。但在生命逝去之前，盡情地品味那一滴甜美的露珠，是你我所唯一能夠做到的事兒。我楊僕的露珠，在縱橫沙場，封侯拜將。而你們，你們這些該死的王八蛋，告訴我，你們的露珠在哪裡？

「在哪裡？」

手指遠方，楊僕以激昂的聲音，高喊道：

「你們生命的露珠，就在南越國的國都裡，就在南越國後宮那些如花朵般鮮嫩美麗的宮女身上，就在南越國國君累積搜刮的金銀珠寶上！所有的人，你或我們，都是要死的，死於囚牢也是死，死於南越國宮中那嬌美的宮女身體之上，也是個死。是臨死之前舔舐一下這甘美的露珠，還是死於本座冰冷之味的鋼刀之下，請你們選擇吧！」

「選擇露珠！」

「選擇宮女！」

所有的死囚眼神突然變得狂熱，齊聲嘶吼起來。

「好！」楊僕回答道，「那就隨本座出發吧，本座保證，你們每個人的最後生命享受，都將獲得滿足！」

水上李廣

楊僕的囚徒軍推至南越國石門。

就是在這裡，漢國勇士韓千秋，及他率領的兩千正規軍，被南越國軍隊悉數全殲。聞知漢國成年男子已經死光，漢國派來了一支囚徒軍。南越國守軍連連搖頭。

有沒有搞錯？

他們絲毫也不懷疑，又一次殲滅戰開始了，從監獄裡臨時釋放出的死囚，能有幾多戰鬥力？怕是漢國的天子，拿這南越國當死刑場了，居然派了死囚前來，讓南越國的軍人試刀。

可萬萬沒想到，臨至接仗，就見漢國那面的死囚，一個個恍若瘋癲，嘴裡大喊著「你是我的露珠」、「你是我的宮女」等奇怪口號，性命根本不要，只顧拎刀子撲上來狂砍。南越國幾曾見過這種瘋子軍隊？頓時陣腳大亂，被楊僕輕易奪取了石門。

占據石門，南越國的國都番禺，就近在咫尺了。

楊僕喝令部隊紮營，等待命令。他自己只率了一小支精銳部隊，溯湞水而上。行不多久，清晰聽見前方鼓樂之聲傳來，就見水面上一艘艘戰船順流而下。看不到船上的士兵，反倒能清楚地看到正在甲板上翩躚起舞的樂女。

「真你娘的會享受！」楊僕心裡嘀咕一聲，命士兵通報。

這支載歌載舞而來的船隊，當然是大漢帝國伏波將軍路博德。此時他躊躇滿志，正在船上飲酒作樂。見到楊僕，頓時放聲大笑：「哈哈哈，他媽的老楊，又是你那套旅人呀老鼠呀露珠是不是？要不然，你的行軍速度怎麼會這麼快。」

楊僕悶聲道：「只要這招還管用，老子就不打算用新招。」

路博德：「哈哈哈，要說忽悠別人去死的高手，本朝非你莫屬呀。哈哈哈。」

路博德笑得如此開心，那是因為他苦熬了一輩子，終於時來運轉了。

他是中國歷史上的第一個伏波將軍，但此前，也和楊僕一樣，在漠北戰役中負責替霍去病打側翼。霍去病一戰功成，彪炳千秋，他路博德卻什麼也沒撈到。

但這次，路博德的機會來了。

一切跡象都表明，漢武帝分明有心把南越之功，御賜給他路博德。楊僕忽悠死囚是高手，但很不幸，在漢武帝的作戰盤子裡，楊僕只是為路博德建功立業的一枚棋子。兩人同為帝國的水師大將，路博德是伏波將軍而楊僕是樓船將軍，楊僕負責賣命而路博德負責建功。所以路博德才會心花怒放，而楊僕則是滿臉的怒氣。

兩人之間的關係，屬於典型式的軍人關係，既相互敬重，又相互鄙視。彼此託以性命，但又有忍不住在對方背後猛插一刀的強烈欲望。

此時的路博德，就有了忍不住插老夥計一刀的衝動。

說插就插！

路博德哈哈大笑道：「老楊啊，你是不是又犯了擅作主張，孤軍深入的老毛病啊？這個打仗呢，是有規律的，這規律就是要聽從英明神武的陛下指揮，有節奏按順序，一步步地來。畢竟上戰場又不是進洞房，你說幹嘛猴急成這模樣？哈哈哈。」

語帶雙關，諷刺挖苦，路博德狠狠地暗示了楊僕悲慘的命運。他就是個為別人立功墊底的貨，何必這樣行色匆匆呢？

可不承想，楊僕此來，也是為了插路博德心窩一刀。要不然他何必勞師遠頓，辛苦前來呢？就見他臉色憂忡地說：「老路，聽說你跟霍去病將軍關係不賴呀。」

「還行，」路博德道：「想那小毛孩子霍去病，如果當時不是老子替他……總之，霍將軍蓋世英名，匈奴聞之而遠遁，本朝得此良將，實見陛下聖明呀。」

「是呀是呀，」楊僕接道，「霍將軍英雄祚短，陛下不勝惋惜，聽人說天子已召霍將軍的異母弟弟霍光，以及霍將軍的兒子霍子侯入朝，恩寵有加呀。」

路博德聽懂了楊僕的暗示，頓時怫然變色，半晌才道：「霍氏滿門忠義，天子慧眼有加，實乃你我統兵之人的福分呀。」

「是呀是呀，」楊僕欣賞著路博德痛苦的表情，索性把這一刀子捅瓷實點，「要不要你我聯名上書，請霍光與霍子侯出征，統領你我？我敢說，若聞霍家英雄之名，南越國宵小，必然是灰飛煙滅。」

「老楊你……」路博德難堪地道，「我看老楊你是太過於多情了，以天子的聖明，這場仗到底應該怎麼打，似乎不勞你操這麼多的心。」

楊僕笑道：「話雖如此，但老路你知道我的暴脾氣。你我統帥的都是天殺的死囚，煽動起他們的死志容易，可如果再讓我如此前一樣，消消停停地等下去，我是擔心遲則生變呀。」

路博德冷冰冰地道：「我想陛下不會喜歡聽這個。戰場上的一切，必須要完全符合陛下的主觀臆想。如果不符合，你我的腦殼就危險了。」

楊僕道：「我是想啊，聖天子高居廟堂，肯定也是期望著一場勝利吧？肯定是這樣，尤其是安國少季覆滅之後，這場勝利，完全符合陛下預期的勝利，應該不會讓天子不滿。」

路博德大駭：「老楊你想幹什麼？你忘了飛將軍李廣是怎麼死的了嗎？哼，跟你說句掏心窩子的話吧。李廣，以及他兒子李敢、堂弟李蔡之死，還遠不足以贖補他們為上天帶來的怨怒。上天的不測之威，還將以雷霆般的激烈，落在李家第三代人李陵的身上。你不信，那就走著瞧吧！」

楊僕沉默半晌，忽然笑道：「我不過是一個危路之中的旅人，前有狼，後有虎，懸於孤壁，井下是擇人欲噬的毒蛇，維繫我搖搖欲墜的細弱藤條，隨時都會被老鼠咬斷。這時候的我，唯一的心願，就是品嘗一下唇邊那滴甘露。」

路博德驚訝地望著楊僕：「老楊，你鬼迷心竅了？你忽悠人忽悠到了瘋魔入心，連自己都忽悠進去了？我可告訴你楊僕，這一步你如果敢於邁出，你就是下一個李廣！」

楊僕：「悲哀生命中唯一的一滴甘露，沒人能夠阻止我品嘗。」

說完這句話，他站起來離開。

路博德向前追了兩步，茫然地看著他的背影，張嘴欲呼，卻又無可奈何地搖了搖頭。

瘋人的戰爭

年輕的南越國王趙建德站在城樓上，旁邊立著年邁衰朽的丞相呂嘉。

他們懷著悲涼的心情，看著兩路漢軍在城下紮寨。

趙建德問呂嘉：「老丞相，你確認這些漢軍，全都是死囚犯？」

呂嘉道：「沒錯，老夫的情報準確無誤，漢帝劉徹昏庸，好大喜功，窮兵黷武，連年在漠北用兵。國中成年男丁已經悉數死盡。此時西羌又亂，劉徹發十萬囚徒赴西羌。而來攻打我們南越的，也全都是江淮地帶的死囚。只要我們招降對方，承諾給他們軍功女子金帛，這些死囚就會立即反叛。」

趙建德搖頭：「老丞相，你說的那些，對正常人類或許會有效果吧？怎麼我瞧著這些死囚漢軍……好像不是正常人呢？」

呂嘉失笑道：「漢軍雖然是死囚，可他們也是人，也是一個鼻子兩隻眼睛，也有喜怒哀樂悲歡憂愁，刀子扎進他們身上，他們也會感覺到疼痛。他們怎麼就不正常了？」

趙建德拿手一指城樓下方：「老丞相，你自己看嘛。」

呂嘉揉著老花眼，定睛細看，頓時毛骨悚然。

只見城樓下方，一支衣衫不整的漢軍衝了出來，他們個個狀若瘋癲，一手執火把，一手執鋼刀，唇邊噴著白沫，嘶喊著奇怪的口號：把露珠和宮女，給老子還回來！嘶喊聲中，這些漢軍向著城牆狂奔而來。南越守軍立即放箭，可恐怖的是，箭翎射在這些漢軍身上，竟然是恍若無覺，就見這些身插搖搖晃晃翎箭的漢軍，衝到城樓之前，攀爬而上。上面的滾木礌石砸下，趙建德和呂嘉看得清楚，有些漢軍已經被砸得全無人形，理論上來說早就斷氣了。可這些死屍般的怪物，竟然冒著流矢爬了上來，甫一登城，就立即拋擲火把焚城。

呂嘉看得心膽俱裂，呻吟了一聲：「這樣不對，這樣是錯誤的。戰爭，是人類的事情，他們漢國怎麼可以把這些怪東西弄到戰場上來？」

沒辦法，玩不過這夥瘋子。

那就趕緊逃吧。

南越小國炸了，國主趙建德和呂嘉渡海而走，被撇下的軍隊發足向著漢軍路博德大營狂奔，乞求投降。後面追殺著雙眼血紅的楊僕軍。

路博德手忙腳亂，一邊接受南越軍的投降，一邊派出士兵順海路追殺趙建德與呂嘉。

按說這船一入海，海天茫茫的，想追上根本不可能。可是南越國的郎官都稽，勇敢地做了南越奸，帶了漢軍去抓自己的前主公。有他帶路，不消一時三刻，就追上了趙建德的大船。

士兵衝上船。漢軍校尉司馬蘇弘撲過去，死死地按住趙建德，大喊大叫：「我抓住了趙建德，老子要封侯了，封侯了！」

帶路的南越郎官都稽，見狀學了蘇弘的樣，也衝過去按住老頭呂嘉：「我抓住呂嘉了，呂嘉是我抓住的，我也要封侯。」

封封封，漢武大帝在軍功封賞上，是毫不吝嗇的。

路博德再行加封，楊僕封為將梁侯，抓獲趙建德的蘇弘封為海常侯，抓獲呂嘉的前南越郎官都稽，封為臨蔡侯。

此外，南越國還有四名降將，也統統封為侯。

好像是皆大歡喜的樣子。

但對楊僕的罪行指控，很快也到達了。

謝你娘的恩

漢武帝的詔書上，楊僕被指為五大罪。

其罪一，將降兵視為戰俘，砍死人頭冒充斬獲首級。

其罪二，南越國在戰事中獲得了東越國的支援，這是楊僕的失誤。

其罪三，楊僕曾私離軍營，回家鄉炫耀。

其罪四，楊僕眷戀嬌妻美妾，以軍營生活為苦。

其罪五，朕曾經問你蜀地的市場價格，你回答不知，但其實你知道，故意不告訴朕。

在詔書最後，漢武帝充滿溫情地質問道：「楊僕，你犯下如此彌天大罪，朕追究了你沒有？」

「沒有追究！」

「朕為何不追究你？

「還不是看你愚昧無知，如果追究了你的罪錯，你的家人就會流亡街頭，拍賣於官市。朕之心，真的很不忍。

「如此重罪，而朕既往不咎，楊僕，你當何以自處？

「還不趕快叩謝天恩，帶著那些和你沒什麼區別的死囚犯，去把嫌命長的東越國給朕平了。」

諸如此類。

當時楊僕蹲在軍營門口，把這份詔書看了一遍又一遍。最後，他小聲地嘀咕了一句：「陛下，你的心眼，比蚊子屁眼還他娘小。」

幸運大帝

公元前一一一年，是漢武大帝的幸運年。

在漢國國力疲憊的情形下，路博德和楊僕所率的死囚軍，竟然兵不血刃，輕而易舉地打破了南越國。夜郎國聞之，駭得魂飛膽裂，立即遣使入朝，表態臣服。從此夜郎自大成為歷史，漢國對夜郎國進行了全面接管，改設為郡縣制。

下一個，東越國。

說起那東越國，也是一把鼻涕一把淚，無盡的辛酸。

南越國東越國，名字中都有個越字。那是因為這兩個小國，都是春秋年間越國的延續，是臥薪嘗膽的勾踐的後人。

戰國年間，具體的時間是公元前三三四年，越王勾踐的六世孫子無疆，忽然感覺到生之無趣，就率師伐楚。可當時楚國正值頂峰時期，楚威王是天下的霸主。就見楚威王翻手一巴掌，「啪唧」一聲，越國國君無疆連同小小的越國，就都被拍死了。

越國滅亡，勾踐的一支族人渡海而逃，一口氣逃到了現在的廣東和福建，與當地閩人合流。久而久之，廣東這邊就建立了一個南越國，而福建那邊則建立了一個東越國。

所以這個東越國，又稱閩越國，國家雖小，卻最不省心。漢武帝即位之初，就鬧騰個不休，四處征討，攻打一個更不起眼的小國東甌國。武帝下令討之，東甌國趁機要求移民，舉國搬到了江淮居住，東甌國就此消失。

然後東越國又來攻打南越國，當時的大行令王恢，奉命趕來彈壓。東越國國君郢，就派弟弟餘善迎戰王恢。

行軍途中，餘善和眾人商量說：「不是我對王兄不敬，我這個哥哥確實神經得厲害。你看咱們這個國家如此之小，卻非要招惹強大的漢國，這豈不是作死？諸位，要不咱們大家宰了我哥哥，由我來做國王吧，我將向你們奉獻你們期待已久的和平。」

於是東越國軍隊返回，拿小鐵矛「噗哧」一聲，捅死了國君郢，然後向大行令王恢請降。

此後漢武帝傳旨，立餘善為東越王。等到南越國殺死太后及漢國使臣安國少季，公開與漢國進入戰爭狀態時，就聯絡東越國一道對抗漢國。東越國君餘善大喜，就率水師前往。但這支隊伍卻在海邊停了下來，想坐觀漢國與南越國的爭鬥，於中取利。

可不幸的是，楊僕對死囚軍士們的忽悠大法用力過度，摧枯拉朽地滅亡了南越國。

南越國亡，東越國已經是形隻影單，沒幾天活頭了。這時候國君餘善突然發癲，他給自己刻了枚印，意思是說他才是天下之主，這邊的漢武帝劉徹不作數。於是楊僕就趁自己的囚徒軍癲狂勁的節骨眼，向漢武帝請求消滅東越國。

但漢武帝這個人，皇帝做得久了，過於隨心所欲，久而久之不再拿自己當個人，而是當成神。神性人格的特點，就是一切以自己的主觀臆測為準，想怎麼樣就怎麼樣，如果自己的臆測不準，那就是現實錯了。這種思維對於戰爭的理解，就認為戰事成敗，一概由自己來決定。自己想贏就贏，想怎麼贏就怎麼贏，想讓誰贏就讓誰贏。

事實上，漢帝國差不多在這場漫長的戰爭中，被活活拖死了。而漢國之所以被拖得這麼慘，漢武帝的努力比匈奴人或是南越國東越國更給力。為了滿足漢武大帝想讓誰贏就讓誰贏，想怎麼贏就得怎麼贏的多重戰略目標，漢帝國支付了極為慘烈的人力資源成本。打到最後舉國死囚犯被推上戰場，就是漢武帝過於任性的結果。

當時，漢武大帝惱恨楊僕的自作主張，不允許楊僕再建功業，制止他對東越國用兵。等到東越國這邊越鬧越凶，這才慢條斯理地下詔斥責楊僕五罪，責令其伐東越國以贖罪。漢武帝的真實目的，是想等楊僕的鋒銳過去，一鼓作氣，再而衰，三而竭之後，把楊僕和他的死囚軍，一道坑死在戰場上。

果不其然，楊僕在軍卒的癲狂勁過後，再度征戰，其部下就紛紛受挫，被東越國打得灰頭土臉。但此時，東越國再度與漢國對抗，其國內的政治格局呈現出與郢王攻伐南越國時同樣的模式，於是內亂再次發生，東越人殺死惹禍招災的餘善，向漢武帝請求投降。

漢武帝下令，東越國舉國搬家，統統搬到江淮之地居住。畢竟這個小國人口數量不多，正好用來填補漢國連年戰爭帶來的人口損失。

南方塵埃落定，御史大夫卜式分析判斷，負責為戰事籌措糧錢的大司農桑弘羊，已經沒有利用價值了，於是卜式上書，想要一舉端掉桑弘羊技術官僚集團。

第十四章——

詭異的戰事

陛下釋放信號

老實說，漢武大帝對卜式，那是相當的夠意思。

十四歲的霍子侯，無意中說到一件事，說御史大夫卜式，在朝中近來時常發牢騷。說是由官府壟斷鹽鐵，給百姓生活造成了極大不便。官府的鹽鐵產品，質次而價高，老百姓是拒絕的，但官府強迫百姓購買，不買就抓就殺。此外，由於車船稅賦過高，商人不堪其負，經商人數大幅減少，導致各地物價昂貴，百姓苦不堪言。

這就是朝中新權力體系的運作模式，光祿大夫霍光負責搜集資訊，金日磾負責分析加工，再由天真爛漫的少年霍子侯，閒聊時讓漢武大帝聽到。這是唯一安全地確保漢武大帝掌握朝中輿情動態的模式，並確保不會因為漢武帝的憤怒，而損害到這條資訊渠道。

聽霍子侯這麼一說，漢武帝才知道，最是善於揣測聖意的卜式，這次槍口明顯走偏，正在集中火力向技術官僚桑弘羊開炮。

漢武帝默默搖頭，這可不好，對匈奴的戰事，可以說是方興未艾，戰爭的結束，還遙遙無期。

桑弘羊的價值，至少在相當長的時期裡，是無人可以替代的。
必須要放個信號球給卜式，別讓這個傢伙走得太遠。
於是漢武帝說：「朕在宮裡待得膩了，朕要出巡，巡示北部邊境。」
公元前一一〇年，漢武帝劉徹四十六歲，巡視北方。

奔跑吧，兄弟

漢武帝車駕出長城，登上單于台。
漢武帝宣布說：「朕要設置十二路大軍，親自執掌兵法。如果匈奴敢惹事，朕就滅了他。
「那邊那個負責外交的臣子，你叫什麼名字來著？郭吉？這名字不錯。現在朕命你去匈奴那邊溜達一圈，面見他們的單于，告訴他們說：漢天子威震天下，南越王的頭，已經懸掛在了漢廷北面的宮門之上，宮門上還空出個位置，大單于豈有意乎？
「去告訴單于，要用朕的原話，不許藏奸使猾，使用含義模糊的外交術語。」
「臣，領旨。」郭吉心說，好嘞，老子的職業生涯，這麼快就走到盡頭了。沒辦法，戰爭年月辦外交，原本就是腦殼掖在褲帶上，有今個兒沒明兒個的事兒。
外交工作的重點，就是社會人際關係。一個人能夠擔任某一國的使者，就是因為他在當地有人緣，能夠見到必須要見的人，辦成必須要辦的事兒。郭吉此前曾隨張騫出使，在匈奴方面認識了個有勢力的貴族。這道人際關係，就成為了他在朝中的飯碗。但現在，是他支付飯錢的時候了。
於是郭吉到了匈奴，先找到貴族老友，送上豐厚的禮物，曰：「麻煩請你替我引薦一下，讓我面見大單于，天子捎了幾句話給他，務請幫忙。」

對方狐疑地道：「可千萬別是什麼難聽的話。你家漢天子，是出名的霸道狂妄，從來不會說人話。要是好話見見無妨，要是話太難聽，還是免了吧。咱們還是留著這顆腦袋，喝酒吃肉睡美女吧。」

郭吉笑道：「當然是好聽的，咱們兄弟的關係，難聽的話豈會找你引薦。要是連累了你，兄弟我以後還做人不了？」

「好，那我就替你引薦了。」對方找到烏維單于，說他這裡來了個漢使，帶來了好消息。烏維單于大喜，立即接見了郭吉。

郭吉走進大單于軍帳，當堂一站，宣布道：「我漢天子有旨意，於今南越國王的腦殼，已經懸掛在了漢廷北面的宮門上，旁邊還空出一個位置，專門給你大單于留的。大單于你要是有種，就與漢家天子一戰，讓漢家天子把你的頭，早一點懸掛上去。倘若你沒種，就趕緊提上褲子，向著北部荒漠狂逃吧，跑慢了可別怪漢軍的刀快。」

「哎呀媽呀，這誰家孩子？他爹媽咋就不教教他說人話呢？」當時大單于就被羞辱得震驚了。他問，「是哪個把這個傢伙帶進來的呀，叫他過來，過來，給我摁住他，摁瓷實點。嗯，再找拿生鏽帶齒的鈍刀，一定要鈍刀，給我慢慢地割下他的頭，一定要慢，越慢越好。」

引薦郭吉的匈奴貴族，臨被殺前，悲憤地哭道：「郭吉，你咋這樣呢？你不想活了，就找個牆角一頭撞死唄，幹嘛非要拉上我？」

「沒辦法，」郭吉歉意地道：「使命在身呀兄弟，這輩子就對不起你了，下輩子我托生做個女人，隨意讓你蹂躪，好不好？」

大單于下令：「把這個不會說人話的郭吉，給我扔到北海去牧羊。老實告訴你，我要在北海建立一個漢使牧羊特區，你就在北海安家立業吧。」

郭吉被匈奴扣留，此時漢武帝已經巡遊到了橋山，在黃帝墓前，愕然止住了腳步。

當時漢武帝震驚地問：「公孫卿，你以前不是說，黃帝御龍升天了嗎？那這裡怎麼會有座黃帝的墓？」

仙人公孫卿飄然而出，笑道：「陛下，那啥，這座墓，只是個衣冠塚。是黃帝馭龍升天之後，百姓及臣屬無限想念他，就立了這麼座衣冠塚，以供後人憑弔懷想。一個人工製造的旅遊景點而已，陛下切莫當真。」

漢武帝仰望高天，歎息道：「等到朕馭龍升天，做了神仙，天下百姓也一定會痛哭流涕，無限緬懷朕的偉大功業，也必然會為朕建立一座衣冠塚的。

「可天上的神仙們，你們到底在忙些什麼？為什麼不快點來接朕呀？

「朕期待已久。」

朕的成功無法複製

在路上，漢武帝召集臣子，傷心地問：「司馬相如在嗎？」

「司馬相如？」眾臣大駭，面面相覷。

「司馬相如都死了好久了，怎麼陛下又提起他？」

「對了，司馬相如到底做了什麼，讓陛下對他懷想不已呢？」

「其實相如也沒做什麼，」漢武帝解釋說，「他就是個眼光更好點，早就看出來朕，本非如爾等這般不過是凡夫俗子！司馬相如早就知道這些，所以他死前留書，央求朕去泰山封禪。封禪，就是效法秦始皇，向天上的神仙報告自己在人世間的非凡業績。

「封禪的目的呢，也很簡單，就是暗示天界的神仙，該接自己回去了。你們好端端地在天界享福，卻讓老子下凡來替凡人操勞。朕已經把該幹的活，全都幹了，屍堆如山……不對，是生民仰承天子洪恩，日日夜夜叩謝聖明。朕在人世間的事業，已經超越了古往今來任何一任帝王。朕在這塵世間已經沒什麼工作要幹，朕就是想回家，回天界看望看望自己在天上的仙女老婆。朕就這麼一點點的小要求。

「傳旨，命儒臣制訂封禪禮儀。」

這道旨意一下，儒臣們頓時如泥坑裡的蛤蟆，呱咕呱咕地爭吵起來。每個儒臣都有自己的一套封禪禮儀，跟別人沒絲毫交集。要命的是，這些全不挨邊的禮儀規範，聽起來都有點道理。而且儒臣們堅持，自己的建議來自於獨家資料，是對秦始皇封禪規範的完美複製。

這事麻煩大了，只能提交陛下聖裁。

漢武帝說：「朕的成功，無法複製。爾等製作不出來正確的封禪禮儀，是正常的。因為你們都是凡夫俗子！凡人豈可仰望天界？

「所以你們根本不知道封禪禮儀，只是一味附和朕，胡言亂語罷了。這世上，唯一知道正確封禪禮儀的，就是朕呀。畢竟，朕是來自天界，終究要回歸天界。對這些流程，還是記得一些的。」

「所以這具體的封禪禮儀，要由朕自己來制訂，你們呢，能親睹這天界規範的制訂與執行，就夠幸福八百輩子的了！

「傳旨，御史大夫卜式，不學無術，不讀書不識字，承擔不了本職工作，現將其降為太子少傅，讓他陪缺心眼的傻太子劉據去玩吧。」

霍光與金日磾相顧失駭。

霍子侯完了！

可憐這孩子，他才剛剛十五歲呀！

正值青春年少，大好韶華。

可這般年齡的美少年，豈不是最適宜用來洗得白白淨淨，袒裎於神靈之前，向天界表達最虔誠的祭祀奉獻嗎？

朕和仙人有個約定

抵達緱氏城。

這裡，就是公孫卿遇到雲端中的天界之城，並發現仙人巨大足跡的地方。

武帝落車，掃了一眼跪在近前黑壓壓的當地官員，問了句：「都誰聽到了？」

「我，他，還有他，他離得遠，但也聽到點動靜……」當地官員們互相指來指去，漢武帝居高臨下俯視著這些雜碎，在心裡估摸著人數比例。最後滿意地點了點頭，「具體，是怎麼個情形？」

官員們表情迷惘地說：「臣也說不大清楚，事情發生前毫無預兆，極其突然，就是有聲音突然間從少室山中傳來……」

「嗯，有聲音從少室山中傳出來，」漢武帝問，「能聽清楚那聲音說什麼嗎？」

眾臣懵懵懂懂地道：「聽那意思，是那聲音在喊『萬歲，萬歲，萬歲……』感覺後面還有句……

這是山中聲音的原話，不是臣欺君……『萬歲到哪兒嗨去了？怎麼沒見到你』……不能確定是不是這麼個意思。」

漢武大帝歎息道：「這是朕昔年在天界時的老友，嗯，朕和仙人們應該是有事先約定的，約好在這少室山見面。難怪這些日子朕憂心忡忡，急不可耐地往這少室山趕，總感覺好像有點什麼事兒。唉，想不到朕在這凡塵日久，已忘初心，全然不記得和老友們昔年的約定了……朕來遲了，想朕的天界老友，在這少室山久候朕而不至，是何等的落寞呀。

「都怪這些該死的老百姓！是他們閒極無聊，非要上山打獵砍柴，驚擾了仙人，讓朕與仙人失之交臂！該死的百姓，你吃飯活命的這點小事，能跟朕的成仙相比嗎？

「傳旨，以後這少室山，禁止百姓進入，別問朕不讓百姓打獵砍柴，如何生存，活不下去的話，去死還不會嗎？

「這是朕的世界。百姓不過是朕的世界中的螻蟻而已！」

仙人托我給你帶個話

少室封山，武帝遊東海。

尚未啟程，就見道路上黑壓壓密麻麻，湧來的人數不下萬計，都是公孫卿的老鄉。這些人在路邊拚命的招手：「那個誰，陛下，就是你，說你呢，你停一停，天界的仙人托我帶個話給你……」

武帝急令停車，命捎話人上前，仔細詢問。眾人紛紛講述，自己是如何進入瑤池，如何與仙人邂逅，如何吃了仙丹妙果，又如何回到這乏味的人世之間……據史書統計，當時的天界仙人，委託了一萬多名捎口信的人，向漢武大帝請求恢復聯絡。

委託一萬多人捎口信，這仙人真不嫌累呀。

漢武帝和天界專業人士公孫卿，立即著手甄別。這麼多的人，都說神仙托自己給皇上帶來了口信，有沒有騙子摻雜其中呢？

經過嚴肅緊張的甄別，這些自稱捎來神仙口信之人，至少百分之九十不能證實。能夠證實的，不過是百分之十，這也意味著捎信人數以千計。

漢武大帝很納悶地問公孫卿：「這個，一千多個捎來神仙口信的人，也有點太多了。朕很好奇，你究竟是如何甄別的呢？」

「這很容易，」公孫卿告訴漢武帝，「凡是說口信是從瑤池捎回來的，一概不能證實，因為他們所描述的瑤池風物，與本人赴瑤池時所見不同。凡是說口信從蓬萊山捎回來的，都可以通過初選，因為他們描述的蓬萊風景，與我當年去的時候，一般無二。」

「這個……」饒是漢武大帝，也被公孫卿的專業精神弄糊塗了，「傳朕旨意，以公孫卿為朕的天界聯絡先遣隊，率他甄別出來的那一千多術士前行，命官府給這一千多人，每人配備專車御者及祕書行政班子，沿途郡縣，有拒絕其財物要求者，斬首。朕命這一千多人，先行與天界取得聯繫。」

於是公孫卿率一千多人，各自乘坐著官府提供的專用車輛，浩浩蕩蕩出發了。這是有史以來最成功的騙子團隊，就見煙塵蔽日，車聲隆隆。不一日，公孫卿從東萊傳回消息：

「啟奏陛下，野民已經見到仙人。」

「好！」漢武大帝心花怒放。

但再聽下去，漢武帝的心花就謝了。

公孫卿的報告敘述說：「臣在夜間，見到了那個仙人。如何知道他是仙人呢？因為他是個巨人，怎麼巨法呢？這巨人大拇腳趾甲上，至少能夠站十幾個人。臣見到仙人，就立即揮動天子符節，大聲地唱道，『前面的仙人看過來……』可是那巨人卻猶如一股塵煙，霎時間散盡了。現場，只留下巨人的一只巨大足印。」

「又是腳印？」漢武大帝愕然。

這個公孫卿，堪稱是戀足癖，這廝走到哪兒，都能遇到大腳印。

派官員去查驗仙人足印的真假。

官員們組隊去了，不久回來報告：「啟奏陛下，那腳印臣等看過了，好奇怪耶，那足印確實是足印，但類人而非人，似鳥又非鳥。臣在求仙領域的專業素養不足，無法證實這足印是不是仙人留下來的。」

雖然此事無法證實，但郡縣的官員們，隨意交談時說到一件事，在他們來的路上，遇到一個奇怪的老人，牽著一條狗，對官員們說：「汪汪汪，我想見天子。」官員們說：「當今天子聖明慈愛，你要見也可以，且容本官先去奏報。」可說完話一轉身，那老翁和他牽的那條狗，全都消失不見了。

你說這老翁怪不怪？你要見天子，就見唄，幹嘛要消失呢？

英明神武的漢武大帝，耳聽著臣子們的議論嘀咕，思忖著。

眼下這些事，只有兩種可能。

一種是，這來的上萬名方士、公孫卿並朝中所有官員，全都在欺騙他。

另一種是，神仙真的來了。

從天界下來，來赴他漢武大帝臨降凡塵之前的三生之約。

他該信哪個呢？

當然要信那個他最期望的。

漢武大帝說：「朕宣布，擇日登泰山，封禪。」

神祕的祭品

四月十九日，漢武帝只帶了十五歲的霍子侯，祕密登上泰山，連隨行的官員都不知曉。

中國歷史上，帝王每一次的祭祀或封禪活動，都會詳細地記錄祭祀物品，諸如烏牛白馬之類，因為祭物表徵著帝王對上天的虔敬之心。這次也記載了漢武大帝帶著霍子侯在泰山祭祀，卻是史上唯一一次，未提及祭祀品的。

隔日，漢武大帝宣布，蓋世英雄霍去病的兒子，奉車都尉霍子侯，染病身亡。

神仙都是王八蛋

群臣明顯感覺得到，泰山封禪，漢武大帝已經獲得了來自於天界的明確信息。因為他宣稱出海，去海上登蓬萊，與仙人會晤喝茶。

還要出海？群臣都感覺頭好大，這個遊戲玩到現在，大家眼看著漢武帝自己騙自己，誰不跟著他騙他跟你沒完，無奈何只好硬起頭皮騙天子，騙到這程度，就應該收手了。

如果不收手，再繼續騙下去，萬一出海後根本找不到蓬萊島，到時候漢武大帝一發怒，恐怕大家全都回不來了。

無奈何，大家拿眼睛瞧著騙界的老祖宗東方朔，你這個小侏儒，滑頭大肉球，該出來收場了嗎？

東方朔不出來，這場騙局就沒個結果。

群臣的眼光，形成強大的壓力，東方朔無奈軲轆出來：「陛下，臣斗膽問一句，陛下去蓬萊做啥子？」

「做啥子？串門，散步，喝茶，聊天，幹啥不行？」漢武帝對東方朔的問題，火冒三丈。

東方朔卻道：「跟仙人喝茶，有啥好的？陛下你看，臣可是親自到過瑤台的，這邊的公孫卿，他說自己也去過，雖然臣去時沒見到他，他也沒見到臣。但臣等去過天界，又有何益處呢？還不是回到朝廷，天天跟在陛下的屁股後面滾來滾去的？所以說見到仙人未必就是好事，不見仙人，也未必是壞事。」

漢武大帝搖頭：「東方朔呀，可是見見仙人，卻是朕唯一的心願呀。」

東方朔哈哈大笑：「陛下，臣說句實話吧，那天界的仙人，沒一個好東西，全是王八蛋！」

漢武大帝：「東方朔大膽，你竟然冒瀆仙人。」

東方朔笑道：「陛下歷次出巡，和平盛景見得多了，卻也曾聽到孤兒寡母的夜哭，對不對？陛下呀，您見到的人間苦難，就不止一樁兩樁，陛下沒見到的人間苦難，更是不知多少。可人世間如此之多的苦難，有一個仙人出來說句話嗎？替人世間幹過一樁正經事兒嗎？陛下試想，倘若有一個仙人有一點點的良知，人世間就不至於這麼悲苦。

「可是沒有，仙人們連個蚊子屁股大小的良知都沒有，所以臣說他們全都是王八蛋，這絲毫也不冒瀆，只是較為公正的評價而已。

「所以呢陛下，仙人如此壞心眼，倘如果陛下出了海，他們卻駕駛著蓬萊仙島東躲西藏，硬是不讓陛下你找到他，陛下說到時候咱們能拿他們怎麼辦？

「因此呢陛下，與其求仙，不如仙求，叫仙人來求咱們。陛下咱們回宮，仙人願意來就來，不願意來，就滾他娘的蛋！」

漢武大帝哈哈大笑，說：「東方朔呀東方朔，你跟人家司馬相如比，差得遠了！

「如果相如在世，這番話，他早就會對朕說出來了。

「豈會等到現在？」

東方朔心裡說：拉倒吧陛下，你就是個死不認錯，忽悠你來泰山封禪，就是司馬相如死前留書幹出來的好事，結果還搭上霍子侯一條性命。嘴上道：「陛下所言極是，臣就是個腦子不好使，臣自己也沒辦法。」

漢武大帝興致勃勃：「等哪天有空，咱們給你東方朔開開竅，哈哈哈。」

東方朔急忙宣布：「陛下啟程回宮。」

仙似秋鴻來有信

回朝主政，漢武帝頭一樁事，就是嘉獎桑弘羊。

桑弘羊為漢匈大戰，提供了充足的錢糧裝備，功不可沒，封為左庶長爵，再賞黃金一百斤。

這條詔令下達，卜式當場就炸了，不顧一切地衝出來：「陛下，不可，萬萬不可呀。」

漢武大帝：「你是哪個？這裡有你說話的地方嗎？」

卜式大喊：「陛下，現今天下大旱，百姓伏死於路，就是因為桑弘羊，他坐斷市井，低買高賣，以此為自己牟取暴利，以至於鬧得天怒人怨。請陛下誅殺桑弘羊，以解天下旱情。」

漢武帝饒有趣味地審視著卜式的脖頸，正要說話，堂下突然踅出來個模樣陌生的人，但看眉眼，這人似乎是卜式的兄弟，只聽此人道：「陛下息怒，聽野民……」

漢武帝劈頭打斷對方：「你是個齊國方士是不是？跟卜式是老鄉是不是？叫什麼名字來著，你們一千來號人，朕怎麼也記不得。」

那方士道：「化外野民，賤名不足入聖上之耳，王朔是也。」

「原來你就是王朔，」漢武帝大怒，「朕知道你！你寫過……寫過什麼來著？朕不喜讀書，不記得了。總之，你想怎麼替卜式遮掩？」

方士王朔笑道：「卜式又不曾把他老婆給我睡，我為何要替他遮掩？」

漢武帝：「他老婆給沒給你睡，朕怎麼會知道？你不是替他遮掩，為何偏要撿這工夫跳出來？」

就聽方士王朔道：「陛下，仙人來信了。」

「仙人來信？」這句話，對漢武帝有一種致命的吸引，他「騰」的一聲站起來，「什麼時候來的信？怎麼個來法？」

王朔道：「請陛下夜登觀星台，就會看到一粒掃把星出現，此星每隔七十六年才會出現一次，非主災厄，而是吉兆。等陛下看過掃把星，再過十天，土星將會獨自出現，滴溜溜自家在夜空裡轉動，形狀好像粒西瓜。」

漢武帝好不失望：「這個……也算是仙人的口信嗎？」

王朔：「仙人天語，需要花費心思認真解讀的。」

漢武大帝：「你給朕解讀出來沒有？」

王朔：「野民解讀過了，此事應在公孫卿身上，不消一時三刻，應該就會有消息報來。」

王朔的話剛剛說完，就聽殿外傳報：「報，化外野民公孫卿求見。」

漢武大帝劈頭一句：「公孫卿不是什麼化外野民，他是朕的中大夫。宣他進來。還有卜式，你別他媽的給朕躲了，你聽著，此後端著你那顆腦殼，認真點吃飯，認真點吃飯才能吃得長久，聽明白了沒有？」

卜式：「臣，領旨。」

公元前一一〇年秋，卜式歷史性地退場，此後他再也沒出來多嘴，以太子少傅之職位，幸福平安地吃到老死。

卜式這個人，一如公孫卿，他不是一個人，他在歷史上有著一個龐大的集群。任何時代的任何帝王，都需要一個卜式。此人的骨頭已然爛成了灰，但他那善於揣測權力意圖，擅斷是非黑白，公然自我標榜的精神，卻始終具有強大的生命力，至今不息。

朝鮮驚變

漢武帝再度出巡，仍然是去緱氏城。他始終疑心，昔年在天界，他的神仙老友們與他在此有個約定，倘若錯過，他就再也回不去了。

公孫卿請漢武大帝驗看新近發現的仙人巨足印。當時漢武大帝蹲在那巨大的泥坑旁，內心說不出來的痛苦。他是個正常人，身體上連腳趾頭都知道這些人在拿自己當傻瓜戲弄。可是他強迫自己克制住殺人的衝動，強迫自己相信所謂仙人是真的。

就算是假的又何妨？這些江湖術士，在他這裡所能騙取的，無非不過是金帛美女罷了。他漢武大帝，什麼時候缺過這些？美女給誰睡不是睡？別說普通人間的女子，漢武帝就連自己最疼愛的女兒衛長公主，都義無反顧地送到騙子欒大的床上，讓那騙子隨意地睡。

人到無求品自高，人若有求智商低。漢武大帝生於富貴，一生予取予求，唯一的願望就是成仙。這點冀求，構成了他的智商突破口。任何時候一想到成仙這事，他的腦殼就呈現高熱現象，智商飆降，降到了匪夷所思的低。

於是樓船將軍楊僕，又於此中窺到了品嘗甘露的機會。

這個機會，在朝鮮。

朝鮮這個國家，說起來好生麻煩。昔年朝鮮的開創者，是紂王的哥哥箕子。周武王推翻武紂王，大封天下，把紂王的哥哥箕子封在朝鮮，實際上是流放。所以早期的朝鮮，又稱箕子朝鮮。

但到了戰國年間，北部燕國的版圖強力擴張，把個朝鮮擴張了進來。再後來漢朝崛起，滅亡燕國——前面說過的，漢武大帝劉徹，他的生身母就是燕王臧荼的曾孫女兒。

總而言之，漢武大帝的祖爺爺劉邦，滅了漢武大帝的外祖母的爺爺臧荼。而後，與劉邦一道撒尿和泥長大的發小（從小一起長大的朋友）盧綰，就成了燕王。但不久盧綰反叛，逃入匈奴。而燕人衛滿則率了一千多粉絲，向著境外狂奔，逃到朝鮮地界，咦，發現這裡空無一人。

於是衛氏朝鮮稱王，到了漢武大帝求仙不遂的這節骨眼上，朝鮮國王已經是衛滿的孫子，衛右渠。

漢武大帝能夠在歷史上無中爭議地占了個「大」字，不是因為求仙的愚蠢，而是他在此之外的了不起。簡單說，漢武大帝能夠一心多用，南北多個戰場同時開打，同時都取得勝利，中間他還被一夥江湖騙子牽著鼻頭到處亂跑——就在這到處亂跑之際，他還能截長補短，騰出手來給朝鮮國王衛右渠上眼藥添堵。

這個被漢武帝派去，負責給朝鮮國王衛右渠添堵的人，叫涉何。涉何見到衛右渠，斥責道：「衛右渠，你夠了，你有多久沒來朝廷進貢了？不僅你自己不來，就連辰國國王派出的朝貢使者，都被你阻於境外，你還有完沒完？」

衛右渠聽糊塗了：「不是，你啥意思呢？」

涉何：「這不是廢話嗎？當然是你趕緊排香案，以屬國小君的身分，接受天子聖旨，再由朝廷委派官員，全面接管朝鮮國的政務。」

衛右渠說：「喂，使者，你搞清楚，咱們可是兩個國家呀。你漢家天子，憑什麼要接管我國的政務？」

涉何道：「這不是廢話嗎，讀過書吧你？普天之下，莫非王土，率土之濱，莫非王臣。這你總知道吧？」

衛右渠：「你這簡直……就是強盜邏輯嘛，哪有逼迫人家向你稱臣的道理？」

涉何：「這不是廢話嗎？你這個朝鮮國王，難道不是逼迫別人向你稱臣而來的？你碰到的是自家的邏輯，有什麼好抱怨的。」

衛右渠：「好好好，你的要求太大了，你等孤召集群臣們，開個會討論討論。」

朝鮮國王虛與委蛇，拖延著不肯接漢武帝的詔旨。涉何等了一段時間，等得百無聊賴，就說：「你們慢慢開會討論吧，我先要回去，把你們這邊的情形，向天子表奏。」

「好好好，」衛右渠巴不得這個客人快滾蛋，「為了表示孤對天朝使者的敬意，孤派一隊衛兵護送你。」

公元一〇九年，漢武大帝四十七歲。

這一年，朝鮮國王衛右渠，派衛兵護送漢使者涉何歸國。

一路上，涉何與朝鮮衛隊有說有笑，和睦融洽。等到了國境邊上，就見他拔出長劍，高歌曰：「恨欲狂，長刀所向，多少手足忠魂埋骨他鄉……」「噗哧」一刀，他的刀刃將朝鮮衛隊隊長透胸而過。

「殺呀！」然後就見使者涉何，他手執血淋淋的鋼刀，向著護送他回來的衛隊殺了過去。衛隊驚詫地看著他，及到刀光破風而來，衛隊們才齊齊尖叫一聲：「漢國使者瘋了，快逃命呀……」

匈奴王子的圖謀

漢國使者涉何歸國，甫一入境，就把護送他的護衛殺了，這廝當時是怎麼想的呢？

無他，就是漢武帝的野心，與其能力較為配套，再加上漢國又處於頂峰，不論是天子還是朝臣，都有著強烈的拓邊之衝動。而且，漢武帝為具有拓邊能力的人設了一個套，拓邊歸來，封侯賞銀，然後再派人誘勸你犯罪。犯罪後財產沒收，人卻不殺，只要你再出關拓邊，還可以重新封侯獲得富貴功名。

這個圈套，旁觀者看得清清楚楚，但拓邊者卻是樂此不倦，因為他們視自己的拓邊本身，為違法犯罪的護身符。這類人多是熱血少年，莽撞子弟，做事從來不看後果。區區番邦一個臣屬，殺也就殺了，有什麼大不了的？大不了就留在邊塞，打一場轟轟烈烈的封侯戰役。

果然，漢武大帝接到涉何的報告，曰：「好樣的，這才是我漢國的好兒男。傳朕旨意，涉何勇氣可嘉，以其為遼東東部都尉，替朕鎮守遼東。」

金日磾與霍光對視了一眼，霍光臉上帶笑，金日磾面無表情。

自從他父親休屠王死的那一天起，金日磾淪為漢宮的馬奴，他就是這副表情。

這副表情，已經超越了人類表情所能表達的極限。任何時候金日磾眉眼不動，誰都能從這張不動聲色的臉上，看到他對大漢天子無限的敬畏與崇拜。漢武帝雖然患有先天性情感缺乏症，但他仍不失正常人類本色，在這副表情面前，沒有絲毫的抵抗能力。簡單說，漢武帝被這張表情迷得顛三倒四，時刻把金日磾帶在身邊，就連入宮與嬪妃歡愛，都帶著金日磾。

金日磾入宮，他那偉岸的身材，雄健的體魄，吸引了宮女無數驚羨的目光，不乏有大膽的宮女，對金日磾眉目情挑，金日磾卻神態冰冷，不動如山。

漢武帝之所以帶他入宮，當然是存有戲弄之意，就是要看他在數不盡的宮女包圍之下的困窘之態。可令漢武帝驚奇的是，金日磾這廝，簡直就不是人，他在宮女的挑逗之前，不僅是心不動，甚至無絲毫的生理反應。

但是這金日磾，卻又是一個有著人類欲望的大男人。因為漢武帝賜給他女人，給他生了兩個兒子。這兩個孩子成為了漢武帝的開心果，漢武帝每天把兩個孩子抱在身上，讓孩子在自己身上爬來爬去。

其中有個孩子，名叫弄兒。他漸漸長大了，生理也成熟了。

生理成熟了的意思是說，在宮女們如狼似虎的蹂躪之下，這小傢伙繳械了，高高地舉起四隻腳投降了。

小傢伙沒想到的是，他的爹爹金日磾，始終以充滿感情的目光，默默地注視著他。對於他在宮女們面前繳械投降的行徑，看得明明白白。

等兒子爽得舒服了，慈眉善目的金日磾，把兒子帶到塊沒人的空地上：「弄兒，今天你舒服不舒服？」

弄兒回答：「爹，兒子今天舒服死了。」

「是啊是啊，」金日磾讚許道，「人生最幸福的，莫過於舒服而死。」

說到這裡，金日磾和兒子緊靠在一起，低語道：「兒子，想不想嘗嘗比男歡女愛更舒服的滋味？」

弄兒詫異地道：「爹爹，這世上還有比男歡女愛更舒服的事兒嗎？」

「當然有，」金日磾道，「孩兒，你閉著眼睛，就會感受到這種無可比擬的舒服快感。」

「真的嗎？爹爹你不要騙我呀。」弄兒高興地閉上了眼睛。金日磾用力抱住了兒子，他抱得是那樣得緊，彷彿要把兒子的生命，融入到自己的生命之中。良久良久，他慢慢放開兒子的屍體，歎息道，「兒子，爹爹真的沒有騙你，死亡的滋味，是這塵世間最令人迷醉的，沒有人能夠抗拒它的誘惑。」

「去吧孩子，去見你爺爺休屠王。你那死於渾邪王刀下的爺爺，他知道我為什麼派你去的。「他知道的。」

凌駕於親情之上的邪惡

漢武帝得知金日磾殺了親子弄兒，勃然大怒，大發雷霆。生平第一次衝金日磾發了脾氣。

金日磾伏跪於地，泣不成聲，哭訴說：「陛下，弄兒是我的兒子，這世上，還有誰能比我更疼愛他？可是君父之尊，凜然而不可侵犯。弄兒他在宮中不能把持自己，觸犯了君父之威，這是無可饒恕之大罪。縱然他是我的兒子，臣也只能大義滅親啊。陛下啊，我這一顆心，猶如刀絞，請陛下殺了我，賜我一死吧，不要讓我再在苦難的人世間，遭受這難以煎熬的折磨了……」

「好啦好啦，」漢武大帝被他感動了，「你敬愛君父之心，猶在父子親情之上，朕如何忍心責怪於你。可是弄兒……唉，朕是真心喜歡弄兒呀。金日磾，你要忍著悲痛，勇敢地活下去。朕已經失去了弄兒，不能再失去你了。」

「陛下厚恩，臣，唯死以報。」金日磾哭成了淚人。

平心而論，漢武大帝的智商，是相當之高的。以現代的智商測試來評估，他的智商應該不會低於一六〇。但權力的強大力量，給他的智商帶來了負面效果。簡單說就是，中國歷史上古往今來的權力狂，都在致力推行一個奇特的規則——將對權力或組織的忠誠，凌駕於親情之上。

然而，人類對血緣親族的情感，是一種本能。任何一個人，只要他神智正常，不是太過於發癲，都是血緣親情第一，而後是友情，第三才是對權力體系或是權力組織的忠誠之情。但中國幾千年來，失控的權力無休止地扭曲人性，力圖將對權力的忠誠，硬擠到血族親情之前。這種扭曲久了，於權力社會就成了正確的，這種扭曲觀念體現在漢武帝的思維裡，就認為臣屬對自己的忠誠，高過於對血親的情感，應該是正常的。許多人遇事先考慮親情，這反倒是私心作祟，不忠於主君的表現。

漢武大帝生於皇宮，長於權門，自幼就形成了根深蒂固的扭曲性認知。而他在成長過程中，又沒有絲毫挫折，以供他反省矯正自己的扭曲人格。最要命的是，在他四十七年的人生經歷中，從未有人對他說過，將對權力的忠誠，凌駕於親情之上的倫理，是犯了嚴重錯誤的，因為這是違背人類正常天性的。

終其一生信守著一個錯誤的認知，這使得漢武大帝，缺乏正確分析金日磾殺子事件的能力。

他真的應該認真想一想，兒子，是父親最鍾愛的。可是這個高大雄健的金日磾，他居然殺掉了自己最鍾愛的兒子。

那麼，他究竟想在漢武大帝這裡，得到些什麼？

他要獲得的，是比兒子性命更具價值的東西。

這東西是什麼？

只有，金日磾自己知道。

他離開漢武帝，來到了甘泉宮。

在這裡，懸掛著一幅異族女子的畫像。上書：休屠王閼氏的字樣。

她是休屠王的妻子，金日磾的母親。霍去病兵出漠北，渾邪王降漢而刀殺休屠王之後，母子三人俱被擄到漢國來。

史書上記載說：金日磾的母親，深明大義，天天耳提面命，教導金日磾無限忠於漢武帝。漢武帝深受感動，就破例為這個女人畫了像，讓金日磾有所憑弔。

這樣的記載，鬼才相信！

如果史學家腦殼裡，認為一個丈夫被殺，連同兒子一併被擄為奴隸的女人，聽天由命是正常的，但要因此而教導兒子，忠於殺掉自己丈夫、滅亡自己部族國家的劊子手，這要怎樣的神經，才會出現這種情況？

史學家也在幹著和漢武大帝一樣的事兒，試圖宣傳一種對權力的效忠，凌駕於親情血仇之上的倫理。但人類社會中，根本不會出現這種情況，無論權力狂怎樣的渲染，這種情況多不過是權力狂的杜撰，而非歷史或現實。

史書上還記載說，每當金日磾來到甘泉宮，來到母親畫像前，都會泣不成聲——假如一個人對母親懷有如此深厚的情感，又怎麼可能無視親生兒子的性命？

這一對母子來到漢廷，是有為而來的。

或者，是為了報復權力對他們部族的殘害？

沒人知道。

我們知道的只是，此後的漢武大帝，突然陷入瘋狂之中，幹出了無數件正常人類無法理解的怪事。

斬首小分隊

一切跡象表明，朝中的權力結構，醞釀著驚天的變化。但新任遼東東部都尉涉何，對此毫無察覺。

他也懶得去想這些爛事，對他來說，要做的事情就一件——甭跟朝鮮人客氣，逮住就殺，準保沒錯！

你看，這才不過殺了個護送他回來的朝鮮衛兵，就弄個遼東東部校尉。倘若再多殺幾個，他就距離封侯不遠了。

所以涉何每天帶著他的部下，在邊境一帶梭巡，有時候深入朝鮮境內，尋找新的封侯時機。可朝鮮人分明是被他打怕了，他每天不辭辛苦，所行之處，竟連根兔子毛也見不到。這讓他說不盡地沮喪。

唉，封侯這種事，也得看每個人的命啊。莫非自己，是又一個飛將軍李廣不成？

涉何滿腹憂傷，來到每日巡遊之後必來的酒肆，在他的老座位上坐定，拍了下桌子，吼了聲店家，鄰座一名模樣古怪的男子，突然間把頭湊了過來：「這位，莫非是威名震遼東的涉何涉校尉？」

「你是哪個……」這句話問出來，涉何頓覺不妙，他的前後左右，各有幾名模樣古怪的漢子，他的話剛剛出口，眾大漢已各掣短刃在手，叫了聲：「奉我王之命，摘取涉何之首級，以報此人擅殺我朝護衛之血仇。」言訖，涉何頓覺渾身上下懶洋洋的提不起力氣來，身上已經多了十幾處刀口。眾目睽睽之下，來自於朝鮮的斬首小分隊，摘下涉何的腦殼，破圍而出。

此事震駭遼東，奏報火速報往朝廷。

朝廷——注意，從現在起，接到奏報的是朝廷，再也無法確定是不是漢武帝——朝廷接報，大喜：「楊僕那該死的，他的死囚軍終於派上用場了。」

傳旨，給樓船將軍楊僕湊上七千死囚，讓他們從齊地渡海，收復朝鮮。

朝廷玩了個惡作劇

楊僕又得到了七千死囚軍。

照例，他又開始了繪聲繪色地描述這些死囚的悲慘，無以復加的悲慘。可是好奇怪，這些死囚們看起來模樣怪怪的，當楊僕縱情發揮時，不見他們有絲毫反應，只是直眉愣眼地看著楊僕。

把死囚們的悲慘境況描述完了，楊僕停頓了片刻，等待預期的絕望號啕聲。可是眾死囚竟毫無反應，一張張怪異的臉，像是看什麼稀罕之物一樣，好奇地看著楊僕。那一道道怪異的目光，讓楊僕全身都不自在。但他畢竟在戰場上養成了凶悍的殺氣，就抖了抖身子，想拂散這種不自在的感覺，提高嗓門，吼了一聲：「你們聽清楚了沒有？」

眾死囚古怪的模樣依舊，未有絲毫回應。

當時楊僕就急了：「回答我，你們他媽的難道都是啞巴嗎？」

這時候死囚隊伍才略微有點騷動，但距離楊僕的預期，還差得遠。

詫異之下，楊僕踏前一步，順手揪住一個死囚：「你，回答本座，你的境遇慘不慘？無論你如何掙扎拚鬥，都逃不過喋血沙場埋骨異鄉的下場，你絕望不絕望？」

對方恐懼地顫抖著，開口了：「吱呀吱呀吱，吱吱呀呀吱……」發出的那奇怪動靜，讓楊僕頓時毛骨悚然。

這到底是怎麼回事？這些死囚，怎麼說的全都是怪異的鳥語？

楊僕急忙揪過來一個親隨，問道：「這些死囚，到底是些什麼人？怎麼說話是這種動靜？」

親隨回答：「啟稟將軍，這些死囚，是朝廷特意發給你的東越國死囚。」

東越國？我的天呀！當時楊僕就一屁股坐地下了。

東越國死囚，說的都是閩話，這種語言自成體系，哪怕再過兩千年，楊僕也未必聽得懂。

當然，這些閩南死囚，也甭想聽懂楊僕的忽悠。

慘了，這下子慘了。朝廷這個惡作劇，當時就讓楊僕傻眼了。讓他帶領東越死囚討伐朝鮮，可是與士兵們語言都不通，如大漠旅人生命甘露之類的心靈雞湯，就沒法子派上用場了。

那他這仗該怎麼打？

沒辦法，硬著頭皮打吧。

絕望的楊僕，只好帶著他的東越死囚，渡海殺奔朝鮮。朝鮮國王衛右渠，聞訊立即趕到險要之地對抗。雙方一接仗，楊僕這邊的死囚軍就炸了窩，各自向著荒山狂奔。楊僕打了一輩子仗，生平頭一遭跟士兵們比賽腳力，落荒而走。

衛右渠耀武揚威，趁勝追殺，砍了一堆的東越國死囚腦殼。

逃進山裡，楊僕差點沒氣死。他向來戰無不勝，就是因為他善於鼓舞軍心士氣。而他在三軍前的保留節目，就是沙漠旅人之生命甘露。此事路博德知道，許多戰將也知道，朝中諸臣當然也經常談論這事。所以這次故意給楊僕派了東越國死囚來，存心想看楊僕的樂子。可是兵危戰凶呀，打仗這種事，哪有這麼開玩笑的？

他提著刀，在山裡艱難跋涉，一個個地尋找他那些逃散了的死囚，這些死囚也正在找他。因為這些人心裡太惶恐了，他們根本不知道發生了什麼事兒，甚至不明白自己為什麼會被追殺。但他們跟隨楊僕一路行軍，齊地渡海，已經視楊僕為他們的領頭羊，一見到楊僕，就熱淚盈眶，淚流滿面地撲過來，連比劃帶吱哇，向楊僕述說委屈。

就在這十來天的艱難尋找，楊僕和他的死囚們，建立起了深厚的戰友情誼。他開始疼愛這些可憐的死囚，關心這些苦命的人兒。不再忍心用大漠旅人生命甘露這套成熟的雞湯忽悠他們送死了。

這個心情的轉變，決定了楊僕一生最終的命運。

殘酷清洗

就在楊僕於山中尋找失散的囚徒之時，山外，發生了一件極盡詭異的怪事。

話說楊僕兵敗之後，另一支與他配合的漢軍，也已經進入了朝鮮境內。

這支軍隊的統帥，名字極其彆扭，他叫荀彘。

荀彘，荀彘，聽起像是尋死……

「彘」這個字，應該是西漢時代的吉祥用字，因為漢武大帝小時候，他爹漢景帝給他起的名字，就是叫劉彘。

荀彘這個人，也是從底層打拚出來的。他的長處是善於御車，曾經多次跟隨衛青征討匈奴，於戰中顯露頭角，被朝廷詔旨以其為左將軍，配合楊僕來打朝鮮。而荀彘來到之後，楊僕已經敗逃入山，於是荀彘就和朝鮮國王衛右渠，你來我往地對打起來，打了段時間，沒見什麼效果。

朝廷不喜歡這種慢吞吞的戰事，就派了一個叫衛山的人，拿著天子的符節，前來解決問題。

注意，這個使者姓衛，他拿著的是天子符節。

這個衛山，他或者是朝鮮國王衛右渠的近親，又或者是大將軍衛青的家將。也不排除二者兼具的可能，唯其具有這雙重身分，才能夠在朝鮮及荀彘之前，同時贏得尊重。

總之，衛山這個人的身分，極盡微妙，此人實際上已經捲入了一場險惡的朝廷政爭，只是他自己尚不清楚罷了。

衛山抵達朝鮮王庭，朝鮮國王衛右渠向衛山跪下磕頭，哭著說：「孤怎麼會與天朝大軍相對抗？

孤之心，日日夜夜渴望著回歸天子之庭。可是天使你看啊，漢國兩位虎狼一般的將軍，阻攔著孤的去路，孤好害怕呀。之所以重兵環繞，只是擔心被那名將軍殺掉而已。」

衛山喝問：「大王既然心慕天子威儀，如何來證明呢？」

衛右渠道：「這個太容易證明了，孤立即派太子跟隨天使，前往朝廷請罪。此外，孤再向天子進貢五千匹良馬，再為前來攻打孤的漢軍，提供軍糧，這還不能夠證明孤之心嗎？」

「好，那咱們就這麼定了。」衛山大喜。想不到這艱難的任務，居然如此輕易地完成，回到朝廷，封個侯是免不了的。

幸福來得太突然，衛山甚至有種始料未及的感覺。

但等到朝鮮王太子牽五千匹馬出發時，衛山就感覺有點不對了。這五千匹馬，每匹馬有兩個人負責，也就是說王太子帶了一萬人馬，還俱各佩帶鐵甲兵器。這是比荀彘的整個軍隊還要強大的實力，這像是去朝貢的樣子嗎？

衛山心裡嘀咕，等到了荀彘處，他就和荀彘向朝鮮王太子提出要求：「你們已經投降了，此行是赴天子朝堂進貢，不可以攜帶兵刃的，請你們先行繳械。」

朝鮮王太子聽了，笑道：「謹遵天使之命，等我吩咐下去。」說罷，王太子策馬，順原路返回。赴天子朝堂進貢的事兒，就這麼算了。

衛山無功而返，回到朝廷，就立即被殺掉了。

衛山沒能辦成事，殺掉了好像也不冤。

但是，他只是一個外交人員，一介手無縛雞之力的說客，兩名殺人不眨眼的將軍都完不成的工作，卻讓衛山承擔全部的失敗責任，這多少有點說不過去。

自古以來，靠舌辯於朝堂之上，不戰而屈人之兵，是極為偶然的小概率事件。漢武大帝不可能連這麼個枝節都弄不明白。更何況，臨行前他授予衛山天子符節，表明了對衛山一切行為和結果的認可。可臨到最後，卻翻臉斬殺衛山，這就透出過於剛愎了。

剛愎固然是帝王的心性，但考慮到出征朝鮮的荀彘，是來自於衛青的嫡系陣營。這就為衛山之死，帶來重重疑惑。

——朝廷之上，明顯是暗潮洶湧，有一種強勢的力量，正在著手剷除衛氏集團。

頭一個是衛山，接下來必然是荀彘，繼而，皇后衛子夫，衛子夫生的太子劉據，都將在劫難逃。

有人正在祕密策劃，對漢武大帝展開凶殘的報復。

而這，只是一個開始。

去死吧思密達

楊僕帶著他的殘軍，終於衝出十萬大山，回來攻城。發現荀彘的部隊，駐紮在王城的西北，於是楊僕撿了城南紮營，對衛右渠形成合圍之勢。

接下來的戰事，就變得耐人尋味了。

荀彘是新晉將領，昔年衛青的老家將，好不容易獲得這麼個出場機會。表現得好，固然是前程似錦。表現不佳，恐怕再沒第二次機會了。所以，他督戰攻城非常賣力，每天驅趕著士兵，不停歇地向王城發起進攻。

而楊僕呢？這傢伙自打經歷了一段山中歲月，已經徹底轉型為一個和平主義者。看著荀彘與朝鮮王軍對殺，他搖頭，再搖頭：「這是幹什麼呀，好端端的，大家為什麼要這麼拚命呢？和諧點不好嗎？」

於是楊僕派人，手持和談符節，前往朝鮮王城聯繫工作。

注意這個細節，楊僕竟然持有漢武大帝親發的和談符節，這東西不可能是在大街上撿來的，只能是皇家權力授予。也就是說，楊僕擁有漢武大帝親授的權力，或談或打，視戰場上的情形而定，可以相機行事。

但楊僕是何時、在什麼情形下被授予的這個權力呢？

這個細節被史書刻意疏漏了。史書提到楊僕持節前往，就好像他天然就擁有符節一樣，沒有交待具體情形。

總之，荀彘那邊賣命地單兵作戰，而楊僕這邊與朝鮮王庭卻是使者往來，和談車輛絡繹往來川流不息。荀彘親自來找楊僕，商量兩軍聯手，共同對朝鮮發起大決戰，楊僕卻支支吾吾，顧左右而言他。

荀彘終於察覺情形不對，他好像被人玩弄了，他這邊流血賣命，而楊僕卻利用這個機會，乘機拉攏朝鮮國王。到頭來自己將一無所獲，而楊僕則奪得說降朝鮮國王的全功。情急之下，荀彘也有樣學樣，立即派出使者，前往朝鮮王庭，與衛右渠約談投降事宜。

使者到了朝鮮王庭，立即受到盛大歡迎，精美的飯菜一道道端上來，那香噴噴的味道，聞得使者心花怒放。剛剛把筷子拿起來，就聽衛右渠問道：「楊僕將軍身體還好嗎？在山裡時，沒有被狼咬到吧？」

「楊僕？」使者愣了一下，「我不是楊僕那邊的，是左將軍荀彘派我來的。」

「你是荀彘的人？哎呀媽呀，你咋不早說呢，思密達（韓語）？」朝鮮國王變了臉色，立即站起來走人。接下來侍者衝上來，把使者面前的精美菜肴，統統端走，使者正在驚訝，早有幾人撲過來，抄胳膊架腿，將他抬出門外，「嗖」的一聲，扔到遠遠的：「滾，荀彘算個什麼東西？我家國王只向楊僕將軍投降，讓荀彘去死！」

「什麼事呀這是，」聽到使者回來後的報告，荀彘吃驚得嘴巴大張如一座門洞，「楊僕他這是搞什麼？要玩死我？可我沒招他沒惹他呀？」

莫非，楊僕祕密聯合朝鮮軍，想要幹點什麼？

可這個猜測，又沒有證據，荀彘連偷偷向朝廷打報告都不敢。

雖然他不敢打報告，但朝廷對這邊發生的事兒，一清二楚。

遂有使者公孫遂，飄然赴遼東。

公孫遂？

他又是誰的人？

勳臣之死

公孫遂，官拜濟南太守，與公孫賀同氣連枝。

公孫賀又是個什麼情形？

公孫賀，祖上從軍，功業顯赫。當衛子夫受寵，其異母弟弟大將軍衛青崛起之時，漢武大帝為提升衛青的社會地位，詔令公孫賀迎娶衛子夫的姊姊衛君孺。

這就是所有問題的答案了。

前面一個莫名其妙被處死的使者衛山，只是疑似衛青嫡系，而公孫遂，他則地地道道，是衛青集團中的骨幹成員。

這次派他來朝鮮，不過是為了弄死他而已。

無論他幹得是好是壞，總歸是要弄死的，有可能連弄死他的理由都懶得找。

為什麼要弄死他呢？

因為有人要摧毀衛青政治軍事集團。

是誰要摧毀衛青政治軍事集團？

此時在漢武大帝身邊，借漢武大帝的名義發號施令的人。

他們是誰？

他們就站在漢武大帝身邊，聲色不動，滿臉陰沉，正慢慢拂拭著皇家權力這柄殺人無數的雪亮鋼刀。

前面有一個莫名其妙被殺掉的衛山，公孫遂應該知道有一場恐怖的政治強風暴，正在向他席捲而來。但他逃無可逃，只能硬起頭皮，大步行走在死亡之路上。

他甫到遼東，荀彘就趕來向他報告，稱：「朝鮮早就應該攻下，只是楊僕行徑詭異，忽進忽退，又祕密與朝鮮國王媾和。」然後他把所有的細節，逐一向公孫遂作了彙報。

公孫遂聽後，情知事關重大，立即以天子符節召楊僕。楊僕到達之後，就被公孫遂的衛兵五花大綁，捆成了一團。

然後公孫遂把他的處理方式，向朝廷報告。

朝廷又派來名使者，帶了把磨得鋥亮的刀，來到遼東，不由分說摘下了公孫遂的腦殼——其實，無論公孫遂怎麼個處置法，處死他的決定不會改變。又因為處死他是事先的布置，所以臨到他被殺掉時，連個理由都沒有，這就導致公孫遂的死，構成了西漢史上一大疑案。

公孫遂死了，荀彘立即意識到了這同樣是他的厄運，有人正在明目張膽地清算衛青政治集團，而他荀彘身為衛青的家將，必然是在劫難逃。

說到朝中有人要清算衛青軍政集團，實足以駭人聽聞。因為衛青軍政集團，實際上就是太子集團、皇后集團，要拿下如此盤根錯節的龐大勢力，無疑是個大工程。

這樣的事情，只要想一想就讓人頭皮發炸，遑論去做了。

但的確有人在做，而且已經持續了一段時間。及到朝鮮之戰，這個龐大的工程，才浮現出海面上的冰山一角。

這朝鮮之戰，不過是個圈套，要把衛青集團中的骨幹成員，悉數坑殺。

不能被這幫邪惡的傢伙害死，荀彘發了狠，吞併了楊僕的軍隊，向朝鮮王城瘋狂進攻、進攻、進攻，只要滅了朝鮮，立下堪可封侯的軍功，才能免於殺身之禍，替衛青政治軍事集團扳回一局。

他成功了。

在荀彘的狂攻之下，朝鮮王城爆發內亂，出於對漢國軍力的恐懼，亂兵殺死國王衛右渠，向荀彘請降。

又一輪快樂大封侯。

許多與這場戰事無關的人，封侯了。朝鮮那邊逃過來的降兵降將，也封侯了。

卻沒有荀彘被封侯的消息。相反，他接到命令，命他回長安述職。

荀彘回到長安，在城門口，就被一群凶狠的士兵拿下，當場拖往法場。被震驚了的荀彘拚命尖叫：「這是矯詔，有人在假天子之命害我，害太子和大將軍，太子在哪裡？大將軍在哪裡？我要面見天子，當面抗辯。」

嘶聲尖叫之中，鋼刀掠過，荀彘那顆期望封侯的頭顱，滾出了丈餘之遠。

當立了戰功的荀彘血染長安城門時，大將軍衛青臥於病榻之上，已是弱不可支。被冷落已久的皇后衛子夫來看望他。皇后不敢告訴他，家將荀彘立下平定朝鮮的不世戰功，非但沒有封侯，反而被誅殺的壞消息。

衛子夫只是說：「兄長，你知道嗎？那個打起仗來瘋瘋癲癲，腦子不是太正常的楊僕，他在繳納贖金之後，被削去爵位，貶為庶民。」

揮劍斬樓蘭

公元前一〇八年，漢武大帝四十八歲。

這一年，漢帝國同樣是兩個戰場同時作戰，詭異的朝鮮之戰占了大半篇幅，參與這場戰事的人或死或貶，呈現出了不可理喻的態勢。

而在北部，大將趙破奴獲得了他難得的人生機會。

趙破奴，九原郡人氏，為漢國軍中將領。他在漢匈戰爭中屢立戰功，因而封侯。但就在他封侯的當年，漢武帝為了籌措戰爭款項，命令列侯獻金助祭。趙破奴搜箱搗櫃掏盡家底，獻上金子，卻被指為成色不足，有假冒偽劣之嫌，因而獲罪，削去剛剛得到的爵位不說，還被貶為庶民。

廣	告	回	信
板橋郵局登記證			
板橋廣字第83號			
免	貼	郵	票

舒讀網「碼」上看

235-53

新北市中和區建一路249號8樓

印刻文學生活雜誌出版有限公司　收

讀者服務部

姓名：＿＿＿＿＿＿＿＿ 性別：□男　□女

郵遞區號：＿＿＿＿＿＿＿＿

地址：＿＿＿＿＿＿＿＿

電話：（日）＿＿＿＿＿＿＿＿（夜）＿＿＿＿＿＿＿＿

傳真：＿＿＿＿＿＿＿＿

e-mail：＿＿＿＿＿＿＿＿

INK

INK PUBLISHING

讀者服務卡

您買的書是：_______________

生日：　　年　　月　　日

學歷：□國中　□高中　□大專　□研究所（含以上）

職業：□學生　□軍警公教　□服務業

□工　□商　□大衆傳播

□SOHO族　□學生　□其他 _______

購書方式：□門市_____書店　□網路書店　□親友贈送　□其他_____

購書原因：□題材吸引　□價格實在　□力挺作者　□設計新穎

□就愛印刻　□其他 _______（可複選）

購買日期：_____年_____月_____日

你從哪裡得知本書：□書店　□報紙　□雜誌　□網路　□親友介紹

□DM傳單　□廣播　□電視　□其他

你對本書的評價：（請填代號　1.非常滿意　2.滿意　3.普通　4.不滿意）

書名_____　內容_____　封面設計_____　版面設計_____

讀完本書後您覺得：

1.□非常喜歡　2.□喜歡　3.□普通　4.□不喜歡　5.□非常不喜歡

您對於本書建議：

感謝您的惠顧，為了提供更好的服務，請填妥各欄資料，將讀者服務卡直接寄回或傳真本社，我們將隨時提供最新的出版、活動等相關訊息。

讀者服務專線：（02）2228-1626　讀者傳真專線：（02）2228-1598

無奈何，趙破奴從頭做起，再度從軍，復因為屢立戰功，迅速地晉升為匈河將軍。

此時河西，大量的漢國使者疊肩交背，奔走不息。一旦這些使者有所斬獲，就會立即封侯。所以出使西域，已成為有勇力的貧家子弟的謀生之路。這些使者，良莠俱全參差不齊，出使時不擇手段謊話連篇。

西域諸國接見漢使，發現這些漢使每一撥都說的不一樣，前後言語不搭。西域諸國就對漢使失去了熱情。而這些漢使們行軍疲頓，往往相互攻擊自相殘殺，彼此劫奪對方的財物。

西域淪為漢使自相殘殺的天堂聖地，當地的樓蘭國也不甘寂寞，時常出動兵力劫掠漢使。就連使者王恢——這個王恢，不是挑起百年漢匈之戰的大行令王恢，那個王恢已經自殺於獄中了——王恢遭遇到樓蘭兵搶劫，被剝得只剩一條內褲。

匈河將軍趙破奴，氣勢洶洶地率了一萬來人，深入河西兩千餘里，來找匈奴騎兵決戰，卻連根毛也沒見到。

於是朝廷上就開始合計了：咦，你看王恢都被搶得只剩內褲了，何以趙破奴卻找不到匈奴騎兵呢？

這個問題，足足困擾了朝廷五年。

直到公元前一〇八年，不知是誰，才如夢方醒。不對不對，搶劫使者王恢的，明明是樓蘭兵嗎，你卻讓趙破奴去找匈奴決戰，這根本不對路子嘛。

「傳旨，命趙破奴進擊車師國。」

話說趙破奴接獲命令，當時就哭了。

他說：「那啥，咱們那邊的朝廷，還有沒有個正常人了？搶劫王恢的明明樓蘭嘛，上一次你們讓我打匈奴，隔了五年又讓我打車師，發布個正常點的命令，怎麼就這麼難呢？」

有意思的是，那位被搶得只剩褲頭的王恢，正在趙破奴的營中。他應該是被派來擔任嚮導的。見此情形就建議：「趙將軍，跟你說吧，朝廷上還真難找到腦子正常的人，那啥，他們發布的命令顛三倒四，要不咱們乾脆不理他們了，先把樓蘭給滅了吧？」

先滅樓蘭？就那麼個小國家，繞空地砌一圈泥牆，就敢說自己是國家了。那就砂鍋搗蒜一股腦兒，把這兩家統統滅了吧。

「我看行。」趙破奴道，「我統七百騎兵，從車師往樓蘭方向攻，你替我統後援，負責我後面的糧草接濟。」

說到樓蘭和車師，這兩國家加起來也不如漢國的一個小縣城大，被趙破奴摧師而入，鐵騎撞破泥牆，先破車師，再入樓蘭，活捉了樓蘭王。

此役，在朝廷上引起轟動，趙破奴因此戰功，被封為浞野侯。替他幫忙的王恢，也無端被封了個浩侯。

詩云：「五月天山雪，無花只有寒。笛中聞折柳，春色未曾看。曉戰隨金鼓，宵眠抱玉鞍。願將腰下劍，直為斬樓蘭。」車師、樓蘭雙雙滅國，西域震駭，早年被漢武帝送到匈奴的江都王劉建的女兒劉細君，發現她的命運面臨著一次尷尬的抉擇。

第十五章——背水之戰

與漢家天子拜把子

烏維單于說：「我想和漢家天子，喝血酒拜把子，結為兄弟。」

這句話，是烏維單于對漢國來使王烏說的。

無端冒出這麼一句話來，是因為匈奴長期以來沒有動靜，連他們躲在哪裡都不知道，讓漢武大帝心驚不定，他習慣於洞察全域，不習慣於黑箱作業。不瞭解匈奴的心思舉動，這讓他睡不安穩。

於是朝臣議計，派王烏出馬，去摸摸匈奴的深淺長短。

這個王烏，並不在朝廷任職，他是個地地道道的北方人，一半家族在漢國，另一半家族在匈奴，而且他善於社交。有這兩個長處，朝廷讓他掛名了個低級使者的稱號，便於在匈奴方面活動。

憑藉如此複雜的社會關係，王烏很容易地見到匈奴單于烏維，會面時他按照匈奴的風俗，把朝廷符節丟在帳篷外，走進去說：「大單于，有沒有烈性點的酒？走他媽這麼遠的路，老子都他媽的渴壞了。」

匈奴人生性彪悍，最喜歡粗人，聽王烏這麼粗魯，大喜：「上酒，讓我和這哥們兒好好地喝一頓。」

烈酒上來，大單于端起巨大的酒碗，縱情高歌：「我愛你，塞北的姐，趕著羊群走遍荒野，你的舞姿是那樣的輕盈，你的心地是那樣的純潔……」大家一邊喝一邊唱，喝多了趴地上就睡，睡醒了爬起來接著喝。

如此一連多日，大單于和王烏建立起深厚的感情。動情之際，醉醺醺地說：「兄弟，不瞞你說，王八蛋才樂意跟漢家天子打仗，那王八蛋太他娘的凶了，窮兵黷武呀，根本不管老百姓的死活，不帶這樣打仗的。老百姓攤上這麼個天子，真是倒了八輩子血楣。」

「喝酒，喝酒。」王烏說。

大單于繼續道：「所以呢我就想呀，要想徹底不打了，就只能把我的太子，送到漢家朝廷上去，我兒子在天子身邊，我肯定再也不會打了。漢家天子也該放心了。」

「真的嗎？」王烏喜出望外，「大單于，此話當真？」

大單于：「騙你是你妹子養的！」

王烏亢奮得全身顫抖，倘若在他手中終結漢匈之戰，什麼封侯拜相，不過是小菜一碟，青史留名就是他的未來。於是他趕緊回去，向朝廷報告。

朝廷接到報告，也是幾近癲狂，如果匈奴質子於漢廷，漢武大帝的歷史功業，那就堪稱空前絕後了，秦始皇之類的，只配給漢武帝端尿罐。於是朝廷立即派了一名叫楊信的高級使者，讓他來辦理這個問題。

當楊信手持天子符節，走到大單于軍帳外時，匈奴人告訴他：「放下你手中的符節，隻身進去，這是我們大匈奴的習俗。」

「不！」楊信斷然拒絕，曰，「此符節，乃漢家天子親授，它代表的是漢家天子的威權與榮光，使者持此符節，符在人在，節失人亡。」

當時大單于的鼻頭差點沒氣歪，心說這來的是什麼人呀，一點都不尊重俺們大匈奴的習俗。入鄉隨俗你們沒聽說過嗎？咋就這麼霸道呢？

心裡氣憤，但大單于終究是有城府之人，聲色不動地說：「進來坐吧，啥事呀你大老遠的跑來？」

「是這樣。」楊信說，「本使奉天子之命，是來約談你家太子入朝之事。」

大單于道：「入你妹個朝呀，你家漢廷是有羊群，有帳篷，還是有馬奶子羊雜碎喝？我兒子去了能習慣嗎？不去！」

「不去？」楊信囁嚅，「不是已經說好了嗎……」

烏維單于：「說好你大爺，不去！」

楊信不得要領，頹然而返。

朝廷因此責怪王烏，王烏說：「不會吧，大單于他出爾反爾了？不可能，等我再去瞧瞧。」

於是王烏再入匈奴，依然是把符節放在帳外。烏維大單于喜歡死他了，照例是喝得雲山霧罩，喝高了，大單于就說：「我要入漢廷，與你家天子拜把子。」

匈奴使者死亡事件簿

烏維單于聲稱他要赴漢廷，與漢武帝拜把子，正常人對這句場面話，聽了也就是笑一笑，不會往耳朵裡去。可是整個漢宮朝廷，得到奏報後智商飆降，立即下令在長安城修建了座單于宮殿，弄得烏維單于這邊好不尷尬。

說到漢廷，那是烏維單于死也不會去的地方，那又不是什麼好地方，正經人誰去那兒呀。

但話已經說出口，漢家天子還給自己修築了宮殿，再說不去，就得另找理由了。

無奈，烏維單于一邊指責漢宮缺乏誠意，派來的使者太低端，一邊派了個匈奴貴族，跟隨漢使去了長安。

可不承想，匈奴貴族喝慣了馬奶，吃慣了奶酪，一進入漢國就水土不服，到了長安，已經是氣息奄奄了。

朝中諸臣心急火燎，派出了能夠找來的所有名醫會診。數不清的醫學專家會診之後，一致認為，匈奴使者染患的只是小恙，來上兩副溫和的湯藥，稍微調劑一下，患者又能夠生龍活虎了。

然後眾專家給匈奴貴族弄了副絕對不會有問題的湯藥，掰開他的牙齒灌下去。

然後就見匈奴貴族兩腿拚命地一蹬，就一動不動了。大家一摸他的鼻孔，已經沒氣了。

莫名其妙的，這傢伙說死就死了。

按現在的醫學觀點來看，匈奴來使應該是因為水土不服，導致了電解質紊亂，出現的是嚴重低血鉀症狀。只要快點輸點鉀就好了。可那年月哪來的輸液裝置？最終這匈奴使者，因低血鉀症狀而猝死。

總之這傢伙死了，烏維單于這下可逮到理了，他一口咬定，是漢國毒殺了他的和平使者，就讓漢家天子給他修的宮殿空著吧，這輩子他是不打算住了。

於是匈奴繼續截長補短，襲擾漢國邊境，截殺使者。

就在這背景下，遠嫁烏孫的漢家公主劉細君，寫了首詩。詩曰：

吾家嫁我兮天一方，遠托異國兮烏孫王。
穹廬為室兮氈為牆，以肉為食兮酪為漿。
居常土思兮心內傷，願為黃鵠兮歸故鄉。

詩成，劉細君給漢武大帝打報告，請求歸國：「陛下啊，你讓我嫁的那個怪物昆莫，他已經死掉了耶。現在烏孫人按照當地習俗，逼我嫁給昆莫的孫子軍須靡。可我是他娘的軍須靡的奶奶呀，這世上哪有奶奶嫁孫子的道理？

「請求陛下救我回去吧。」

接到報告時，漢武大帝正在長江上引弓搭箭，射一條巨長的怪東西，史書上稱此物為蛟龍。但猜測起來，多半不過是條大號的水蛇。漢武帝聽了劉細君的報告，回覆說：「不不不，劉細君你就嫁給那孫子吧。」

嫁給孫子，只為維護兩國和平。這點小犧牲，有什麼好抱怨的？

劉細君嫁給軍須靡五年後，逝世。

用人就用大舅哥

公元前一〇六年，漢武大帝五十歲。

他進入了生命衰退期，身體狀況及智能，都遠不及此前。

冬寒時節，威震漠北的大將軍衛青，於病榻上溘然閉目。

他是皇后衛子夫及太子最強有力的保護人。他死了，帝國的政治進入黑暗地帶。而此時，漢武帝突然想起了他曾經最寵愛的李夫人。

這位李夫人，他的哥哥李延年，是在宮裡替皇家養狗的狗奴李延年，曾演奏過一首垂萬世不朽的名歌：北方有佳人，絕世而獨立，一顧傾人城，再顧傾人國，寧不知傾城與傾國，佳人難再得。

正因為這首歌，漢武帝召李延年，知其有一妹，傾國傾城，絕世獨立。遂召入宮，寵之。

這就是李夫人。

後來李夫人病了，當她死後，有方士來喚醒她那沉睡的魂魄。而李夫人在病重時，極為明智地背對漢武帝，不讓武帝看清她憔悴的容顏，則為其家族保存了未來進入權力核心的可能。

這時候的漢武大帝，既思念衛青，又懷想李夫人，但由於他的大腦鈍化，認知能力不足而分辨能力下降，他把這兩件事弄一塊去了。

弄一塊去是什麼意思呢？

意思是說，漢武帝本能地按照他的習慣行事，把衛青的成功案例，拿來往李夫人一家身上按。

衛青由一介馬奴崛起，那是因為衛青的妹子衛子夫，是絕代佳人。衛子夫成了皇后而衛青成為皇帝的大舅哥。

現在，皇后雖然仍是衛子夫，但李夫人好歹也是漢武大帝的老婆之一，用人就用大舅哥，這個模式是不會改變的。

李夫人的哥哥李延年，早就被封為協律都尉。但李夫人還有個哥哥李廣利。漢武大帝就讓這位大舅哥，去做衛青此前的工作：揮師塞外，立功封侯。

給李廣利的目標，是大宛國。

之所以要打大宛，是因為那些充當漢使的不良少年們回來報告，稱大宛有好馬，藏在一座名叫貳師的城中，不肯給漢家天子。漢武帝第一喜歡美女，第二喜歡良馬，就派人攜重金前往，卻被大宛國斷然拒絕。

大宛國欠揍了。

於是漢武大帝封大舅哥李廣利為貳師將軍——貳師，是大宛的藏馬之城，這個意思是說，大宛國歸李廣利了——統從屬國調來的騎兵六千，兼以出關撈取功名的勇武少年數萬人，浩浩蕩蕩地出發了。

李廣利此去，只要長腦殼，就會感覺到不對頭。

一來，此時李夫人已死，李廣利去打大宛，朝中無人替他說話，倘若有變，他還能有機會回來嗎？

二來，他帶了數萬名好勇鬥狠的不良少年。數萬名呀，這麼多的吃貨，卻又不隸屬正規軍編制，有人給他們輸送糧錢嗎？

恐怕不會有！

下一個獵殺目標

貳師將軍李廣利，於公元前一〇四年秋季出發，次年，太子及皇后軍政集團，就遭受到了空前的打擊。

公元前一〇三年，漢武大帝五十三歲了。

才剛剛過了個年，他就老得不成樣子。那雙昏濁的老眼，再不見少年時代的神采。

這時候朝中說話算數的，是站在他身邊的兩個人。

霍光及金日磾。

漢武大帝老態龍鍾，又醉心於神仙之術，根本拎不清朝堂上所發生的事情。而且無人敢於靠近他，霍光和金日磾的話，就等於是漢武大帝的話。

朝中傳來消息，丞相石慶病死了。

石慶，是公孫弘任相後，第一個得享安年的丞相。此前的那些丞相，什麼李蔡、趙周，統統被漢武帝找個由頭弄死了。石慶是黃老傳人，最懂保身之法，雖然他正常死亡，但隔三岔五，漢武帝就會找個由頭大罵他一頓，經常罵得石慶淚流滿面，灰頭土臉。

總之，任誰都知道，漢帝國的丞相之位，不過是個坑，坑死你連個回聲都聽不到。石慶之後，接任者就是下一個獵殺目標。

春節剛過，宮監登門，宣太僕公孫賀入宮。

「啥事呀？」公孫賀的夫人、皇后衛子夫的姊姊衛君孺出來問。

「蠢貨不知兵。」公孫賀回答道，「左右不過是李廣利兵出大宛的事兒，那蠢貨帶了數萬名無賴少年，沿途又沒有糧草接濟，陛下召我，多半是為了這樁事。」

「小心著點，」衛君孺吩咐丈夫，「大將軍死了，皇后又已被陛下冷落多年，應答時千萬不要觸犯天子龍威。」

「我知道了。」公孫賀施施然去了。入朝，被引入一座偏殿，就見漢武帝瞇著眼，坐在一把椅子上，面對著翠綠欄杆之外的蔚藍湖水。

霍光和金日磾，猶如漢武大帝身後的兩座雕塑，神態高深莫測，看不出有絲毫表情。

公孫賀上前跪拜：「臣公孫賀，仰叩天恩。」

漢武大帝的嘴唇翕動了一下。公孫賀不明要領，偷偷抬眼，若有所期待。

就只聽霍光的聲音，冷冰冰陰寒寒：「陛下有旨，以太僕公孫賀為丞相。」

我操可別！當時公孫賀就失態地號叫起來：「陛下別這樣，臣無罪呀……不是陛下，臣的意思是說，臣德能鮮薄，難堪此任呀，請陛下收回成命。」

公孫賀一邊拚命磕頭拒絕，抬頭之際，向著霍光連連發出哀求的眼神。那悲哀的眼神在說：「霍都尉，霍都尉呀，衛霍兩家，同氣連枝。先者李廣的兒子為父報仇，痛毆衛青，不就是霍去病替衛青出頭，一箭射死李敢的嗎？現在你快來幫幫我，幫幫我呀，看在前大將軍衛青的情面上。」

就見霍光俯身，對漢武大帝柔聲道：「陛下，那邊有宮女在餵水鳥兒，陛下要不要過去看看？」

說完，就見霍光和金日磾兩人，攙扶起漢武大帝，頭也不回地走了。

公孫賀爬起來，向前追出兩步，又停下來。

他站在那裡，面如死灰。

昔年霍去病為衛青出頭，一箭射殺李敢的場景，已經成為過去式。現在的霍光，絲毫也不掩飾他對衛青軍政集團的敵意。

可這是為什麼呀？

沒有解釋，只有歷史。

有人在陷害你

華麗的宅邸中，綠蔭環繞，到處都是一隊隊的少年少女，正在排練歌舞。

協律都尉李延年大步進門，側耳聽了一下弦樂之聲，皺起眉頭。

他走過去，斥責一排樂工道：「用點心，用點心你又死不了，昔年黃帝采天地之風，聚而成樂，用以教化萬民。倘若都如你們這般，吊兒郎當不上心思，還教化個屁萬民呀。」

習練舞樂的弟子們，立即鼓起腮幫子，加大力氣吹奏。

李延年又聽了片刻，評價說：「這你娘的有氣無力，等大老爺滅了大宛，封侯歸來，聽這操蛋的音樂，不砍了你們頭才怪。」

李延年，他實際上是個太監，雖然生得唇紅齒白，玉樹臨風，但年輕時觸犯刑律，被處以腐刑，割掉了生殖器，送入宮中養狗。因為精通樂器，受到漢武帝寵愛，又因為他的妹妹入宮，李延年風光一度，曾有段時間與漢武帝吃睡都在一起。後來被漢武帝封為協律都尉，簡單說，就是替漢武帝管理宮中的樂隊樂器。

受到漢武大帝的寵愛，那就意味著予取予求的財富與無上的權力。可只有李延年才知道，這些東西，對於一個受過腐刑的人來說，只是意味著痛苦的折磨。財富也好，權力也罷，說到底不過是為了滿足人的原始欲望——可是李延年的欲望之根被割除了，再給他這麼多的東西，不是折磨又是什麼？

歎息中，李延年正要回房，忽聽門外一聲長喝：「天子有旨。」

咦，一定是我大哥打下了大宛。李延年喜出望外，急忙迎出。

甫一出來，李延年就感覺有些不對。登門宣旨之人，是幾個宮監，帶著一隊殺氣騰騰的士兵。你宣旨就宣旨，帶兵來幹什麼？還有這些來人臉上的表情，似笑而非笑，好像是在跟自己開個極惡毒的玩笑一樣。

李延年心裡驚詫，但還是跪下接旨。陛下詔曰：「協律都尉李延年，及其弟李季素行不軌，姦亂後宮，駭人聽聞，著滅其族。」

「啥子？」李延年「騰」地跳了起來，「這是誰在矯詔？有這麼胡說八道的嗎？老子雞巴都割掉了，還姦亂個屁後宮呀。」

宮監慢條斯理地解釋道：「雞巴雖然割了，但事在人為嘛。只要你想法子，總是可以姦亂的，是不是？」

「你他媽的胡說些什麼，老子要入宮見陛下……」李延年怒叫未止，宮監後面的軍士已經衝上前來，大喝一聲：「你他媽的哪這麼多廢話！」一刀戳下，李延年就覺得胸口一窒，利刃已經透胸而過。

「哥……哥！」李延年一頭栽倒，手指北方。

哥哥李廣利知道這事嗎？

有人在暗中陷害李家。

告訴李廣利，千萬千萬不要回來！

但這些話，他已經說不出來了。

宮監收起聖旨，對士兵們說：「就這樣吧，成年男子直接殺掉好啦，未成年的男子閹割後，與女子一同送入官市，發往列侯府中為奴。」

士兵們刀槍舉起，殺呀，就開始大肆血屠李延年的家。

這時恰有一人風塵僕僕，策馬而來，到了門前，驚見李延年家已經是血流成河。大駭之下，此人掉頭就逃。

這個人，他的名字叫衛律，是李延年的知交好友。李延年向漢武帝推薦他出使匈奴。他剛剛回來，前來探望，卻發現李延年正遭滅族。驚駭之下，他一口氣逃到了匈奴那邊，從此種下了蘇武留胡十九年的因緣。

陛下想弄死誰？

朝野上下，只有一個人知道，漢武大帝為何要誅滅李延年家族。

這個人叫上官桀。

桀，是中國第一個王朝夏帝國的亡國之君，聽起來很沒情調。等閒人物，是不肯用這個帶有明顯貶義的字眼作為名字的。

但桀卻是個文武雙全的人，他武能生裂虎豹，文有拒諫之才。後面這句話的意思，就是當別人想對他說什麼時，還沒開口，他就知道對方要說的話，嘎巴溜脆的，把對方的廢話堵在嗓子眼。

上官桀，人如其名，是當時西漢帝國智商排到前幾名的人物。他出身世家，父親累立軍功，而他年輕時為漢武帝的羽林郎。曾跟隨漢武帝前往甘泉宮，時遇大風，車不能行，上官桀就卸下車蓋，當遮陽傘替漢武帝打著。漢武帝欣賞他的勇力。

像所有的聰明人一樣，上官桀也有個偷懶的毛病。漢武帝有段時間生病，上官桀趁機給自己放了個小假，把漢武帝的御馬，餓得嗷嗷慘叫。漢武帝病好，發現這事後大怒，斥道：「上官桀，你是不是以為朕再也爬不起來了？」

當時就見上官桀，「撲通」一聲跪下，眼淚說來就來，嘩嘩地淌，說：「陛下病了，做臣子的日夜憂心，恨不能以身相代，哪還有心情餵馬呀。嗚嗚，求陛下殺了臣好了，求陛下殺。」

嘿，漢武帝最喜歡別人關心自己，見此頓時大喜，非但未追究上官桀，還給上官桀封了官。

按說以上官桀這過人的機智，是不應該被弄到塞外幹危險活。但朝中的人精卻有點太多了，而能幹者如上官桀，反倒顯得鳳毛麟角。結果，此次李廣利遠征大宛，上官桀也是隨軍的將軍之一。

一出塞外，上官桀就意識到自己被人坑害了。幾萬人浩浩蕩蕩的隊伍，後方連個度支糧草的都沒有，這他媽叫打仗嗎？說是坑爹還差不多。

但究竟是誰坑誰，這個問題，上官桀還沒弄明白，他只能繼續向前挺進，沿途遇到城池就打，不打沒吃食。打下來大家就狂吃，打不下來，就餓著肚子尋找下一個目標。就這樣打來打去，幾萬人的隊伍，只剩下幾千人了。

於是上官桀跟隨李廣利，開始戰略撤退。

不撤不行啊，不退剩下的這點人，全都會死在河西。

但等殘兵退至玉門，卻發現玉門關前，有一排森嚴的漢軍，傳旨稱：「李廣利及隨從人員，有一人敢入玉門關者，則悉以斬殺。」

啥意思呀這是？

當時李廣利嚇傻了，上官桀等人，也是大為震駭。

遠征在外，這些人不知道李延年全家被滅族的消息，只能用猜的：陛下這麼弄，到底是想弄死哪個呢？

可出來的人這麼多，到底是誰惹到了陛下，這又如何猜得到？

就在這胡亂猜測之中，荒涼的沙漠上，突然間煙塵大起。

匈奴歸來。

曾大破車師，俘獲樓蘭國國王的名將趙破奴，陷入了匈奴大軍的團團包圍之中。

匈奴出擊

匈奴烏維單于機智地折騰過漢國使者之後，不久就死了。他那年幼的兒子接管權力，史稱兒單于。

兒單于年齡雖小，卻不服不忿，發誓要與漢帝國決一雌雄。他的凶悍令得匈奴左大都尉憂心忡忡，擔心這孩子太坑爹，就祕密聯繫漢廷，請求投降。

朝廷接奏大喜，命公孫敖於塞外建築了一座受降城。但公孫敖很機智，把受降城建造得離匈奴人遠遠的，這樣就保證了安全。

公孫敖是安全了，但匈奴那邊，左大都尉就有點為難了。他決定殺掉小毛孩子兒單于，率匈奴各部歸屬漢廷。漢國朝廷對此表示強烈支持，特派了名頭最為響亮的趙破奴及其兒子趙安國，深入塞漠兩千餘里，接應左大都尉的叛亂。

趙破奴率了兩萬騎兵出發了，不承想那兒單于年齡雖小，本事卻大，左大都尉的叛亂，被他察覺，兒單于當機立斷，率匈奴鐵騎奔襲左大都尉部屬，左大都尉掉以輕心，當場被殺掉。

左大都尉身死名滅，趙破奴就沒啥可接應的。但他想來都來了，就近找個匈奴部落，意思意思吧。遂攻擊匈奴一部，俘獲兩千餘老牧民。

這也算是趙破奴縱橫塞外以來，打得比較精彩的戰役了。於是趙破奴興高采烈回師，行至距公孫敖修建的受降城八百里的地方，就見前後左右，地平線的盡頭有一道黑線。這黑線越來越鮮明，輪廓越來越清晰。等趙破奴看清楚，登時傻了眼。

全都是匈奴騎兵。

總人數不少於八萬人。

匈奴哪兒來的這麼多人？

當時趙破奴的內心，幾乎是崩潰的。這場仗不用想了，他只有兩萬來人，內無糧草，外無救兵，被匈奴人打死，是無可避免的事兒。

打死就打死好了。趙破奴父子想得開通，軍人們，被人打死在戰場上，是遲早的事兒。這事趕早不趕晚……其實也不是那麼急。當下命令軍士安營紮寨，與匈奴兵決一死戰。

紮成環形寨，照例是雙方先以遠程弓箭開射，然後是匈奴兵衝上來破陣。血肉模糊地打了一整天，趙破奴這邊撐不住了，因為沒有飲用水，軍士們渴到要發瘋。

這可要了命了。趙破奴帶來的這些兵，都是中原人，除了他，沒一個熟悉地形的。要取水，就只能他自己親自出馬。

到了午夜，趙破奴父子帶了一小隊人馬，悄無聲息地溜出來，直奔水源方向，到了地方，趙破奴解下頭盔，「撲通」把腦袋浸進泉水裡，那濕潤輕爽的滋味，太舒服了，抬頭……咦，誰呀這是，幹嘛按住人家腦殼，不讓人家起來？趙破奴拚命踢騰：撒手，你撒手……但按他腦殼的人，不為所動。等到把他灌得頭昏腦漲，才把他的頭從水裡拉出來。

「嗨，破奴兄，」按住他的匈奴伏兵笑吟吟地道，「還愣著幹什麼？走吧，大單于軍帳去喝酒，你最喜歡的馬奶子，保證讓你喝飽。」

主將就這麼稀里糊塗地被捉走了，那兩萬餘漢軍，仍然於營寨中堅守。兒單于派了人前來招降：「嗨，漢軍兄弟們，你們的主將已經投降了，你們也快點過來吧。」

漢軍相顧失色，這下慘了。臨陣失陷主將，這是漢武大帝最痛恨不過的死罪，就算這兩萬人回去，準保也會被漢武大帝一刀一個，統統殺掉。但投降也不成，臨陣投降，漢武帝更為憎恨，投降之人誅滅三族，是逃不過的。

沒辦法，不能回去，也不能投降，兩萬漢軍就在營寨和匈奴死戰，直到被匈奴人殺光光，這場戰役才算結束。

引蛇出洞的陽謀

趙破奴父子被俘，兩萬精銳騎兵盡歿。漢廷頓時炸了鍋。

四處巡遊、尋找神仙的漢武大帝急忙返回。但再急也有個時間差，等到漢武大帝回到朝廷，親自主持御前工作會議時，已經是來年的七月份。

公元前一〇二年，五十三歲的漢武大帝，拖著老邁之軀，要求群臣就當前的形勢，發表意見。漢武大帝老了。

他的嘴唇翕動著，可誰也聽不清他在嘀咕些什麼。

這種情況下，就由霍光給大家翻譯。

霍光說：「陛下的旨意是，讓大家踴躍發表看法，不要有什麼顧慮，言者無罪嘛。任何人都不會因為在朝堂上發表的言論或觀點，而遭受到責難。」

這樣就好，這樣最好。群臣長舒一口氣，立即搶先發言。意見是一面倒的，匈奴歸來，一出手就滅掉了漢軍兩萬精銳騎兵，可知匈奴已經恢復了元氣。面對如此強敵，漢國斷不可兩面作戰，應該立即放棄大宛，集漢國全部資源，全力對付歸來的匈奴鐵騎。

漢武大帝的嘴唇翕動。霍光翻譯道：「來呀，把公然散布放棄大宛錯誤觀念的人，統統拉出去處斬。」

「別別別，」大臣們急了，「陛下，你說可以暢所欲言，言者無罪的呀。」

霍光翻譯道：「陛下的旨意說，剛才那是個陽謀，是引蛇出洞的陽謀。」

什麼呀這是，都這節骨眼上了，你還玩陽謀呢。大臣們那個氣呀，可是氣也沒用，主張放棄大宛的一群大臣被當場拖下去殺掉。接下來繼續開會。

會議決定，赦免所有的死囚犯，再加上品性不端的無良少年，這些人統統發配到塞外。再徵調百姓家裡的牛十萬頭，馬三萬匹，驢和駱駝萬匹，調十八萬軍卒到酒泉、張掖地區，另行徵調校尉五十多名，一併去打彈丸大宛。

決定已經出來了，這時候金日磾嘀咕了一句：「陛下，好像兵力有點薄弱呀。」

漢武大帝的嘴唇翕動。霍光翻譯道：「陛下宣布，以下七種人，一律充軍。第一種：有罪的官吏；第二種：逃亡者；第三種：入贅女方家的毛腳女婿；第四種：商人；第五種：曾經有過經商經歷的人；第六種：父母有過經商經歷的人；第七種：外祖父一脈曾有人經商的人。以上七種人，須得自帶乾糧，自備武器，在指定日期到達指定地點。

「違令者，斬。」

聲勢浩大的大宛會戰，終於上演了。

再擄樓蘭王

李廣利大宛會戰前夜，匈奴王兒單于死了。

這孩子，勇武聰明，果斷善戰，先平左大都尉之亂，再滅漢國趙破奴兩萬精騎，端的了得。倘這孩子多活幾年，漢國那邊，可就有的瞧了。但天不佑匈奴，被視為匈奴的未來與希望的兒單于死掉，他的兒子正在吃奶，於是大家改立了鬚髮銀白的右賢王為大單于。

新任大單于雄心勃勃，派騎兵跟在李廣利的屁股後面，想抄漢軍的後路。可到了地方一看，匈奴人全都嚇傻了。

只見大沙漠中，黑壓壓密麻麻，全都是漢國來的士兵，一個個啃著乾糧，喝著冷水，一邊失聲嗚咽，一邊行軍趕路。那一望無際的人山人海，看得大單于頭皮發麻，當場就失聲尖叫起來：

「哎呀媽呀，漢國咋又弄出這麼多的人呢？這才幾年呀，又生出這麼多人來。」

人雖多，但士氣不振，不堪一擊。

但問題是，漢國的生殖效率如此之高，你今天打了他，趕明兒他又給你生出黑壓壓的人，絡繹不絕地趕來打你。就這麼西瓜皮擦屁股沒完沒了，還讓不讓人過日子了？

大單于說，孤有生以來，頭一次知道怕字怎麼寫。

惹不起。

能不能有個簡單的法子，滅了漢國呢？

大單于想出個妙法，不惹漢軍了，直接去西域要道的樓蘭國，和樓蘭聯手，專打漢國使者。使者是漢國的奸細兼耳目，把使者之路斷了，漢軍就算出來，那黑壓壓密麻麻的人，也不知道該往哪兒走。這樣就等於把漢軍壓縮回境內，屆時匈奴人生存的空間，就寬廣了。

這個法子好，馬上派人去祕密聯絡樓蘭國。

大單于派了精明強幹的特工人員，潛入河西走廊。然而很不幸，此時河西走廊，也擠滿了出來撈世界的不良少年。匈奴特工一入河西，就被漢國的一個官員任正給逮到了。

任正立即對匈奴特工，嚴刑拷打：「說，是誰派你來的？你的聯絡人是誰？密碼是多少？」啪啪啪，蘸了涼水的皮鞭，狠命地抽個不停。使者受刑不過，不得不如實招供了出來。

得到口供，任正喜出望外，立即帶著他的人衝入樓蘭國。

此時的樓蘭國王，正是被趙破奴抓回去的那個，親眼目睹漢國遼闊的疆域，當時樓蘭王就震驚了。他作夢也想不到，自家的樓蘭國，還不如漢國的一個小縣城大。而且漢國人相互殘殺的凶狠，讓樓蘭人心驚膽戰，從此怕死了漢國人。

見任正突然帶人闖入，樓蘭王急忙賠著笑臉，起身相迎：「小王恭迎天使，不知天使突然前來，有何教誨？」

任正板著一張後娘臉：「馬上扛起你的鋪蓋卷，跟我回漢國。」

樓蘭王：「……天使叫小王去漢國何為？」

任正：「當然是蹲大獄！」

「不要啊！」樓蘭王發出一聲尖利的慘叫，「來人呀，救救小王，小王無罪呀，小王不要蹲漢國大獄，那地方不是人待的地兒呀……」喊聲中，任正手下士兵，直如捉小雞一般，將樓蘭王架起來。樓蘭國的衛士們，更沒膽子招惹漢國來使，見狀急忙躲遠遠的。就被任正這麼個小官員，再一次把樓蘭王捉回長安來了。

漢武大帝崇尚勇力，聽說捉來了樓蘭王，興奮地登殿問罪。他的嘴唇一抽一抽地翕動著，霍光立即喝道：「樓蘭王，陛下問你，你可知罪？」

樓蘭王哭道：「小王好委屈呀，小王根本無罪呀。」

霍光轉向任正：「那你為啥要把這廝捉來？」

「那啥，是這麼回事，」任正趕緊呈上匈奴間諜口供，「是匈奴單于意圖聯結樓蘭王，劫殺我天朝使者，這豈可容忍，所以小將才將他拿回問罪。」

「放屁！」霍光斥道，「任正，你會說人話吧？是你無意中截獲了匈奴人祕聯樓蘭王的奸細，報知朝廷陛下，奉陛下御旨，拿回樓蘭王的，聽明白了沒有？」

「啥意思呀？」任正眨眨眼，恍然大悟，「是是是，是小將不會說人話，正是小將奉陛下御旨，仰仗天子天威，這才拿得樓蘭王的。諒小將這般薄命之人，不是借天子洪福，怎麼可能拿得了樓蘭王？」

「這就對了嘛。」霍光欣慰地扭頭，「史官，把任正奉陛下之御旨，拿回樓蘭王的事件，詳細地記述下來，注意要細節生動。」

那邊樓蘭王叩首：「陛下，這沒我什麼事了吧？小王可以走了嗎？」

霍光道：「走當然可以，沒人攔住你。不過，你走之前，先要發布一個聲明，嚴厲譴責匈奴單于挑起戰爭的無恥罪行，並表態決不容忍匈奴破壞和平，誓死與之周旋到底。」

「唉，你看這事鬧的。」樓蘭王無奈，只好公開宣稱與匈奴為敵，這才獲准歸國。

匈奴接到樓蘭王表態敵對的消息，大單于好不鬱悶，沒幾日工夫，竟爾活活鬱悶死了。

這麼短時間裡，接連死兩單于，這也堪稱異數。總之，在大宛戰場上，已經沒人妨礙李廣利，他盡可以放開手腳，大幹一場。

絕境之戰

貳師將軍李廣利出發了，聲勢浩大，驚天動地的樣子。

人數是多了，但仍然沒人給李廣利運輸糧草。

擺明了就是要坑死他。

幸好李廣利的人馬眾多，沿途小國，見之無不驚駭，生怕李廣利來打自己，紛紛上前勞軍，拉關係套交情，運來糧草以示臣服。

只有一個輪台小國，對漢軍採取了毫不掩飾的敵對態度。那李廣利可就不客氣了，他揮師打破輪台，進行了血腥的屠城。

屠城事件表明，李廣利應該已經知道弟弟李延年被滅族的事情了。現在，他在朝中再無依靠，只有強敵大仇，虎視眈眈慢條斯理地在擺布他。所以他要給自己殺出一條血路來。儘管他是個優柔寡斷的性子，但現在，他已經發了狠，西域諸國，最好不要惹他。

兵抵大宛城下。

李廣利先不忙著攻城，而是大興土木，挖溝掘壕，把大宛城的水源，引到了別的地方。這下子可好，大宛頓成死城。

大宛雖然淪為死城，但他們也有後援，這後援就是康居國。雖然康居國的援兵未見蹤影，但大宛還是死硬地堅守了四十多天。

四十多天後，大宛內部崩潰了。

一些貴族祕密商議說：「你說好端端的，招惹來漢國的大兵攻城，圖個啥呢？就是因為國王這廝，他死活不答應給漢家天子幾匹好馬。那馬有個屁用？值得死這麼多人為之殉葬嗎？

「眼下這情形，康居國的援兵四十多天還不見蹤影，我等縱然不被漢軍打死，也會活活渴死。與其如此，還不如殺掉惹禍招災的破國王，投降漢軍算了。」

於是貴族們藏械入宮，面見國王，說是有重要軍情稟報。國王出來，貴族們趁機一擁而上，按住國王手腳，把國王的腦殼吭哧吭哧地鋸了下來。

殺完國王，眾貴族驚恐地發現大宛外城已破，李廣利率漢軍衝了進來，開始強攻內城。貴族們急忙拿著國王的腦殼登城，對李廣利說：「李將軍，你看好了，你們此來，只是為了大宛的寶馬而已。不肯給你們寶馬的，是國王，現在我們已經把國王殺了，他的腦殼在此。現在，我們請你們停止攻城，我們將把國王腦殼給你們，打開馬廊，寶馬隨你們挑選。如果你們不答應，那我們就只能把所有的寶馬，統統殺死，然後居城死戰。等到康居國的援兵到達，你們漢軍就是腹背受敵。何去何從，請將軍選擇吧。」

這時候李廣利獲知一個消息，大宛城中，最近抓到了一批漢人，而這些漢人，懂得打井技術。

這就意味著大宛內城，有可能打出水來。而城中糧食又多，再有水源，那麼這場戰事恐怕就沒有結束的可能了。如果是這樣，自己孤師懸於域外，就很危險了。

於是李廣利答應了大宛貴族的請求，大宛貴族依言打開馬廄，讓李廣利精選了良馬三千多匹。又給大宛立了個親近漢國的大宛貴族昧蔡為新國王。李廣利這才踏上回師之路。

行不及遠，就聽到後方傳來遙遙的呼聲：「等一等，上官桀將軍攻破郁成，打到康居國，把郁成王給逮來了。」

有這事？李廣利驚喜之下，急忙停步。

匈奴臣服

原來，漢軍征大宛，還有場大家避而不談的敗仗。

初，李廣利率數萬人從敦煌出發，兵分兩路。他自己當然還是帶數萬人，來攻打大宛城。另派了不知怎麼招惹他的校尉王申生，只帶了千把來人，去攻打郁成。可千把來人怎麼可能攻得下來？

結果很不幸，王申生抵達郁成之下，就被郁成王設伏，把這一千來人包了餃子，差不多等於全殲滅了。只逃出零星幾個人。

李廣利大怒，就派了上官桀出馬。上官桀帶多少人不知道，但郁成王一見他來到，撒腿就狂奔，一口氣逃到了康居國。上官桀窮追不捨，追到康居——所以，大宛苦候康居救兵而不至的原因，就在這裡了。

到得大宛城被攻破，康居王嚇得半死，趕緊把郁成王捆綁起來，送給上官桀，表態臣服。

上官桀就派了四名騎兵，把郁成王給李廣利押送來。四名騎兵出了門，商量說：這個俘虜可不好送，他是個活人啊，萬一跑了可咋整？

必須要想出個安全的押送法子。

這法子也簡單，就是……一個騎兵拔出劍來，「吭哧」一劍，把郁成王的腦殼給砍了下來。

上官桀的表現，為這次戰事畫上個完美的句號。漢家軍隊可謂名副其實的威震西域。值李廣利回師，沿途各國全都派出自家的王室子弟，狂追著漢國大軍，央求跟隨前往漢廷做人質。只要漢軍不來打自己，幹什麼都行。

這次戰事，也令漢國舉國震動。此前漢國只知道天下之大，自家是最牛的。但究竟如何一個牛法，這卻不太清楚。而李廣利大宛之戰，明確地告訴大家，漢家天子，威行天下，誰不服就死定了。

如果一定要給這場戰事挑點小毛病，那就是漢軍太瘋狂了，簡直是一群狼。實際上在大宛之戰中戰死的士兵並不多，而死於自家兄弟之手的，卻比比皆是。因為漢軍要自行解決糧草，解決的法子，就是去攻打別人，搶奪糧草。所以大宛之戰，大家是一面圍城，一面自相殘殺。城裡城外都是打得一塌糊塗。

漢武帝拓邊之功，為歷史之最大，至今中國人仍然享受著他給後人打下來的地盤。當然犧牲也是極為慘烈。但他之所以成為千古一帝，是因為其他帝王，也讓百姓付出了同樣甚至更為慘烈的犧牲，但其歷史功業，卻連漢武大帝的腳趾頭都摸不到。

漢國為這場勝利陷入癲狂，最失控的，當然還是漢武大帝本人。

公元前一〇一年，五十六歲的漢武大帝難得地臨朝，大肆分封。

漢武大帝最重軍功，他給立功將士的獎賞，超出了所有人的預期。

李廣利封海西侯，上官桀晉為少府，從軍者無論是此前、還是現在的犯罪行為，概不追究，另加封賞。從軍的官吏，有三人升為九卿，俸祿二千石的軍士超過百人，俸祿一千石的有一千多人。

對這場戰事，最害怕的，當然是新任匈奴大單于。

前面那個想祕密聯絡樓蘭的大單于，在大宛之戰中，竟然無法捕捉到戰機，這種無能為力的感覺，令他鬱悶而死。他死後，兒子年幼，於是眾人推舉了他的弟弟為大單于。

新任大單于是個年輕人，他向漢使說：「我是誰呀？我是晚輩呀，漢家天子，是我的長輩，我做晚輩的，怎麼敢冒犯長輩？請讓我釋放此前那些被扣押的漢使吧，請求允許。」

漢廷諸臣大喜，就派中郎將蘇武，帶著副使張勝，攜豐厚的禮物，前往匈奴迎回那些被扣押的漢使們。

有分教，蘇武魂消漢使前，古祠高樹兩茫然。雲邊雁斷胡天樹，隴上羊生塞草煙。由於漢武帝只重軍功不看手段，只要結果不重過程，與蘇武隨行之人，俱各躍躍欲試，想在匈奴大鬧一場，博取個千秋萬世封侯名。這種喧譁與騷動，種下蘇武紮根北疆，北海牧羊十九年的華麗效果。

第十六章——

陰謀籠罩的帝國

武裝起義失敗

蘇武一行抵達匈奴，迎接他的，是衛律。

衛律是哪個？

他就是協律校尉李延年的知交好友，因李延年推薦，獲得出使匈奴機會。但他返回長安時，恰好見到朝廷以穢亂宮廷之名，誅滅早就被閹割了的李延年全族。當時衛律驚恐之下，立即逃到了匈奴這邊。

衛律被大單于封為丁靈王，參與謀劃大事。

除了衛律，匈奴中還有一夥怪人，這夥人被漢軍逮住，就歸附漢國。等再被匈奴抓到，就又歸附匈奴。看起來他們誰也不招惹，但他們，實則心有所屬。這夥人中一個叫虞常的，就來找蘇武的副使張勝，曰：「我的心，屬於漢家天子，已經很久很久了。」

張勝問：「那你咋在這旮旯呢？」

虞常答：「我是被匈奴人抓來的，身不由己呀。那啥，我為啥來找你們呢，是因為我身在匈奴，心在漢廷，一直在祕密發動群眾，準備武裝起義。我聽說衛律叛逃到匈奴這邊，天子大怒，我準備起義一開始，就幹掉衛律，希望你在天子面前，把我的功勞美言幾句，讓咱也封個侯把戲的。」

張勝說：「匈奴這宵小，不正是給咱爺們兒練手立功業的嗎？我看行。」

於是虞常就出門去執行，遇到蘇武，點點頭就走了。

蘇武進來問張勝：「剛才這個虞常，來找你啥事呀？」

張勝道：「沒啥事，就是串個門，聊聊天，擺擺龍門陣啥的。」

他為什麼要把這事瞞著蘇武呢？

想來也沒什麼動因，無非是想獨占拿下匈奴的軍功而已。

此後一個多月，蘇武就在匈奴這邊訪貧問苦，結交聯絡。張勝則暗中把帶來的禮物，資助給虞常。

而虞常祕密聯繫了七十多人，據他說都是絕對可靠的兄弟。

可是虞常缺乏地下鬥爭經驗啊。這種事，豈有七十多人全都可靠的道理？事實上，這其中還真有一個不可靠的。雖然不可靠，可他也不敢說自己不可靠，只是虛與委蛇，假以應付。等到虞常決定打響起義第一槍的當晚，這老兄就逃到匈奴宮中，揭發了這件事。

匈奴的騎兵立即出動，包圍了虞常的起義軍，一場大砍大殺，虞常被俘，手下人悉數被殺。

事情嚴重了，張勝就來找蘇武：「老蘇，跟你說個小事，那誰，那個虞常，前陣子他來找我，說是要發動武裝起義，結果現在失敗了，你琢磨個法子，擺平這件事吧。」

「什麼？」當時蘇武就驚呆了，「這麼大的事情，你怎麼不告訴我？」

「現在告訴你也不遲嘛。」張勝笑嘻嘻地道，「老蘇，你是讀書人，心眼多，快想個法子，咋個辦呢？」

蘇武震駭道：「看來我們必然要受辱於匈奴了，天子最是痛恨這種事。我是沒臉回去見陛下了，你們別拉著我，讓我抹脖子算了……」

眾人急忙勸止。而此時，匈奴大單于，正於軍帳中召開工作會議，討論如何處理參與作亂的漢使。

蘇武受審

擱大單于的意思，乾脆把蘇武等漢使，統統殺掉算了。

但有人反對，說：「就為了這事殺他們？應該讓他們投降！」

「對，那就叫他們投降。」大單于拍板決定後，就命令衛律傳喚蘇武，前去受審。

一聽要去受審，蘇武當時就急了：「這不行，天子最恨這事，我不能受辱於匈奴，請允許我自殺吧，謝謝。」

說罷，蘇武撥出佩劍，「吭哧吭哧」就抹脖子。衛律大駭，急忙抱住他，奪下蘇武手中的劍，但蘇武頸上的傷口，鮮血「嘩嘩」地往外噴。

衛律急忙叫來醫生，用了一個奇怪的法子，在地面上挖了個坑，把蘇武按在炕沿上，讓他脖頸的傷口對著地下的坑，「嘩嘩嘩」地放血。這招不知誰教給醫生的，漢國這邊殺牛，才用這種方式的。

但這法子硬是奏效，蘇武頸子裡的淤血放出，人就陷入昏迷了。

沒辦法，只好讓蘇武慢慢養傷，先行把張勝抓起來。

等蘇武醒來，睜眼就看到跟前跪著一個人：叛亂的虞常。

衛律手中拿著劍，說：「蘇武呀，大單于感於你的義節，不對你進行公開審訊了。但是呢，這個降你總是要投的，你看虞常就在你眼前，你還能否認自己的罪行嗎？」

蘇武說：「我是真的不知道耶，虞常他們所幹的事情，跟我沒有關係。」

衛律道：「有沒有關係不重要，重要的是你必須要認罪伏法並投降，你到底投降不投降？你不投降，那我就殺了他。」

蘇武：「你這都是哪兒跟哪兒呀……」

衛律揮劍，「噗哧咕咚咕轆轆」，虞常的腦袋，就在地面上滾動起來。

然後衛律走到張勝身邊，舉起劍來：「蘇武，你到底投降不投降？不投降，我就殺這個了。」

張勝急忙慘叫起來：「別殺我，求求你別殺我，我投降，我立即歸附匈奴……」

衛律斥道：「大人說話，你插什麼嘴，蘇武你到底投降不投降？」

蘇武呻吟道：「衛律，你別鬧了，這又不是什麼好玩的事兒。」

衛律：「……好好好，你一個人先在屋子裡待著吧，我和張勝喝酒去。」

節義千秋

衛律向大單于報告了蘇武的態度。

單于說：「我對蘇武的義節，表示由衷的欽佩。但是我更迫切地想知道，蘇武這個人的痛苦承受，有沒有個極限呢？

「來呀，把蘇武丟到那邊的露天菜窖裡，看他幾天才能餓死。」

蘇武被丟入露天的大菜窖。過了段時間，單于忽然想起他來，就跑來看死人。探頭往地窖裡一張望，就見蘇武在下面愉快地打了聲招呼：「嗨，大單于，你娘親好嗎？」

當時大單于嚇了一大跳：「蘇武你咋還活著？」

蘇武道：「未獲天子之命，豈有亂死的道理？」

「不是，」大單于道，「可蘇武你多日沒有食物……」

蘇武道：「我可以吃衣服上的氈毛呀，味道好極了。」

大單于：「你也沒有飲用水……」

蘇武道：「我可以吞天上掉下來的雪呀。」

「你行，你狠。」大單于震駭地說，「你這樣的人，我是生平頭一次見到。對了，我這邊恰好有個重要工作，你做最合適。」

蘇武：「什麼工作？」

「北海牧羊！」

蘇武被從地窖裡拖出來，放逐到北海，給了他一根牧羊鞭：藍藍的天上白雲飄，白雲下面羊兒跑，去放羊吧。

蘇武：「放羊沒關係，可我得問一聲，你們啥時候放我回去呀？」

單于：「這個快，等到這些羊產奶的時候，你就可以回去了。」

蘇武：「你等等，我怎麼瞧著這些羊，都是公羊呢？」

大單于：「公羊怎麼了？你看不上公羊？」

蘇武：「……不是。」

大單于：「那就快去吧。」

渴飲雪，飢吞氈，蘇武牧羊北海邊，窮愁十九年。但是他手中一刻也沒放下漢廷符節，及到一十九年後歸國，手中的符節，已經磨得光禿禿只剩一根杆子。他的義節空前而絕後，不僅震撼了匈奴與漢國，震撼了當時，也震撼了整個歷史。

蘇武的精神，來源於他承受苦難的決心。但這苦這難，如軟刀子剖心，絲絲縷縷的劇痛，緩慢地沁入，這超越了人類正常心理承受極限的煎熬，唯獨他自己最清楚。

而最讓他痛苦的，莫過於李陵的來訪。

李陵？

他是飛將軍李廣的孫子，他怎麼也來了？

他的到來，只是李氏家族敢於挑戰衛霍軍政集團所遭受到的報復之持續。簡單說，他是被漢宮那殘酷的政治傾軋，所逼迫而來。

墊底世家

公元前九九年，漢武大帝五十八歲。

此前一年，天現異象，天空降下白毛，天下大旱。但漢武帝仍然拖著他的老邁之軀，巡遊東海郡，苦苦尋找著仙人的蹤跡。

一邊尋找仙人，一邊發布戰令，命貳師將軍李廣利，率三萬騎兵出酒泉，迎擊匈奴右賢王。

這一戰，與趙破奴遭遇匈奴主力的格局一般無二。李廣利擊右賢王，斬殺憨厚的老牧民萬餘人。但在歸途，卻闖入了匈奴主力的包圍圈。

但這一次，李廣利沒有離開主力去取水，所以他逃過了被匈奴人俘虜的命運。他讓最能打的隴西人趙充國，率精兵一百多人為敢死隊，冒死突圍。李廣利率軍緊隨其後，他們兩個成功殺出，但陷於包圍圈中的大隊漢軍，近半人數慘遭匈奴斬殺。

此戰，趙充國負傷二十餘處，仍悍然血戰。

李廣利是玩音樂的世家，樂音的辨析能力與情商高低，是同一個道理。所以他最是明白漢武帝的心思，知道漢武帝少年時遊俠，一生不改的是對鐵血勇士的厚愛。就上奏章，往死裡誇獎趙充國。漢武大帝果然來了興趣，他回到皇宮，就召趙充國入宮，讓趙充國脫了衣服，仔仔細細認認真真地摳趙充國身上的傷。摳得趙充國欲哭無淚，引以為傲。

到了這裡我們就知道，漢宮的政治傾軋，非險惡兩個字，無以形容。

這個意思就是說，漢武大帝對手下戰將，就目前而言並無偏愛，但是，由於他長年在外巡遊，只顧尋找仙人不問政事，再加上年紀老邁體力衰退，帝國的權力已經不再像此前那樣明晰。前方征戰的將士，一不留神就會死於極為混沌的晦澀政爭。朝鮮之戰就是個例子，任誰都感覺情形不對勁，有人在暗中搗鬼。可是那一道道命令，全是假漢武帝之名，從朝廷發出的，讓你連個證據都捕捉不到。

就比如李廣利這裡，他始終泥陷於被動的政爭中，甚至連還手之力都沒有。直到此時漢武帝興致勃勃地來摳趙充國身上的傷疤，才不無驚訝地發現一樁怪事：咦，李廣利打了這麼長時間的仗，居然沒人給他運輸糧草，他就是一支孤軍，違背兵法地愣打死拚，居然還立下不世功勳。

漢武大帝察覺到自己的疏漏，就決定彌補。

他現在，像當年喜歡大舅哥衛青一樣，喜歡李廣利這個大舅哥。

當年，大舅哥衛青能夠縱橫馳騁，是因為有飛將軍李廣替他墊底。所以這時候，李廣利也需要一個給他墊底的人。

還是讓飛將軍李廣的後人來墊底吧，李家就是墊底一族。

正在酒泉、張掖訓練士兵的李廣孫子李陵，被漢武帝指名來墊底，讓他替李廣利輸送糧草。

李陵接到這道命令，當時就炸了。

成了精的老狐狸

李陵拒絕漢武帝的命令，說：「臣是衝鋒破陣的人，幹不來後勤運輸那種細膩活，謝了。」

漢武大帝失笑道：「你小子，就是不甘為人之後。可問題是，朕這邊的騎兵，都已經給了李廣利，你要打匈奴，朕是支持的，但就是沒有騎兵給你。」

李陵說：「我不用騎兵，只帶著身邊的五千步卒，一樣橫掃匈奴王庭。」

漢武帝大喜，說：「朕就喜歡你這樣的勇士。給朕打死匈奴那幫王八蛋。朕再給你派一員老將，路博德，讓他中途支援你。」

可是這路博德，他是和飛將軍李廣同時代的戰將，李廣一家父子皆死，已經打到孫子這輩了，但路博德卻仍然在戰場上慢條斯理地吃喝。這就表明他必有過人之處，是條已經成精的老狐狸。

路博德心裡明鏡也似，打仗這種事，和誰搭檔都行，就是萬萬不可和飛將軍李廣一家沾邊。當然李廣一家能征慣戰，都是當世的名將，而且朝廷和天子，對他們一家又是絕對支持。只不過，朝中晦澀的政治，隱伏著一種對李廣家人極其不利的力量。這力量平時不顯山不露水，任誰也看不出個端倪，但每逢關鍵時刻，就會出現極為詭異的怪事，連累到沙場上的將士，死得不明不白，還找不到個地方說理去。

於是路博德就上了道奏章，曰：「秋高馬正肥，不適宜打仗，請陛下勸李陵少安毋躁，明年再說吧。」

路博德這個奏摺，卻也不是瞎上的。他應該是已經聯繫到了朝中的支持者，並獲得了豁免和保護。

當霍光把這封奏摺拿到漢武帝面前時，漢武帝已經從趙充國傷疤處的興奮中解脫出來，正感覺虛弱無力，大腦進入空白狀態。

霍光說：「陛下，路博德上書，要求陛下留住李陵，暫緩攻擊匈奴。」

「啊？」漢武大帝此時思緒萬千，沉浸在與仙人聯袂，漫遊雲海的幻境之中。

霍光：「陛下呀，路博德老成持重，向來不發荒稽之言。此時突然來了這麼一個奏摺，這會不會是……嗯，為別人出頭呢？」

漢武大帝：「啊，不無可能，不無可能呀。」

霍光：「既然如此的話，那就讓路博德走西河，讓李陵走浚稽山，臣以為安全第一，不是害怕，是恐前線有失，傷及我大漢國的體面。所以呢，就讓他們走一圈，遇不到匈奴人，就回來好了。」

漢武大帝：「啊，唔，呼呼，呼嚕嚕。」

霍光：「不得驚動陛下，讓陛下好生安睡。」

新型權力中心

讓漢武帝一個人坐在椅子上安睡，霍光和金日磾走出來。正見剛剛封侯的上官桀，攜了一個英俊少年，等在外邊。

見霍光出來，上官桀急忙迎上：「光祿大夫，這隻牲畜是小犬，上官安，卑職帶他入宮來，是想見一見陛下，看能不能當個侍衛，謀個前程啥的。」

想在宮裡謀個前程？霍光失笑，冷眼掃視著英俊少年上官安：「知道蘇武吧？他出使匈奴，死活不明。而他大哥蘇嘉，二哥蘇賢，全都在朝中侍奉皇上，可是結果如何呢？前一陣子，蘇嘉隨陛下出行，陛下落車時，失去平衡，一頭撞在柱子上。好傢伙，撞到柱子上彈回來，當場把車轅撞斷，陛下撞得頭破血流。蘇嘉因大不敬之罪，當場賜其伏劍自刎。

「蘇武的二哥蘇賢，隨聖駕到河東，途中宦騎與黃門駙馬，因為爭奪船隻打了起來，宦騎凶狠，一下子把駙馬推進河裡，活活淹死了。宦騎畏罪逃走，聖上立即責令蘇賢去抓捕，可這上哪兒去抓？沒抓到，蘇賢因為害怕陛下責難，自己服毒自殺了。

「蘇武一家三兄弟呀，就這樣全都死了。蘇武的老婆年輕，又帶著個孩子，無法生活，只好改嫁，聽說那男人每天沒少打蘇武的兒子。那孩子慘呀。」

說到這裡，霍光斜睨那英俊少年：「這樣的宮廷，你敢來嗎？」

就聽那少年朗聲笑道：「回大人的話，你心中有什麼，就會遇到什麼。蘇武一家終日陰氣沉沉，動不動走死磕路線，這樣的人家遭遇這樣的事情，情理之中爾。我上官安心地陽光，只會遇到光明燦爛之事。」

霍光呆了一呆：「小東西，毛還沒長幾根，坑人害人的壞心眼，已經倒是一套套的。跟你爹學的吧？」

上官桀賠笑道：「光祿大夫說笑了，小犬他就是個心地純潔的陽光少年。大人儘管放心，小犬屬於那種絕對不會沾上無妄之災的性格。」

「這種性格好，我喜歡，」霍光問，「這小東西，有媳婦了嗎？」

上官桀忙道：「小犬才思愚鈍，不被賢達門第看在心裡。下官正想托光祿大夫瞧瞧，給小犬找個合適的人家。」

「也行，那我就給你看看吧。」霍光心動了，想起家中那野蠻霸道的女兒正嫁不出去，就回答說。

至此，漢武大帝晚年，朝中的新型權力中心已然成型。站在這裡的三個人，金日磾、霍光及上官桀，他們通過聯姻，將結成心照不宣的政治聯盟，並徹底掌控漢武帝及帝國未來的命運。

也就是說，每一個人的命運。

李陵、皇后及太子。

所有人。

五千對八萬

李陵率他的五千步兵，呼哧呼哧走到了浚稽山。停下來歇腳，觀察山脈走勢，畫成地圖。然後叫過來一個警衛員：「陳步樂，你跑得最快，拿著這份地形圖，跑回長安給陛下送去。」

陳步樂：「保證完成任務。」

陳步樂飛也似的跑走了。他前腳走，後面就見山坡上，轉出一個匈奴騎兵。

然後又一個。

然後又一個。

然後……李陵一個一個地數，數到三萬就數不動了。

「哈哈哈，」大單于策馬出現在山坡上，「來來來，我給你們上堂戰術課。啥子叫戰術呢？戰術這東西，說的就是戰爭的技術，是說在操作層面上，把自己的人搞得多多的，把敵人弄得少少的，簡單說，就是集中優勢兵力，各個殲滅敵人。前者，咱們以八萬騎兵，包圍趙破奴的兩萬人。復以八萬人，包圍李廣利的三萬人。現在，以三萬騎兵，包圍李陵的五千騎兵。就這樣啊螞蟻搬骨頭，一點點地蠶食敵人。這個，就叫高明的戰術。」

眾匈奴齊聲道：「大單于高明，於今讓我等開了眼界。」

「是啊是啊，」大單于心有所感地說，「遇到我這般高明的兵法，想要不佩服我自己，又怎麼可能呢？好了，今天的戰術課培訓，就講到這裡，你們去把李陵抓來，大家一起喝酒。」

「抓呀！」三萬匈奴騎兵，居高臨下，向著李陵的五千步卒撲至。直如群虎撲向一隻小羊羔。

見匈奴騎兵來勢洶洶，李陵鬱悶地對士卒們道：「聽好了，我給你們上一堂戰術課，啥子叫戰術呢？就是如何在局部戰場上，戰勝敵人的藝術。是人數居多的騎兵一定贏，還是人數少的步兵必然輸？這取決於指戰員的戰術水平。今天咱們就實戰一下如何用少數量的步卒，擊敗絕對優勢的騎兵。不要急，慢慢來，按我以前教給你們的排好隊。」

李陵這邊的步兵，鼓鼓湧湧地開始排隊，當匈奴騎兵撲至，隊伍剛剛排好。匈奴騎兵借力徑撞了過來。

這一撞擊，就聽見匈奴騎兵發出一連串的慘叫，前面的騎兵直如撞上了一面銅牆鐵牆，連人帶馬嘰里骨碌栽倒。栽倒的騎兵慘呼突止，已然被李陵的步兵殺死。

李陵步卒隨後跳過死馬，在李陵一聲號令之下，向著匈奴騎兵殺了過來。後面的匈奴騎兵反應神速，立即掉頭策馬狂奔，被李陵的光腳板兵好一頓追殺，硬生生地殺死了幾千精銳的騎兵。

山坡上的大單于看傻了眼：「咦，這是怎麼回事？我大匈奴悍勇的騎兵，怎麼會被連鞋子都沒得穿的漢軍，光腳追殺？你們看清楚是怎麼回事了嗎？」

「大單于，我有看清。」眼神好的匈奴貴族，急忙報告，「李陵布陣，是以盾牌兵和長矛兵在前，弓箭手居後。我們的騎兵衝過去，不是被人家的弓箭手射死，就是被長矛兵戳死。所以咱們才會在絕對優勢的前提下，吃了個大敗仗。」

大單于一聽就急了：「不帶這樣打仗的，打仗嘛，玩的就是誰狠，比的是哪個更凶。照李陵這麼玩陣法，就顛覆了戰術的正確意義。」

「給我上正菜，讓李陵消停點。」

八萬匈奴騎兵從山谷中繞出，徑撲李陵的五千人。

李陵笑道：「士兵們，還記得我以前怎樣教導你們的嗎？戰場之上，比之於陣法更重要的，是什麼來著？」

「逃！」

「對頭。」李陵欣慰地說，「那咱們趕緊跑。」

李陵率了他的五千人，邊撤退邊布陣，邊布陣邊奔逃。大單于卻發了狠，死活也要拿下李陵，八萬匈奴騎兵，就這樣團團圍著五千漢軍，與李陵在山野間做平行移動。無論李陵逃出多遠，也無法逃出匈奴鐵騎的包圍圈。

艱難的戰鬥持續了幾天，李陵這邊的步卒，沒一個囫圇的，全都是傷痕累累。

於是李陵下令：負傷三處的，持武器坐在車上，繼續戰鬥。負傷兩處的，一邊駕車一邊戰鬥。負傷一處的，仍然結陣死鬥。

就這樣，李陵和他的步卒們，沿龍城古道，在匈奴鐵騎的重重圍困之下，緩慢向漢國方向移動。又是四五天過去，匈奴人被李陵軍殺死三千餘人。

前方是一片大澤，生長著濃密的蘆葦叢。李陵立即下令，結陣緩行，退入蘆葦叢中。

見李陵軍向著蘆葦叢中撤退，大單于喜形於色：「以前我是怎麼教導你們的，嗯？兵無常勢，水無常形，孫子還曾經曰過，凡火攻有五，一曰火人，二曰火積，三曰火輜，四曰火庫，五曰火隊。今天咱們這個叫什麼？」

「叫火燒眉毛！」

「給我把李陵這些打不死的怪人，統統驅逐進蘆葦叢，放把火全都燒死！

「哼，這仗打的，丟老人了，八萬匈奴騎兵，拿不下李陵的五千來人。這要是傳出去，以後咱們匈奴人還怎麼混？」

看著李陵率殘軍退入蘆葦叢中，匈奴騎兵忙不迭地衝過去丟擲火把。蘆葦叢中，頓時升騰起熊熊烈焰。大單于這才長鬆了一口氣，說：「我就說過的嘛，這是漢國最精銳的武裝力量，是漢人千年戰爭的精華。今天拿不下李陵，我就不混了。八萬騎兵呀，對付幾千光腳板漢子，那意味著十六個騎兵捉一個光腳板的人，捉不到不說還被人家打得灰頭土臉。你說這大單于我還能再幹下去嗎？」

大單于嘀咕著：「你們全都給我讓開，讓我瞧瞧這些打不死的漢兵，到底是怎麼個身體結構？」

蘆葦燒光，濃煙散盡，現出沼澤中一個煙薰火燎的奇異組合，就好像是一堆炭烤燒賣，毫無違和感地搭配在一起。大單于揉眼再揉眼，最終他控制不住震驚，失聲尖叫起來：「那邊到底是什麼東西？」

「是李陵和他的步卒呀。」匈奴人告訴他。

「不可能！」大單于的尖叫中，透露出萬分的惶恐與難以置信，「他們怎麼可能還活著？那麼大的火，為什麼燒不死他們？」

匈奴人研究半晌，分析道：「大單于，應該是這麼個情形，咱們這邊一放火，李陵他在蘆葦叢中，也立即放火。結果他燒出了一片空白地，大火蔓延到那塊空上，就自動熄滅了。所以咱們的火攻，就這樣被人家破解了。」

這還有完沒完？大單于悲憤地嗥叫起來：「死活就是無法消滅他們，那這場仗，豈不成了西瓜皮擦屁股，沒完沒了了？」

最後的機會

李陵繼續布結奔逃，糧斷水絕，傷殘累累，但他終於在一座山坡上，迎來了唯一的一次轉機。他退到山坡上，利用樹林作掩護，讓匈奴人喪失了騎兵優勢。

追到這裡，單于的內心，終於徹底崩潰了。他說：「我建議咱們立即撤退，漢國不是傻國，斷不會置如此精銳的戰士於絕境中而不顧。李陵他不停地引誘我們南行，南面肯定有埋伏。」

旁邊的貴族們譏笑道：「大單于，你率了八萬精銳騎兵耶，追殺五千光腳板的漢軍，拿不下來不說，還被人家打得灰頭土臉。不用我們說你，你自家尋思尋思，依你這領導能力和低劣的軍戰水平，能帶領我們大匈奴走向美好未來嗎？實話說了吧，這場仗你拿下來，你就還是我們英明神武的大單于，拿不下來，你的威信就喪失殆盡，再也沒資格對別人發號施令。」

大單于傻了眼：「擱你們說，那咱們該咋整呢？」

眾貴族道：「只能不死不休地打下去。反正前面還有四五十里才到平原地帶，搶在漢軍援兵到達之前，把李陵拿下，這樣才能挽回你軍戰能力不足的損失。」

「那就不死不休，拚了。」大單于長刀在手，「那誰，我的兒子你過來，你給我率軍死磕，爹給你的命令是，進攻，進攻，無休無止地進攻！不打死李陵這些怪物，老子誓不罷休。」

這道命令之所以交給自己兒子，是因為大單于已經陷入眾叛親離的地步。就因為拿不下李陵，貴族們因此看死了他，都在琢磨換屆選舉。要想保住自己的權力，就只能讓兒子衝上去血搏了。

最艱難的血搏開始了，那是大單于一輩子不願意回想起來的噩夢。山坡上的樹木，成為了漢軍天然的掩護，借助地勢之力，幾千名漢軍傷兵，有條不紊地對匈奴人進行了斬殺。

在南面的山坡上，大單于眼睜睜地看著，自己兒子所率領的三四千最忠勇的部屬，被李陵的傷兵如剁羊羔般斬殺在樹林裡。這些漢軍到底是人還是鬼？他們多日未進水米，沒得吃喝，連覺都睡不成，火燒不死騎兵打不贏，仍然保持著如此強大的戰鬥力。

太他娘的嚇人了。

正自驚心之際，忽聽身邊的扈從驚叫一聲：「大單于小心！」就聽「嗖」的一聲，一枚翎箭，把那名示警的護衛咽喉洞穿。

當時大單于反應機敏，雙手把頭一抱，就勢栽下馬，順著山坡嘰里骨碌滾下去。滾落時他的腦子冰一樣的清醒：這不是漢軍的援兵，是李陵。李陵這廝他發現了自己在南山坡指揮戰鬥，竟然能於那絕對劣勢的人手中，派出一支斬首小分隊，來割自己的腦殼。

要說大單于腦子真夠用的，情形一如他之所料。這實際上是李陵最後一次困獸猶鬥，是死中求活的唯一一次機會。這次斬首行動如果成功，於萬軍中擒獲大單于，戰事就形同於結束了。李陵將載譽而歸，盡洗李家世代墊底之恥辱。

但天不遂人，大單于的反應太快了。饒是李陵訓練出來的軍士驍勇，又怎麼會料到堂堂的大單于，會全然不顧體面，順著山坡滾落而逃？結果斬首小分隊抓了一堆的俘虜，唯獨讓大單于逃掉了。

最後的機會喪失，李陵就陷入絕境了。

終於輪到大單于發飆了。

末路英雄

大單于正拿松油往臉上抹，遮掩從李陵斬首小分隊手中逃脫時的傷痕，忽然有人來報：「報告大單于，抓到一個俘虜。」

「少來。」大單于才不信，「你就憑你們，能捉到李陵的人？」

來人道：「大單于果然目光如炬，實際上那個人叫管敢，他是自己逃過來的。」

「他為啥逃過來呢？」大單于問。

回答說：「因為他的將官凌辱他、毆打他，強迫他在半死不活的情形下繼續戰鬥，他實在忍無可忍，才棄暗投明，投奔到我大匈奴的溫暖懷抱中來。」

「別太當回事，先聽聽他的口供再說吧。」大單于假裝漫不經心，實際心中焦慮萬分地說。

少頃，口供來了。李陵這邊，主將官是李陵，副隊叫韓延年，早已是糧盡水絕，弓矢用盡。漢國那邊根本不拿這支最強大的戰隊當回事，沒人關心他們的死活，沒有後援，連糧草接濟都沒給安排。

實際上就是丟出這些人來，讓他們去死。

這個情報的確定性，是毫無疑問的。大單于當即把這個情報公開，頓時匈奴人士氣大振，向李陵軍發起了二十四小時不間斷的連軸轉進攻，要活活拖死李陵。山谷之中，迴盪著八萬匈奴人驚天動地的口號：

「李陵，快投降！韓延年，快投降！」

報。

聽到匈奴人喊叫自己副隊的名字，李陵知道大勢已去，匈奴人已經掌握了自己這方面的詳細情

這時候他的士兵仍有三千多人，但人人帶傷，最慘的是武器全都打爛了，只能是拆散戰車，人手一根車輻，連同軍中的文士，也隨之參加戰鬥，且戰且走。走至一座山谷處，匈奴人推落滾石，巨大的石塊封死了山谷，將李陵鎖死於山中。

無法前行半步，黃昏時分，李陵身穿便衣，走進山谷。對隨從喝斥說：「誰也不許跟著我，大丈夫要單槍匹馬，一個人生擒單于。」

這時候他的腦子已經混亂，內心幾乎是崩潰的。他走了一圈，見無路可出，又絕望地繞回來，說：「敗局已定，此地就是我等埋骨之所。」

他命令砍倒旌旗，把戰旗連同軍中財物，一併掩埋起來。看著軍士們期待的眼神，他流下了眼淚，說：「十幾支箭，只要十幾支箭，我就能反敗為勝！」

但是沒有箭了，一支也沒有。

只剩下最後一條路。

分散突圍。

李陵命令，每個士兵背負兩斤乾糧，一塊冰，於午夜時分各自奪路而走。是死是活，賭的就是運氣。再約好逃出去的人會合地點。等到了午夜，李陵和韓延年擊鼓行動，可是奇怪了，那只鼓無論怎麼敲擊，硬是一聲不響。

不響就算了。李陵與韓延年，帶了十多名壯士，上馬突圍。

他們成功地衝出，但匈奴人數千騎兵追殺而來，不久追上，隨即展開激烈的血搏。韓延年並隨

行軍士統統戰死，李陵歎息一聲，說：「我李陵，是飛將軍李廣的孫子啊，還有死去的機會嗎？」

李陵被俘，投降。

司馬遷受腐刑

李陵被俘投降，震動了整個朝廷。

直到這時，朝廷才真切地意識到李陵的軍戰能力，他只訓練了五千普通士兵，而且是第一次上戰場，在內無糧草外無援兵的絕境下，殺死了十倍於己方人數的匈奴騎兵。大漢帝國何其幸運，竟然有李陵這樣的軍戰人才。

有了李陵，原本可以實現漢武帝拓邊之夢，逐匈奴於千里之外。

然而，漢國卻不珍惜這樣的人才，隨隨便便地把李陵拋棄於絕望的死地，才會導致這樣的結果。漢武帝最憤怒的是，匈奴人得到了李陵這樣的人才，弄不好就會形勢倒轉，讓漢國從此匍匐於匈奴人的刀口之下。

朝廷之上，每個人都哭喪著一張臉，全都渴望著李陵戰死的消息。寧肯這樣的人才死掉，也不期望他被匈奴人得到。

然而，李陵確實是投降了。

憤怒的漢武帝升殿，他的嘴唇顫動著，不知在說些什麼。站在身邊的霍光和上官桀對視一眼，低聲道：「陛下，李陵派回來送地圖的那個陳步樂，他已經畏罪自殺了。」

陳步樂有什麼理由自殺呢？

他根本不在戰場上，沒任何理由為戰場上發生的事情負責。

他實際上是被殺死的，只為了掩蓋另一條假信息的來源。

這條假信息，還不到發布的時候。

所以現場只有巨大的靜默。

漢武帝的嘴唇顫動，霍光叫道：「那個誰，太史令司馬遷，陛下問你，你和李陵是好朋友，對這件事，你怎麼說？」

司馬遷站出來：「那啥，陛下，李陵這個人，我太瞭解他了。他絕非貪生怕死之輩。此番李陵出征，震駭匈奴，殺死了十倍於己方的匈奴騎兵。這是何等的神威。那啥，臣以為，所謂的李陵投降，這消息未必準確，就算是真的，那肯定也是李陵在等待時機，另尋途徑報效天子。」

漢武帝嘴唇翕動。霍光道：「陛下有旨，來人呀，把司馬遷拖下去，處以腐刑。」

「不是，」司馬遷急了，拚命地掙扎，「人家也沒說錯什麼，憑什麼閹割我呀？」

霍光道：「陛下有旨，太史令司馬遷，朝堂之上出言不遜，譏諷李廣利將軍，略施薄懲，以示訓誡。」

「這都什麼跟什麼呀。」司馬遷火冒三丈，「咱們這不是在說李陵的事兒嗎，怎麼就譏諷李廣利了呢……嗷，嗷嗷嗷，你們真割呀。」

說話間，司馬遷已經被閹割。當時他悲憤地尖叫起來：「你大爺的，老子正正經經說事，你不由分說就割掉人家卵蛋，咋就這麼不講理呢？

「你等著，我要寫本《史記》出來，把你們老劉家世世代代的糗事，事無巨細統統抖摟出來。」

「還有，」司馬遷悲憤地道，「你這漢家天下，真的以為是歌舞昇平、夜不拾遺對不？跟你說，陛下你這是自欺欺人。現在你家漢國，已經是強盜遍地，攻州掠府，這些強盜人數多的有幾千人，人數少的也有幾百人。他們攻陷州郡，奪取庫府兵器，釋放死囚，把郡守都尉捆綁起來肆意汙辱。

「啥玩意兒？你說這是沒影子的事兒，因為地方官沒有上報？

「我來告訴你，地方官為何不上報，因為你漢家天子實行的嚴刑峻法，一旦地方官轄區出現強盜，倘不能統統抓捕，就處死地方官。所以縱然是盜匪橫行，天下大亂，可是地方官卻不敢上報，上報就是個死。

「漢家天子，你就等著好了，老子要把你這些事情，統統寫在史書裡。」

司馬遷哭道。

人際關係才是一切

兩年以後，害死李陵部卒陳步樂的目的，才開始顯現出來。

為什麼要等這麼久呢？

因為要等到一個最合適的人，來發布這條消息。

這個最合適的人是誰？

是那個全家都要因此被誅滅的人——是已經死掉的，大將軍衛青的人。

是太子的人，是皇后衛子夫的人！

這起陰謀開始的時候，已經是公元前九七年，漢武大帝已經六十歲了。

他再一次掀起一場浩大的軍事行動，全面徵召七種賤民和無良少年，發動了一場迎回李陵的戰役。

李陵，那無畏的戰神。縱然他已經投降匈奴，但漢武大帝仍然渴望得到他。

貳師將軍李廣利，率騎兵六萬，步卒七萬，出朔方。

強弩都尉路博德，率精兵萬人，為李廣利打側翼。

以遊擊將軍韓說，統步兵三萬，出五原。

以杅將軍公孫敖，率騎兵一萬，步兵三萬，出雁門。

總計四路大軍，總計二十一萬人馬。

可以說是傾巢而出了。

匈奴人又不傻，才不跟你這麼多的人打。只需要堅壁清野，趕著牛羊向中亞草原移動，就讓你二十一萬漢軍，求戰不得，後退乏力。

實際情況就是這樣，二十一萬漢軍出關，滿地尋找匈奴人決戰，糧草吃光光也找不到，只好沒精打采地回去了。

其實，這才是漢國朝臣最擅長玩的，也是所有人擅長的。大兵團作戰，指揮千軍萬馬東奔西走，不圖效果，就這排場也把別人羡慕死了。相比於李陵的軍事天才，漢武帝雖然夠不到邊，但看還是能看懂的。

所以漢國朝廷，在這次超大規模的兵團作戰無疾而終後，又派了杅將軍公孫敖，深入匈奴腹地，去接李陵回來。

為什麼指派公孫敖呢？

人家李陵說回來沒有？你就派人去接？就不怕熱臉貼上冷屁股？

先說第二個問題，朝中之人，包括漢武帝，內心深處都相信李陵會回來。這是因為，飛將軍李廣，一個兒子李敢，被霍去病射殺。另一個兒子則生了李陵。此外，李廣還有個孫女兒，目前在太子劉據的宮中，有寵。漢武帝百年之後，太子臨朝當政，李陵就是皇上的大舅哥了。所以他沒任何理由不回來。

但正因此，漢武帝才不應該派公孫敖去接李陵。

想一想，公孫敖是誰的人？

他是大將軍衛青的人！

昔年衛青還是平陽公主家裡的馬奴時，皇后陳阿嬌派人綁架衛青，是公孫敖率江湖兄弟，把衛青搶回來的。

而李敢之所以被霍去病射殺，就是李敢因為父親之死，暴毆了衛青。

此後若是李陵當權，勢必要報李廣及李敢之仇，試想公孫敖豈會真的接李陵回來？

但是，朝廷卻不是這麼想的。

朝廷認為，無論是李廣還是衛青，無論是李敢還是霍去病，無論是李陵還是公孫敖，他們都是朝廷的人。

朝廷是出於公心。

公心的意思是說，發布這道命令的人，假裝不知道這些問題的存在。居心險惡的將人際齷齪導入國家軍政之中，並坐觀事情走向敗局。

是誰在發布命令？

坐在龍椅上的，是漢武大帝，但替他說話的，卻是金日磾、霍光與上官桀這三個人。年邁的漢武帝，對人際環境變化異常的敏感，只允許這幾個人走近他的身邊。在他那顆充斥著神仙夢幻的腦殼中，依稀只記得公孫敖少年時代的遊俠風采，並渴望著這種風采能夠重現於匈奴大牧場。

但歷史告訴我們，這是不可能的！

歷史，是人的歷史。

人際關係才是一切！

釋放一條假訊息

公孫敖抵達匈奴腹心，向散居的老牧民們展開瘋狂攻擊，捕獲了一大群滿臉茫然而驚恐的俘虜。然後就對俘虜展開了嚴刑逼供：「說，李陵在哪裡？到底在哪裡兒？你招還是不招？啪啪啪！」

老牧民被打得慘叫連連：「俺就是牧民，哪知道你問的這些事呀，哎喲喲別打別打，想起來了，你問的是剛剛投降的、姓李的漢人是不是？知道知道，他正在幫助匈奴人訓練士兵呢，俺就知道這麼多，別再打俺了行不？」

如果來的是李陵的支持者，在獲知這個信息後，是不會罷手的。而是持懷疑態度，繼續追查下去。但公孫敖，拜託，他真的沒有這個動力。對他來說，這個資訊正是他最需要的，他當然是欣喜非常。

「嗯，李陵這孫子，在天子面前裝得挺像，什麼忠君愛國把戲的。實際情況怎麼樣呢？你們大家全都聽到了吧？

「回師，向朝廷報告這個重大情報。」

而此時，李陵正攜帶著匕首，走向一個叫李息的人。

大漢兒女，敢恨敢愛

李陵問李息：「你在這裡幹什麼？」

李息回答：「訓練士兵呀。」

李陵：「訓練士兵幹什麼？」

李息笑了：「還能幹什麼？當然是用來和漢軍作戰唄。跟你說李陵，我們都是降人，在匈奴這邊，原本就是地位卑微，必須要付出更多的努力，才能夠獲得人家承認。眼下這情形是，匈奴人打戰固然是勇敢，但作戰技術和水平，太過於原始，太原生態了。不像咱們漢國，一千多年的戰爭技術積累呀，什麼陣法兵法把戲的，說出來能把匈奴人嚇死。現在有咱們兩個在這裡，我相信匈奴人與漢國之間的戰爭水平差距，很快就會彌平的。尤其是你李陵，你的陣法太精妙，太可怕了，現在人家大單于還拿咱當頭蒜，可等你出來替他們訓練士卒時，咱就慘嘍，恐怕連給你提鞋都不配。」

李陵沉默半晌，道：「聽我說，李息，咱們投降匈奴，那是絕境之下的迫不得已，勉從虎穴暫棲身而已。說到底我們畢竟是漢人，吃慣了小米，喝慣了井水。現在改吃奶酪馬奶，腸胃都受不了的。」

李息冷笑：「少來了，你又不是不知道那漢家天子，出了名的刻薄寡恩，出了名的惡毒。你一旦在戰場上投降，他二話不說先滅你三族。滅族呀李陵，你一上戰場，人家就拿你當死人，盡等著享受你的妻子女兒，哪還會給你機會回去？還是理性點，趁早別胡思亂想了。」

李陵又沉默半晌，道：「李息，替匈奴人訓練士兵，你一定要這麼賣力嗎？」

李息恨恨地道：「就這樣我還嫌不夠賣力呢，我恨不能把這支軍隊，訓練成銅牆鐵壁，如你的軍隊那般驍勇善戰。到時候我要親率一支鐵騎，衝入中原，打進長安城，親手抓住漢家天子，問他一句，你他媽的憑什麼這樣殘忍地虐待我們？憑什麼這樣邪惡地虐待我的家人？憑什麼……」「噗哧」一聲，他驚訝地張大眼睛：「咋的了李陵？」

「沒啥。」李陵把匕首從李息前胸拔出來，「就是我已經殺了你，你再也無法為匈奴人賣命，傷害漢國了。」

說完，李陵匆匆走開，他走出好遠，才聽得「撲通」一聲，李息的屍身栽倒在地。這時候遠處突然傳聲輕微的響動，李陵驚回頭：「是誰？」正見一個匈奴人跳起來，向前發足狂奔。

李陵大駭，喊了聲站住，撒腿就追。可是那匈奴人逃得好快，幾個箭步衝到一匹馬前，縱身躍上去。就聽馬蹄聲聲，匈奴人的喊聲順風遙遙傳來：「李陵好大膽，你原來是假意投降，我要去告訴大單于……」

眼望匈奴人逃走的方向，李陵氣恨不已。就因為殺了個替匈奴人賣命的李息，結果被人窺破行藏。這下可慘了，沒辦法，聽天由命吧。

果然，過不多久，就見煙塵大起，大單于率一支精幹衛隊趕來了。甫一到現場，就咋咋呼呼地叫起來：「咋的了李陵，你咋把李息給殺了呢？」

「這個……那啥，」李陵支支吾吾地道，「這事不怪我，都怪李息他無端挑釁於我，我一怒失手，就把他給宰了。」

「你看這是怎麼鬧的，」大單于歎息道，「現在你麻煩大了，我母親閼氏，接到有人報告，稱你有心歸漢，不滿李息替咱們訓練士兵，所以殺了他。這事真假咱們不說，反正我老媽是炸了，一定要殺了你。」

「一定要殺？那我也沒辦法。」李陵賭氣地說。

「那不行，」大單于道，「你是我最好的朋友，我不管你的心，是向著漢國還是向著我，我只知道決不能讓我老媽殺掉你。李陵你看，」說到這裡，大單于順手拉過一匹馬來，「馬上的這個女孩，是我的女兒。雖然她生長在大漠，但溫柔嫻靜，知書達理，生平最愛慕你這樣的英雄。你馬上跟她走，去北方，等到事態平息，我老媽消了氣，你們倆再回來。」

當時李陵就傻了眼：「大單于你別這樣……」

大單于道：「我這人就這樣！李陵，你不要以為我這是市恩給你，實際上我女兒仰慕你已很久了。大漠兒女，就是這樣敢愛敢恨，我這個做父親的，也只能由著她了。」

大單于的話語中，隱然透出幾分做父親的無奈。

等待公羊產奶的時刻

李陵暗殺了替匈奴人訓練士兵的降將李息，但公孫敖帶回朝廷的訊息卻是，李陵正在幫助匈奴人訓練士兵。

這個消息，是爆炸性的。

從漢武大帝起，所有人全都嚇呆了。

李陵的軍戰水平，那麼地可怕。如果再由他訓練出強大的匈奴兵，那漢人還有活路沒了？

漢武大帝的臉色，頹唐灰敗，嘴唇激烈地翕動著。

上官桀立即揚聲道：「傳陛下旨意，立時誅滅李陵滿門。」

殺呀，漢國的士兵，懷著對軍戰天才李陵的恐懼，揮舞著長刀殺入李陵的家門，鮮血迸濺之處，飛將軍李廣的後人，就這樣絕滅於漢國大地。

這時候，就透露出陳步樂被祕密殺掉的死因了。

他非死不可。

他是李陵親手訓練出來的士兵，對李陵的訓練手法，非常地熟稔。如果他還活著，那麼朝廷就會有一個必不可少的環節，傳喚他到朝堂，與公孫敖核實資訊的準確性。但他已經死了，這個核實的環節，就不會再有人提起。

在北海，聞知全家被殺害，李陵大放悲聲，就去找放羊的蘇武喝酒。

他來的時候，正值蘇武最闊氣的時候，窩棚裡有吃也有喝，還有許多女人用的日常用品。這些東西，都是大單于的弟弟奉送給他的。因為被他的氣節所打動，大單于的弟弟對他欽佩有加。但再過段時間，蘇武的這些家用品，就會被人統統盜走，迫使蘇武再淪陷於窮愁之窘狀。

李陵一邊喝酒，一邊痛哭道：「蘇武呀，咱們這個破爛漢國，肯定是被人詛咒了。你看看我們兩個，招誰惹誰了？不就是個想報效朝廷嗎？咋就這麼難呢？我出征的前陣子，朝廷裡最轟動的事件，就是你蘇家滿門皆死，你大哥蘇嘉，他隨陛下出巡，陛下落車時，一頭撞在廊柱上，把個柱子撞得粉碎性骨折，陛下只是撞了個半死，可你大哥卻被指為大不敬，被逼當場伏劍自刎。你二哥蘇賢，他死得更是慘。就因為宦騎與駙馬爭船，宦騎把駙馬推河裡淹死了。這裡邊根本沒你蘇家什麼事兒，可陛下非逼著你二哥去抓逃跑的宦騎，根本抓不回來，你二哥他因為恐懼而服毒了，死時連屍體都是烏青的呀。還有你，朝中俱云你已經死了，你的妻子為生活所迫，不得不改嫁，新丈夫每天暴打你兒子幾頓，打得那叫一個慘。總之吧，你們老蘇家是全完了，我們李家也全完了，這就是替陛下賣命的結果呀，這他媽的叫什麼結果？

「這樣的結果，豈是正常人類所能接受的？」

李陵哭著問：「蘇武呀，我是真的挺不住了，你還能堅守嗎？」

蘇武黯然。

李陵：「告訴我蘇武，你為什麼而堅守？」

蘇武黯然。

最後他說：「先聊到這兒吧，我去看看公羊產奶了沒有。」

李陵頓時大放悲號。

龍顏之怒

開春了，霍光和金日磾一邊一個，攙扶著六十一歲的漢武大帝，在長廊中慢慢行走。上官桀捧著一份奏摺，快步走進來。

金日磾凌厲的眼神一掃，上官桀立即跪在一邊。

漢武大帝不高興了，嘴唇翕動著。霍光急道：「陛下，臣等安敢欺瞞陛下，只是陛下，聽了這個消息之後，萬萬不可動氣呀。」

漢武大帝嘴唇顫抖。霍光像哄孩子一樣，柔聲道：「陛下不動氣最好，上官，你說來聽聽。」

上官桀心裡暗罵：裝你個媽蛋，每次玩這節目，都是你們兩個裝好人，讓老子裝壞人。雖然心中不滿，但憑藉讓兒子上官安，娶了霍光那暴脾氣的醜丫頭，總算是擠進了這個核心權力班子，他實際上已經非常幸運了。於是低聲道：「陛下，已經查清楚了，替匈奴訓練士兵的，是降將李息。時李陵聞之而怒，暗殺了李息。事發後匈奴閼氏追殺李陵，單于把李陵藏到了北海，並把自己的女兒嫁給了他，現在……李陵是真的投降了。」

漢武大帝那兩隻老花眼，射出駭人的光芒，只聽他吐字清晰，一個字一個字地說道：

「公、孫、敖！

「不要再讓我聽到這個名字！」

金日磾和霍光急忙後退，並排跪倒：「陛下，公孫敖，他不是一個人。他是一群人在戰鬥。」

漢武大帝：「那麼，不要再讓我聽到這些人的名字。

「不管他們是誰！」

上官桀急忙道：「陛下放心，臣會把事情辦妥當的。」

漢武帝身體顫動，金日磾適時接道：「陛下的意思，是先要把事情查清楚。」

霍光則道：「公孫敖欺瞞陛下的，只恐非止一樁。陛下的龍體，近些日子明顯欠安，上官桀，你在追查公孫敖欺瞞陛下事情時，這件事情也要查個清楚。」

上官桀：「臣領旨。」

漢武大帝現出心滿意足的神態，口角淌下幸福的涎水。

上官桀磕頭後離開，走遠了後低聲嘀咕道：「陛下現在真的成了神仙了，遇到事情他甚至不需要張口，只要身體稍微一動，金日磾和霍光這兩貨，就會立即把陛下的心事說出來。只不過，這兩個傢伙每天要替陛下說這許多，會不會在其中摻雜進自己的私貨呢？

「隨他去吧，眼下這個衰朽的老頭，就是帝國一切權力的原由，操持著無數人的生殺予奪之命數，想想真是不可思議。」

嘀咕聲中，上官桀走遠了。

有東西鑽進了陛下心裡

公孫敖正於府中飲酒，忽然聽到門外喧鬧之聲，他站起來，向前走了幾步，再側耳聽，頓時神情大變。

原本，他就是遊俠出身，慣走夜路，久在江湖，警覺性比一般人要高出許多。而替匈奴人訓練兵馬的人，被證實不是李陵而是李息之後，公孫敖就有種大禍臨頭的預兆。

他感覺，似乎有什麼東西，在為他設了一個必殺之死局。

之所以說設局的是東西而不是人，只是因為他捕捉不到這東西的存在，找不出一個具體的人來。但死局確實是在隱然合圍，先是讓他孤軍深入匈奴腹地，說什麼迎回李陵，這開的是什麼玩笑？不遇到李陵還好，如果遇到了，他來攻打自己怎麼辦？他那麼能打，誰是他的對手？

還有，孤軍深入，沒有後援，萬一被人家匈奴包了餃子怎麼辦？

無論怎麼看，這道命令，都帶有幾分邪惡而殘忍的味道。

他有種奇怪的感覺，這些年來，好像是從匈奴那邊，來了隻什麼東西。這東西無形無影，悄無聲息地鑽入了陛下的心裡，主宰了陛下的靈魂，操縱著陛下的意志。這東西到底是什麼，有還是沒有，公孫敖自己也說不清。但是任誰都能看得出來，從楊僕在朝鮮戰役中被貶為庶民開始，陛下的行為越來越偏離正常的軍事常規。

如衛青時代，在絕對準確的情報配合之下，幾路兵馬同入大漠的精美戰事，再也沒有了。現在有的只是狗皮倒灶，呈現出一種處心積慮陷死前線將士的惡意。李廣利那邊長年征戰，始終不給他配備正常的糧草運輸系統，這是何等的匪夷所思？李陵這邊，以及強迫自己深入大漠腹心，都明擺著是有什麼東西在為大漢將士布設死局。

只是種模糊的感覺，但就是說不清楚。

公孫敖心裡，長久以來籠罩著一種痛苦及疑惑。

到現在，這個疑惑應該解開了吧？

聽到外邊的聲音不對，公孫敖一個縱身，躲藏在一個出乎所有人意料之外的地方。遊俠多年，他習慣於在任何地方，事先為自己找好退路。只要不想讓人找到他，別人就甭想，這點本事他還是有的。

幾個家奴慌裡慌張跑了進來：「老爺，老爺，宮裡來人，看情形有點不妙……咦，老爺剛還在屋裡呢，哪兒去？」

沒人能找到老爺。

公孫敖老爺，正自蛇一樣的無聲無息，在屋脊上悄然爬行。他悄悄探頭，看到了一排橫眉立目的宮監，大隊的軍士，刀出鞘，箭上弦，由一個俊美非凡的少年所統領。

這少年，公孫敖記得。他好像是叫江充，原本是趙王的門客，因為開罪於趙王，逃到朝廷告發趙王謀反。陛下最喜歡的就是封王們謀反的消息，這樣就可以將封王滅門，收回封地。而封王家的女眷，又可以作為戰利品，分配給新的列侯。

從內府跑出來許多人，一個個地向前對宮監們說著些什麼，人聲嘈雜，聽不清晰。但公孫敖能看到家人臉色漸變，變得恐懼起來，而宮監的態度，始終是嚴厲冰冷。

士兵們衝進門來，首先把守住各間屋舍，禁止人們走動。一群提著鍬鐽的人，湧入內府，在夫人的院子裡挖掘起來。

這是在搞什麼鬼？

公孫敖看不懂。

他始終沒看到自己的妻子出來，那女人的精明，不在他之下，恐怕現在已經躲藏到誰也找不到的地方了吧？

挖了好一會兒，美貌青年江充抬手叫停。公孫敖看到他跳入泥坑中，蹲下身，從懷中掏出一個小木人，在濕漉漉的泥土裡蹭了幾下，然後高高地舉起來，大聲宣布道：「找到了，就在這裡。」

公孫敖家人一片死寂，臉上無不是失魂喪魄的絕望。軍士與宮監們則爆發出一陣嗡嗡聲：「好大膽，竟敢以巫蠱之術，詛咒陛下。難怪聖上這段時間老是精神恍惚，心緒不定。原來是公孫敖他老婆幹的！」

「這到底是啥事呀？」公孫敖看得，越發是一頭霧水。

他只知道，大禍臨頭了。

仙人的美麗禮物

浩浩蕩蕩的車乘停下，金日磾和霍光趨步上前，攙扶六十二歲的漢武帝落車。漢武帝讓雙腳慢慢適應地面，一雙精力不振的眼睛，掃過公孫卿：「不會還是大腳丫子印吧？」

公孫卿笑道：「陛下，仙人的心思，誰又能猜得透呢？」

漢武帝嘴角略一抽動，霍光立即道：「陛下的旨意是，公孫卿，你要是再弄些大腳丫子印糊弄陛下，陛下就處你個足刑，讓萬人萬隻腳，把你踏為肉餅。」

公孫卿失笑道：「哎喲陛下，臣哪來的膽子糊弄陛下呢，這河間之地，祥瑞繚繞，非止一日的了。仙人為陛下送來的禮物，喏，她已經來了。」

漢武帝在攙扶下慢慢轉身，霎時間他的老花眼一亮。

只見一個少女，正自婷婷嫋嫋走來，正值妙齡，十五六歲的身體，略顯單薄。她行至漢武帝近前，跪倒，細聲柔語地說：「小女子見過陛下，我給陛下磕頭了。」

「咻咻！」漢武帝的胸前，響起一陣激烈的喘息，「那女子，你為何緊握雙拳？」

女孩偷眼瞟了公孫卿一眼，回答道：「陛下，小女子也不知道，聽娘親說，我生下來時就是雙拳緊握，長到今年一十六歲，無一日打開過。」

「怎麼會這樣？」漢武帝頓時好奇心起，「朕允許你站起來，站到朕的身邊來，讓朕瞧瞧你的雙拳。」

女孩站起來，握緊了雙拳，送到漢武帝身邊。

漢武帝撫弄著青春少女的手，輕輕一掰，女孩臉上現出頑皮的笑，那拳頭猶自緊握。一邊的公孫卿大急，連連向女孩使眼色，金日磾和霍光視若無睹，就好像沒看一樣。

咦，女孩的雙拳打不開？不僅是公孫卿大急，就連漢武大帝也有幾分納悶：難不成真的是天生殘疾，可看樣子不對呀。你們看這隻拳頭，細潤柔滑，香膩誘人。這不像是殘疾的手掌呀，可朕怎麼就打不開呢？讓朕再試一下……輕輕一掰，女孩適時地打開了手掌，露出白裡透紅的掌心中兩枚潔白的玉鉤。

一邊的公孫卿立即跪下，大聲地喊叫起來：「天子萬福，仙人有跡。這女子生於河間，長於河間，與臣素不相識。當地人皆知她出生之時，就是雙拳緊握，一十六年緊握的手掌，從未打開過。而今陛下所至，玉掌頓開。這就是仙人為陛下送來的禮物呀。」

「唔，唔，」漢武大帝嘴巴咧開，淌下了幸福的涎水，「你出生在趙地，給朕帶來了天界的玉鉤，嗯，朕就給你起名叫趙鉤弋吧。」

那女孩急忙跪倒，改了稱呼：「臣妾叩謝陛下賜名之恩。」

「呵呵，呵呵呵。」漢武帝的涎水，滴落在女孩白嫩的頸子上。霍光適時地高喝道：「陛下有旨，移往行宮暫歇。」

權力的味道太誘人

公元前九六年，六十二歲的漢武大帝，巡遊趙地河間，得到了十六歲的絕世奇女趙鉤弋，這是西漢史上非常嚴重的一次事件。

漢武帝在行宮裡盤桓了多半天，始終站在門前一動不動的霍光和金日磾，才把這老頭攙扶出來。出來，就見到上官桀趴伏在地面上。當時漢武大帝就露出對子姪輩的年輕人，又恨又愛的那種特有的頑固表情，狠狠地瞪著上官桀。

金日磾失笑道——他基本上不說話，說話時，漢武大帝就會認真聆聽——「上官桀已經發現了公孫敖的行蹤，就隱藏在……陛下，誰又能料得到呢？區區一個公孫敖，竟然是如此的古靈精怪，滿天下的捕吏搜殺，卻始終是不見蹤跡。」

漢武帝悶哼了一聲，提高聲音說：「哼，你們豈是他的對手？他可是遊俠出身，少年時鬥劍，就連衛青都要讓他三分。」

霍光笑道：「正是，那日江充奉旨，去公孫府中搜尋巫蠱之證，公孫敖夫妻兩人，明明就在府中，卻是誰也見不到。直到捕吏以巨斧破開牆壁，才從夾壁牆裡掏出他的妻子。捕吏隨後搜查公孫敖的臥房，發現他已經橫劍自刎，屍體都涼了，還留下了一紙懺悔的遺書。豈料捕吏們稍一愣神，那死透了的屍體，竟然不翼而飛，這時候才知道公孫敖詐死逃罪。這廝年紀這般老大，居然狐狸一樣的狡猾，如江充那般未見識過江湖伎倆的陽光少年，又豈是他的對手？」

漢武帝不滿地嘟囔道：「說了這老半天，你們還是不肯告訴朕，公孫敖他到底躲在哪裡？」

金日磾、霍光及上官桀大駭，齊齊趴伏於地，失聲大叫：「陛下，陛下！」

「哼，」漢武帝遙望長安方向，恨聲道，「誰又料得到禍起蕭門，變生肘腋？昔年那軟香紅玉的溫柔，到頭來都化為玄冰一樣的怨懟？」

怪只怪這權力的味道，太過於誘人了呀。

漢武帝老淚縱橫。

陛下想造反

公元前九四年，漢武大帝六十四歲。

這一年，他巡遊甘泉宮，在東海郡捕捉到一隻紅雁，遊琅邪郡，在成山祭拜太陽神，登之罘山，坐船出海。仍然在鍥而不捨地尋找仙人。

「仙人呀，你到底在哪裡？」

武帝向著高山喊，高山他不吭氣。

武帝向著大海喊，大海他沒回聲。

一切跡象表明，天界諸仙拋棄了漢武帝，他們自家騰雲駕霧，周遊九天，卻堅決不帶陛下玩。

「仙人你們這樣搞，這是為啥呀？就隨隨便便帶上陛下唄，你們身邊畢竟不差這麼三兩人？」該說的，全都說了。可是仙人這幫王八蛋，卻約齊了硬是一聲不吭。只有仙人送來的絕代美味趙鉤弋，成為了漢武大帝心中唯一的希望。

陛下於河間初見趙鉤弋，有寵。有寵的意思就是幸御了，就是啪啪啪。但漢武大帝這般老邁，哪裡還啪啪得動？只有吭哧吭哧。

吭哧吭哧之後，金日磾傳御醫來，就報說鉤弋夫人懷孕了。但接下來就發生了怪事，整整一年過去了，只見鉤弋夫人的肚皮日見隆起，但卻遲遲不生產。

為什麼不生產？

會不會是懷孕日期搞錯了？

不不不……要是這麼想，那麻煩可就大了。陛下他行蹤不定，伴隨著仙人的足跡任意西東。如果懷孕日期弄錯，這孩子的血統，就變得極為可疑了。

許多人都在琢磨這件事，琢磨最多的，當然是漢武帝本人。他一直琢磨到鉤弋夫人懷孕的第十四個月，終於臨產了。

生下皇子，起名劉弗陵。

直到這時，漢武大帝才說出他對此孕懸疑的長年思考。

他說：「那啥，那個誰，上古時代的堯帝，就是那個四條眉毛，八種顏色的堯，他就是在媽媽肚皮裡，足足呆了十四個月。如今鉤弋夫人所生的兒子，也是懷孕十四個月，這說明了什麼呢？「傳朕旨意，將鉤弋夫人的宮門，命名為堯母門。」

意思是說，堯媽在此。

漢武大帝這個詔旨出來，震駭了一代又一代的儒家學者。到了北宋年間，砸缸的司馬光修《資治通鑑》，寫到這段，不由得擲筆長呼道：「我靠陛下，你想幹啥？那漢宮太子劉據，可好端端的在一邊蹲著呢。還有他的生母，皇后衛子夫，全都在宮裡呢。可是你卻把鉤弋夫人，稱為堯的媽媽，陛下你這是幾個意思？莫非你想造反，推翻太子的正統地位不成？」

被司馬光說著了，漢武大帝陛下，他真的想要造反。

存在著一條隱祕的絞索，疾行如毒蛇，正迅速地向太子皇后集團吞噬而去。這個可怕的計劃，早在十五年前就開始了。這是一盤好大好大的棋，但棋手究竟是不是漢武帝，這個可不好說。

大清洗。

大換血。

於漢武帝的晚年，開始了。

第十七章——噬血狂魔

禁宮妖影

公元前九二年，漢武大帝六十六歲。

連續兩年，漢武帝都在外邊閒逛，他去了幾乎所有能去的地方，名山，大川，哪沒人他往哪跑。就是渴望和仙人會個面。到了這一年，漢武帝老是聞到刺鼻的血腥味，看到一望無際的乾裂農田。

他知道，自己聞到的是渴死於路的百姓屍體味道。以前所到之處，山呼海擁的場面不見了，所行之地，官方驅趕來夾道伏跪的百姓，一個個瘦得宛如人乾，連行數百里，連個略微胖一點的人也見不到，百姓個個都餓得不成樣子。

沒心情了。

漢武帝打道回宮。

「還是宮裡好呀，」他躺在建章宮樓的長榻上，看著宮裡來來往往的少女們，那些女孩個個白白嫩嫩，這才是盛世天朝的模樣嘛。

正看得昏昏欲睡，忽然間武帝眼神一亮，幾乎怔愣地站了起來。一旁的金日磾疾步趨前，攙扶住他：「陛下！」

漢武帝嘴唇顫動著：「金日磾，你幫朕看一下，可是朕的老眼昏花了？」

站在樓上，金日磾放眼望去，頓時變了臉色：「陛下，好像……沒有看錯。」

「可這怎麼會？」漢武大帝失聲叫起來。

金日磾不敢吭聲，再抬頭，就見中華龍門處，有一名男子，身穿長衫，腰佩長劍，施施然走入宮來。只見他淡定從容，悠閒自得，猶如走進自家門一樣的自在。見到路邊的屋舍，他就跳過去，掀開門簾向裡探頭。有時候鑽進屋子裡，不長時間出來，手裡拿只果子拋著玩。

看著這名男子，漢武大帝連聲問：「這人是誰？這人究竟是誰？是誰讓他入宮而來的？朕這宮裡，除了你金日磾，豈容第三個男人進入？」

此人必定是刺客。

是來刺殺朕的！

漢武大帝作出了判斷。

金日磾手忙腳亂，如抱嬰兒一般，順手把漢武大帝的一把老骨頭抄起來，抱著他衝進一間不起眼的屋子，藏在一角，吩咐道：「陛下，千萬不要作聲，臣立即叫侍衛來，抓住那名刺客。」

說叫侍衛來，但金日磾不敢離開漢武帝，生恐再出現其他意外。喊住一名女官，讓她立即傳侍衛入宮，抓捕那怪男子。

等了好久，侍衛們才持劍衝進來，金日磾於樓上指點方向，很快就找到了那怪男子。見侍衛們殺來，怪男子哈哈一笑，拔出長劍，竟與侍衛們鬥起劍來。侍衛們立功心切，群擁而上，十幾把劍「啪啪啪」狂砍，「砰」的一聲把男子手中的長劍磕飛了。那男子也不慌張，又不明原因地哈哈大笑幾聲，躥入樹林之中，侍衛隨之衝入。

侍衛們追出好久，才有一個壯著膽回來稟報：「啟奏陛下，那男子逃入了上林苑。」

上林苑？那地方直通終南山，面積老大了。別說只是一個人，就算是一百頭大象鑽進去，想找到也難。

聞知刺客逃逸，漢武大帝怒不可遏：「傳朕旨意，負責中華龍門的門侯，立即處死。關閉長安城門，給朕派出騎兵，對上林苑進行地毯式大搜索。」

清除衛氏軍政集團

公元前九二年的長安大搜捕，整整持續了十一天。

最終連根毛都沒搜出來。

那怪男子究係何人？他怎麼就進了皇宮？是有人預作安排，還是一起偶然事件？這些懸疑，就成為了西漢史上無解難題，至今無人能說出個名堂來。

但所有人都認定，此事掀開了長安血劫的蓋子，頭一個被送上血腥祭壇的，是丞相公孫賀。

公孫賀出身軍功世家，本來跟朝中任何一個派系都沒關聯。但在衛青勢力崛起之時，漢武大帝為了抬升衛氏一族的社會地位，詔令公孫賀娶了皇后衛子夫的姊姊衛君孺。這樣他就勢不可免地被納入到了衛青軍政集團中。但他是知道朝廷政爭之慘烈的，盡可能地和衛氏集團保持適當距離。

但最終，漢武大帝還是下旨，讓公孫賀擔任丞相。當時公孫賀拚死拒絕，他知道帝國的丞相，不過是個埋人的坑，前面的什麼李蔡、趙周，統統被埋進這個坑裡，屍骨無存。

但是拒絕無效，他所能做的，就是學前任石慶的樣子，嘴巴上掛一大號鐵鎖，打死他也不對朝政吭半個字。

就這樣他勉強地，把自己的劫難向後拖延了一段時間，直到他的兒子跳出來，終止了這個令人氣惱的緘默過程。

公孫賀的兒子公孫敬聲，被人告發擅自動用北軍軍費一千九百錢，下獄。

公孫敬聲，他的母親就是衛君孺，是皇后的姊姊。

瞎子也能看出來，不是說公孫敬聲就一定清白，而是說，有膽子也有證據，敢於告發公孫敬聲的人，顯然是不恤皇后及太子勢力的。

不恤皇后太子的勢力，甚至可以說，告發公孫敬聲，意在皇后太子。如此的來頭，整個西漢帝國，只有兩支力量才具備這種實力。

一個是漢武帝身邊的人。

另一個，就是漢武帝本人。

總而言之，公孫敬聲下獄，急壞了母親衛君孺。她入宮去找妹妹，皇后衛子夫，催著老公快點去找長平侯衛伉。

衛伉是衛青的大兒子，承襲了衛青的爵位。是太子黨的鐵杆支持者——不支持是不行的，血脈相連，骨肉一家，一榮俱榮，休戚與共。

但是這些人坐下來，祕密商議的結果是，情況極度不樂觀。

陛下多年不登皇后的門，這種冷落是一個再也準確不過的信號。鉤弋夫人的宮門被命名為堯母門，這意思誰都明白。

陛下要廢皇后，廢太子！

這究竟是陛下的本意，抑或是陛下身邊那三個人，金日磾、霍光及上官桀暗中搗鬼，無法判斷。但有一件事再也清楚不過：因巫蠱案而慘遭滅門的衛青密友公孫敖，在假死逃亡幾年後，終於被搜捕到，旋即腰斬。這是很明顯的翦除太子羽翼，清除衛氏軍政集團的行為。在這種情形下，輕率行事，激怒漢武大帝，只恐整個衛氏族人全部要遭難。

公孫賀只能自己想想法子，再動動腦子。他的大腦靈智一閃，居然真的想出來個法子。

抓捕朱大俠

丞相公孫賀，面謁漢武大帝。

他伏跪於地，偷眼看著金日磾、霍光及上官桀三個人，大聲說：「陛下，小兒該死，竟然擅自動用北軍軍費，此罪萬萬不可輕饒。然則陛下，敬聲他承襲了臣的太僕職位，長期出入禁中，陪伴在陛下身邊。陛下可是看著他長大的啊。如果陛下開恩，臣願意去捉來行蹤不定的大俠朱安世，以此來贖回小兒之罪，懇請陛下開恩允許。」

漢武大帝一動不動，像是在熟睡中。霍光則揚聲道：「陛下有旨，著公孫賀捕捉朱安世，以贖公孫敬聲之罪。」

「微臣叩謝皇恩。」公孫賀感激不盡，向著霍光的位置「砰砰砰」磕頭。心裡湧起一股暖流，終究是衛霍一家呀，關鍵時候，霍家還是罩著衛家的。

就去追捕朱安世。

朱安世又是哪個？

詩云：「出身仕漢羽林郎，初隨驃騎戰漁陽。孰知不向邊庭苦，縱死猶聞俠骨香。」話說中國武俠文化，源遠流長。這個流長的盡頭，就在漢武帝年間。武俠之人，欽羨的是大俠朱家郭解。後面這個郭解，曾走衛青的門路希望避免移民。而前面的朱家，則是京師有名的大俠客朱安世。

朱家、郭解，同在江湖，理論上都應該與衛青相熟，與遊俠出身的公孫敖，更應是道義之交。公孫敖在李陵事變後，詐死逃亡，九成九的可能，是托庇於京師大俠朱安世的門下。而從中華龍門佩劍入宮的神祕男子，更被漢武帝懷疑為與朱安世相關。

所以，漢武帝親下詔令，命收捕大俠朱安世。但那朱安世，他既然是當世名俠，狡兔三窟這個道理還是懂得的，所以長安城中搜捕甚急，卻始終不見朱安世的影子。

公孫賀的想法是，他替漢武帝解除心腹之患，抓捕大俠朱安世，就可以換回兒子的性命了。

老實說，他這個想法，無論從哪個角度上來說，都顯得相當怪異。漢武帝明顯對朱大俠懷有某種恐懼心理，必欲殺之而後快。公孫賀你既是皇族至親，又是丞相，有能力抓捕朱安世卻硬是不吭氣，直到兒子落難，你才以此要挾陛下。如此一個惡搞法，這豈不是活膩了嗎？

或者是當局者迷，又或者，我們不可對公孫賀的智商抱有多高的預期。總之這傢伙死定了，只是如何一個死法，多少會有些觀賞性的。

實際上，朱安世能與京師頻繁活動，悍然稱俠，正是因為他與朝中權貴，有著千絲萬縷的聯繫。說明白了，朱大俠與衛青也是道義之交，是衛青軍政集團的天然同盟軍，是與公孫賀同一個陣營的人。

正是這樣一個原因，公孫賀去抓朱安世，比別人更容易些。

總之，公孫賀成功地逮到了朱大俠，長鬆一口氣：「唉，這下子我兒子算是沒事了。」

可萬萬沒想到，當朱大俠發現，抓捕他的竟然是公孫賀時，頓時就炸了。

妖夢之宮

朱大俠入獄，他手握鐵欄，正自悲憤：「咦，是哪個鷹爪孫，這麼厲害，竟然抓到了我朱安世？」仔細一看，竟然是公孫賀，朱大俠不樂意了：公孫賀你這個濃眉大眼的傢伙，竟然也叛變了。你忘了咱倆是一夥的嗎？別以為你賣了本大俠就可以求榮，差矣！本大俠也一樣可以賣你，而且還能開個高價！

朱安世於獄中上書，揭了公孫賀兩大罪狀。

罪狀一：公孫賀的兒子，和漢武帝的女兒陽石公主通姦。

罪狀二：公孫賀家施用巫蠱術，埋木偶人於天子的馳道上，詛咒陛下。

單看這兩條揭發的罪證，就知道公孫賀和朱大俠，真的是一夥的。不是同夥，又怎麼可能知道如此私隱的罪證呢？

被控與公孫敬聲通姦的陽石公主，她的生母不知是哪一個。認定這起事件是對衛青軍政集團清算的史學家，堅定不移地認為她的生母就是衛子夫。

不管陽石公主的生母，究竟是不是衛子夫，但有一點，公孫敬聲作為衛皇后的姪子，應該是打小就和陽石公主，還有一個後來被攀扯進此案的諸邑公主一起玩大的。他們是青梅竹馬的兩小無猜，如果孩童時期玩過觸犯禁忌的性遊戲，也不是什麼稀罕事兒。到了成年，這種遊戲成為一種私密的記憶繼續保持，於齷齪皇家也不乏見。

漢武大帝不會對朱安世披露的這起私隱感興趣。

但說到巫蠱之術，就非同小可了。

接獲朱大俠舉報材料的前一夜，漢武大帝作了個夢。

一個非常、非常、非常可怕的怪夢。

那是一個清朗的日子，大白天的。漢武帝正在水池邊安坐，看著宮中的采女們於池邊戲水。不知不覺，他的神思恍惚，就睡了過去。在夢裡，漢武帝正腳踏祥雲，漫遊周天，突然間聽到個尖利的嗥叫之聲。伴隨著這聲可怕的嗥叫，就見風雲色變，慘淡無光，數千名奇形怪狀的木頭人，突然自滾滾黑雲中衝出，以木棍指著他，厲喝道：「你就是劉徹嗎？」

「不……」夢中的漢武帝，感覺到不妙，本能地矢口否認，「朕不是……」

「還敢不承認？」千餘木偶人大怒，「開口就稱朕，你不是劉徹是哪個？」

「啥，不是，這是鬧哪樣……」漢武帝叫聲未止，眾木偶人各自手執木棒，上前照漢武帝不由分說，「砰砰砰」就亂打一氣。

漢武帝，他活了一輩子，也沒被人碰過一根小手指頭。生平頭一次體驗到被毆打的痛感，而且那感覺是如此的強烈，如此的真實，讓他不由自主地慘叫起來：「不要打，不要打我啦……」可是那些詭異的木頭人，表情更加凶狠，一棍又一棍，準確地擊打在漢武帝那脆弱的關節處，疼得他再也忍耐不住，終於……

終於，他從這個噩夢中醒過來了，迷迷糊糊睜眼，就看到金日磾和霍光兩張焦灼的臉：「陛下？陛下的龍體沒事吧？」

「沒……事……才怪！」漢武大帝感覺自己回答了一聲，又昏昏沉沉入睡了。

重返夢鄉，竟然又回到了剛才的那個夢中。漢武帝看得清清楚楚，那千餘名木頭人，正自倒拖了木棍，沒精打采地收工回去。忽然間看到漢武帝，眾木頭人怪叫一聲：「好傢伙，你竟然還敢回來，給我往死裡打……」

「別！」驚駭之下，漢武大帝猛地尖叫一聲，用力一蹦，一下子從怪夢之中，蹦回到了現實世界。

有人在施巫蠱之術，欲謀害朕！

身體被金日磾與霍光同時攙扶著，漢武大帝聽到自己清晰而急切的聲音：

「與朕把這些惡徒查出來！

「殺無赦！

「無論是誰！」

次日，就接到了朱安世大俠舉報丞相施巫蠱的材料。

心如蛇蠍

江充率領軍士，挺立於十字路口。

他來晚了一步。

這戶人家的妻子，此前是楚地人，有私祭的風俗。鄰居報說這戶人家暗中施展巫蠱之術，江充立即率人趕來。但這戶人家已經在官兵到達之前，緊緊地闔上門窗，舉家於屋中舉火，自焚而死。

「可惜了，」江充說，「要是捉到活的，就能供出更多的人來。」

夕陽照在他的臉上，英俊挺拔。他的外表秀美到了無可挑剔，英挺的身材，美麗的五官，純淨澄明的眸子，花瓣一樣柔軟的嘴唇。無論他出現在任何地點，都會引發一片驚歎聲：好一個陽光美少年！

當他獲罪於趙王，逃到京城時，霍光第一時間就發現了他，後來又來了高鼻深目的金日磾，兩人向他說了些此前他萬難想像的話。然後，他們就把他帶到了漢武帝身邊。

見到他時，漢武帝眼睛頓時一亮。他被江充清純的外表、優雅的氣質所打動。陛下一生，最鍾愛不過的，就是江充這種類型的美少年。

陛下是個追求完美的人，他讓江充穿上一身錦衣，並封江充為繡衣使者。這讓他的風格更趨於華麗，引發了無數宮中美少女幽怨的眼神。

霍光告訴他：「現在的他，是陛下的最愛，他可以做任何事，都不會受到責難。」

他不是太相信，決定測試一下。

那一天，他看到甘泉宮的路上，太子的家臣驅車狂奔。這條道，是天子的御用車道。江充當時上前攔住，厲聲喝斥對方，將其交給官吏問罪。

太子劉據得知，親自登門謝罪，說：「江君，我不是愛惜這些馬車，只是不想讓父皇知道這些，那樣的話，父皇會責怪我沒有約束好家丁。請江君恕罪，放了他們，好嗎？」

江充的回答是：「走開！於這長安城，無以數計的生靈之中，我唯一效忠的，只是陛下。」

太子劉據苦著一張臉，連絲毫惱怒之色都不敢流露出來，頹然而退。

他將此事稟報給陛下。陛下說：「你做得對，如太子這般僭越人臣之禮，理應受到管束。」

直到這時候，江充才確信霍光的話。
他的確可以做任何事，可以羞辱太子，羞辱皇后。
甚至可以，羞辱陛下本人。

玩殘陛下這個蠢老頭

接到朱安世告發丞相巫蠱之案，江充入宮。
今天他要做一件事。
羞辱陛下本人。
所以江充帶了檀何。
檀何是一個匈奴人，金日磾向他推薦的。推薦時金日磾並沒有說什麼，但他那雙眼睛，似乎有所寄託。
漢匈之戰，導致了兩個民族難堪的融合，許多漢人被擄到了匈奴，而有些匈奴人，則在漢國安家立業。他們中的許多人，比之於漢人更適應環境，更如魚得水。他們以自己的方式喜歡著這裡，並以自己喜歡的方式，摧毀著這裡。
走近權力中心，江充就深切地意識到金日磾正在做的事情，但他的腦子異常清醒。
在漢國，你可以羞辱陛下，但最好不要惹金日磾。
他帶著檀何走進朝殿，陛下坐在龍椅上，身體如嬰兒般蜷縮著：「江充，可有眉目了嗎？」
「有！」江充聽見自己回答。

漢武帝的雙眼，透出憎恨的光芒：「他們在哪兒？在哪兒？

「朕要問問他們，他們為何如此狼子野心，謀害於朕！」

江充一字一句，冷靜地說道：「陛下，他們在你身後。」

漢武帝發出一聲駭人的尖叫，站在他身後的霍光和金日磾，本能地跳開，又急忙上前攙扶住陛下，兩人轉射過來的眼光，一如往常，幽暗平靜，沒有絲毫情緒化的反應。

江充大踏步走過去，下令道：「請攙扶陛下離開龍椅。」

金日磾和霍光，渾然不明所以地看著他，目光中隱隱有責備之意。但是漢武大帝立即顫巍巍地要站起來，金日磾和霍光無奈，只好攙著他緩步走開。

江充踱過去，繞著龍椅轉動著，以低沉的語調說：「這龍椅，自打放在這裡，就是陛下天賦權力的象徵。縱百年千載，無人敢於冒瀆。今日我江充，為了效忠於陛下，只能置個人性命及九族安危於不顧了！」

說罷，他臉上淚水長流，靜靜地等待著。

金日磾和霍光，面有不以為然之色，但漢武帝立即道：「朕知道了，江充接旨。」

江充立即跪倒：「臣，接旨。」

漢武帝道：「今日之非常之事，卿可放手為之，只要揪出謀逆之奸人，縱有冒瀆之行，自朕而後，概不得追究。」

「臣，叩謝陛下隆恩。」江充慢慢爬起來，突然間兩手抓住龍椅，用力一扭……哎喲，這龍椅竟然是異常地結實堅硬，險些沒把江充的手臂弄到脫臼。

江充沮喪至極，就因為不能擅帶武器入宮，還以為單憑自己的臂力，就能夠劈開這龍椅，豈料……現在全都演砸了，還怎麼下台呢？

幸好漢武帝及時地遞過來一柄金瓜錘：「用這個。」

「謝陛下。」江充接過金瓜，舉起來，照漢武帝的龍椅，「哐」的一錘砸下。咔吧巨響，堅實的龍椅，被砸得綻裂開來。一不做，二不休，江充索性今天把這傻老頭玩死，連續揮動金瓜，咔吧咔吧嘩啦啦，陛下的龍椅，已經被他砸得粉碎。

然後江充收手，胸口微微喘息，為自己的舉動而欽服。縱千秋百代，也不會有人敢像他這麼玩。玩殘這個蠢老頭！

誰叫他處心積慮，一心想害自己的兒子來著？

心裡想著，江充蹲下身，以背對著漢武帝，兩手在龍椅碎片中掏弄著，聽到霍光和金日磾出言安慰蠢老頭，江充知道他們是在替自己打掩護，迅速地伸手入懷，摸出懷裡的一具木頭人，然後把木人舉在手上，並不站起來，沉聲道：「陛下，在這裡了。」

就聽霍光一聲厲吼：「大膽江充，你又如何知道，陛下的御座藏有此物？」

這時候匈奴人檀何該出場了。他適時上前，跪倒：「是小民發現的。」

霍光的聲音，更加凌厲：「你又是如何得知？」

檀何道：「小民居西域時，遇異人習得了讀巫之術。用小民這隻眼睛來看，禁宮上空，瀰漫著濃烈的巫毒之氣。」

原來如此。漢武帝恍然大悟。

《漢書》記載說，江充成功地玩弄了漢武大帝，「入宮至省中，壞御座掘地」。這是中國歷史上唯一一次，當著皇帝面毀掉御座，而且不受追究的記載，江充這貨有此一筆，足矣。

更高的境界是玩皇后

江充說：「方士這東西，膽兒最肥了。昔年秦始皇時，術士方士就把秦始皇玩得滴溜溜轉。如今陛下英明神武，但因為存有求仙之欲，仍逃不過被公孫卿恣意玩弄的結果。你看看那鉤弋夫人，捏兩玉鉤瞪眼說瞎話，硬說自己兩手一十六年沒張開過。十六年沒張開的手，那還叫手嗎？那叫驢蹄子！還敢說自己懷孕十四個月，我呸！懷孕十四個月那是人嗎？那是大象！」

「然。」匈奴人檀何大口地啃著骨頭，含糊不清地嗚咽了一聲。

兩人是在江充私宅的密室裡，四周有軍士把守，任何人也無法聽到他們的對話。就聽江充繼續道：「陛下可憐呀，明知道鉤弋夫人和那個孩子有問題，可非要欺騙自己，有什麼辦法呢？渴慕日久，就以幻為真了唄。」

檀何放下手中的骨頭，瞪眼問：「那孩子有什麼問題？」

江充岔開話題：「富貴險中求呀，公孫卿、東方朔，還有他們那一千多山東老鄉，可把陛下玩慘了。咱們千萬不要學他們。」

「啥？」檀何的眼珠幾欲凸出，「你是說，咱們不要玩陛下？」

江充：「對。」

檀何：「那你砸了陛下的御座，又他媽的怎麼說？」

「我是說，我們不要學公孫卿他們，那麼目光短淺，那麼短期行為，只玩個陛下就算齊活（完全）了。我們是有品味的人，要有更高追求才行，」江充道，「我的意思是說，我們不要止步於只玩弄一個陛下，就驕傲自滿了，就以為了不起了。我們要玩出更高境界，不唯要玩陛下，還要玩皇后。」

「玩皇后？」檀何失聲尖叫起來，「這個我喜歡，我排第一個。」

「排你妹呀，」江充罵道，「皇后雖然地位尊貴，可已經是老眉疙瘩眼了，你要是有胃口，就你一個人上好了。」

「那算了，」檀何繼續啃他的骨頭，「我還是琢磨玩兩公主吧。」

「公主少不了你的，」江充道，「我是說，不要那麼低俗地理解玩弄的含義，不要一想到玩弄就是男歡女愛，品味在哪裡？境界在哪裡？我們玩就要玩出個心跳，看那往日裡高高在上的皇族貴女，在你我的腳下驚恐匍匐，那般的快意與暢爽，豈是公孫卿一類鄉村俗夫所能享受得到的？」

檀何把骨頭啃完，順勢在胸前抹了抹油膩膩的雙手：「這個我也喜歡。跟你說句老實話吧，自打凶悍的漢軍，把我和我的家人從大漠強行擄來，我就等待著這一天。這就是我留下來的目的，也是我生命的意義。」

江充眼睛眨了眨，道：「這難道不也是金日磾，寧不惜殺死自己親生兒子，也要達成的最後目的嗎？」

檀何轉過臉，不與江充的眼睛對視，嘟囔道：「我不知道，我只是個卑微的望氣士，只是知道何處埋有詛咒陛下的木偶人而已。」

被凌辱的皇后

巫蠱一案，宮中人人膽寒，生恐被無端牽扯進去。被漢武帝冷落已久的太子劉據，更是戰戰兢兢，早早守候在漢武帝寢宮門外。

黃門太監蘇文搖搖晃晃走了過來，太子急忙賠笑道：「蘇黃門，請容奏報陛下，就說……」

「哼，」蘇文的屁股一扭，扔下一句，「僕可不是那麼好糊弄的。」不理太子就進了寢宮。

寢宮裡，漢武帝正半躺半坐，讓個宮娥捶腿，見蘇文進來，嘀咕了聲：「誰在外邊呀，這麼不安生的。」

「是太子，」蘇文奏報道，「陛下，太子正和幾個宮女追逐奔跑，追上了就按倒在地，掀起裙褲打屁股。」

漢武大帝「唔」了一聲：「現在的孩子，真會玩。傳朕旨意，給太子宮室，增加兩百名宮女。讓他們玩到嗨吧。」

蘇文的臉色變了變，續道：「陛下，僕斗膽向陛下提請個要求。」

漢武大帝：「滾。」

蘇文：「謹遵陛下聖旨，那麼僕就依陛下的旨意，引江充和那個叫檀何的胡人巫師入宮了。」

漢武大帝：「對了，巫蠱之事，昨日江充破了朕御座中的妖術，朕的精神好多了，但還是有些心思不寧。叫上按道侯韓說、御史章贛，你們今兒個給朕，把這宮裡的妖氛，一掃而空。」

蘇文：「僕謹遵陛下旨意。」

走出門來，蘇文斜睨太子一眼，故意說：「哼，老糊塗了，剛說出來的話，好比放的屁，屁股一扭就忘。」

太子明知道他在辱罵漢武大帝，可根本不敢說破。因為漢武大帝根本不信他的話，說出來只會惹禍上身。只能是僵硬地對蘇文賠笑。

蘇文叱了一聲：「站在這裡幹什麼？回太子宮啊，等著搜查巫蠱吧。」

太子驚心喪膽，趕緊回宮等著。這邊江充帶著檀何，搖搖晃晃地入宮而來，蘇文跑來，稱陛下有旨，讓他給二人引路。這群人氣勢洶洶，徑奔皇后衛子夫的後宮。

衛子夫，她十三歲那年，於平陽公主府中遇到漢武帝。隨後她為漢武帝生下太子劉據，寵幸一時，得到的是哥哥衛青的不世功業。眨眼間，她已經六十三歲了。

她至少已經三十年，沒見到漢武帝了。她和漢武帝之間的關係，還不如隨便一個陌生人來得親近。

年華老去，容顏仍在，只是支離憔悴，睹之心酸。

江充等人冷冷地打量著衛子夫，在心裡鄙夷這個老女人，太老了，啃不動了。但她終究貴為皇后，玩死她，未嘗不是件快樂的事。

於是檀何仰天望氣，不停地用鼻子嗅著：「妖氣，好濃的妖氣。此地有巫蠱，就埋於這地面之下。」

衛子夫變了臉色，眼看著美貌的江充把手一揮：「給我把巫蠱挖出來！」

先從衛子夫的床榻之下挖起，看著她那張青白不定的臉，三人心中說不盡的快意：「老女人，你也有今天？往日裡不拿正眼看我們的威風，哪兒去了？」

衛子夫的床榻下面，被掏了個深深的大洞，江充叫了聲停，跳進洞裡。一邊假裝在泥土裡掏掏摸摸，一邊伸手去拿懷中帶來的木偶人。已經拿出來了，可是他心裡突然一緊，莫名地害怕起來：這可是皇后呀，她的哥哥可是當年縱橫大漠的大將軍衛青，還有少年英雄霍去病……對了，霍光可是霍去病的異母弟弟，說到底也是衛家的人，和皇后那可是同氣連枝。如果自己真想陷害皇后，萬一霍光不允，陛下再將此案交給其他官吏處理，自己可就完了。

他用顫抖的手，顫顫巍巍地再把木偶人塞進懷裡。恐懼讓他的身體僵硬，艱難地咽了口唾沫，他抬起頭，衝檀何喊了聲：「這裡沒有！」

「沒有？」檀何樂了。他想，對頭，就是這麼個玩法，皇后的寢宮，單只挖這麼一個坑怎麼夠？要把皇后的寢宮，挖成一個大泥沼，那才來情緒。

於是檀何現出一臉高深狀：「啊呀，這妖法好生凶猛，那巫蠱之人偶，竟已修練成了能夠於地下穿行。此物已成氣候，若再享有血食，就連我也制它不得了。現在此物遁至西南方位，繼續挖。」

西南為坤，是皇后的廁所方位，江充知道檀何在戲弄自己，可又不敢露出怒色，捏著鼻頭跳進去，掏摸一陣，仍然說沒有。

大半天的工夫，衛子夫的寢宮，到處堆滿了泥土，到處是深坑，床榻家具等器物，只能堆在泥土上。雖然人人氣憤，但始終未見巫蠱挖出，這讓宮中人稍感放心。

所有的地方全都挖過了，江充仍然說沒有。檀何就有點困惑了，轉念一想：對頭，要玩死皇后，偏偏今天就不把木偶挖出來，反正木偶捏在江充的手裡，想什麼時候拿出來，就什麼時候拿出來，要的就是沒挖出來卻害怕挖出來的這股子勁。就是要讓你在忐忑不安的痛苦中煎熬，這可比一刀宰了你，有品味多了。

於是檀何突然大叫一聲：「快看，地面上那道白光，正是妖祟之物土遁而逃的蹤跡，你們看清楚了沒有，向那邊去了。」

順著檀何的手指方向一看，黃門太監蘇文大喜：「那邊是太子宮！」

劉玄德先祖佚事

太子宮裡，江充一夥興致勃勃，依皇后的寢宮依樣炮製，從床榻直挖到廁所，每一寸土地都掘出來看看。這個過程中，太子也一如皇后衛子夫，茫然束手呆立一側，除了臉皮青白不定，連絲毫的抗拒意識都沒有。

皇后那邊，江充沒敢把懷中的木偶人拿出來，到了太子這邊，同樣也不敢。沒有挖出木偶人，皇后和太子有種劫後餘生的感覺，相對泣下，卻不敢哭出聲來。

江充等人移師其他宮人的房間，這回他可就不客氣了。原則就一條，看哪個宮女不順眼，讓他不舒服，那就地面上掏個洞，他從懷中掏出木偶人來。這宮女就立即拉出去斬殺。

一段日子以來，江充和檀何這一雙玩帝搭檔，縱橫宮中，共指控數百名宮女暗施巫蠱。這些宮女統統滿門抄斬。

接下來，是朝中大臣及公主們，許多大臣遭受了無妄之災，被捲入巫蠱案滅了門。搜到了公主們的府邸，陽石公主已經在大俠朱安世的揭發檢舉材料上，挖不挖坑，都改變不了她的命運。

但值得一提的是，除了陽石公主外，此案還搭上了諸邑公主。據目前的資料，漢武大帝留下名姓的女兒，一共有五個，這次一股腦兒弄死倆，最疼愛的衛長公主被嫁騙子欒大，欒大因瞎忽悠被腰斬後，衛長公主不知所蹤，估計不會太開心。另有一個鄂邑公主，將會在漢昭帝年間因謀反被殺。

總之，漢武大帝，一次性地把自己的女兒，差不多全消滅了。

他就是這樣的冷酷，視自己為天上地下唯一的主宰。若非是如此刻薄的個性，也不至於讓匈奴人痛苦萬分。無論是誰遇到了他，都不是件愉快的事兒，如果一定要有個敵人，千萬不要是他。絕滅親情，一意孤行。

這才是漢武大帝！

兩個公主，丞相公孫賀父子，這幾個人遠不足以剪除太子的羽翼。所以此案發展到最後，大將軍衛青的大兒子衛伉，也一併被殺掉。

殺了公孫賀之後，給朝廷帶來個新麻煩——沒得丞相人選了。

漢武大帝時代，是人才輩出的時代。名臣賢士，如過江之鯽，數不勝數。但這些人才並非是出在漢武時，而是文景之治的碩果。漢武大帝占了個武字，這就意味著他沒耐心培養新一代的人才，但他有眼力，會用人。可是他又太苛刻，稍有點不順心就誅殺。自打他十六歲登基，殺了近五十年，人才這東西又不是韭菜，你割一茬長一茬，人才的培養往往需要幾代人的時間。

實際上，到了連公孫賀這種貨色，居然也出任丞相，就已經是無人可用了。但漢武大帝連這個拿來湊數的都容不下，哪裡還有繼任人選？

沒有人選不要緊，這難不住漢武大帝。

他找來一個大名鼎鼎的人物。

劉屈氂！

劉屈氂又是哪個？

劉屈氂，皇族，他的爹，是中山靖王劉勝之後——等到三國時代，大耳朵長胳膊的劉備劉玄德，天天掛在嘴上的一句話就是：某乃中山靖王劉勝之後。

以劉屈氂為丞相，還有一個原因，他與衛青軍政集團毫無關係，甚至可以說是勢同水火。因為他的兒子，娶的是李廣利的女兒——於是我們就知道，劉屈氂也要慘了，他就是個要被卸磨殺驢的主兒，那李廣利的妹妹李夫人早已死掉，李延年滿門抄斬，李廣利長年征戰在外，朝廷卻死活不給他配備後勤運輸系統，擺明了是想搞死他。

總之，這裡邊有個周密的安排，先借李廣利陣營的力量，清除衛青軍政集團，然後再卸磨殺驢，誅除李廣利陣營。

怎麼看這個任命，都不像是漢武大帝做出來的，而像是匈奴大單于的布局。再想想侍立在漢武帝身後，始終一言不發，甚至搭上兒子性命也在所不惜的神祕人金日磾，就知道這個布局的出現，實屬情理之中事耳。

瞧你那張蠢到無辜的臉

掃滅了宮中的巫蠱之患，再重新安排了朝廷的政務人事，漢武大帝精神飽滿，一度又動了巡遊天下，尋覓仙人的心思。

啟程甘泉宮。

抵達甘泉宮，漢武帝落車，忽然間只覺得天旋地轉，身體搖搖欲墜。幸好霍光和金日磾寸步不舍地攙扶著他，他等於是被這兩個忠心的臣子，抬入到甘泉宮中的。

一病不起。

江充聞訊趕至，緊張地等候在宮門外。但霍光和金日磾，始終未出宮門半步，只有被傳喚來的太醫，臉色憂慮地匆忙奔行。

等了很久很久，江充百無聊賴之際，看到了他的搭檔，胡人巫師檀何，忍不住小聲嘀咕道：「這糟老頭子，真不抗玩。這才玩幾天呀，就給玩壞了。」

檀何適時接道：「這糟老頭子被玩死當日，就是你的死期了。」

江充怒道：「關老子屁事，就算是殉葬，也是霍光、金日磾和上官桀他們仨的事兒。」

檀何歎息道：「江充，你到底有多傻？你這顆漂亮的小腦瓜裡，到底進了多少水？這糟老頭咽氣當天，太子就是皇上了。你在甘泉宮道上喝斥過太子，又把太子宮和皇后寢宮，挖得滿面瘡痍溝壕遍地，連皇后的廁所你都給掏了個爽快。你想當太子登基之時，第一個要殺的人是哪個？」

當時江充鼓起牛大眼珠子，望著檀何，大張著嘴巴，卻說不出話來。

檀何斥道：「還愣著幹什麼？趁這糟老頭還沒咽氣，趕緊繼續追查巫蠱案呀？糟老頭突然病倒，這可不是無緣無故的事兒，分明是有人暗施巫蠱，詛咒糟老頭。就連我站在這裡，都能看到長安城的皇宮上空，籠罩著大片大片的妖雲，你就看不出來？」

「可是……」江充遲疑著，把他的擔憂說出來，「我們如此逼迫太子，那霍光他……他會允許嗎？」

檀何厲聲道：「說你傻，你就是沒腦子！他若不允許，你又怎麼會在這裡？」

「不是……」江充結結巴巴地道，「你和金日磾這麼幹，我能理解，畢竟你們是匈奴人，報仇復國把戲的，這種事總歸是要幹的。可霍光，人可是地地道道的大漢子民，又與皇后太子有著千絲萬縷的關係，他這麼做是為了什麼呢？」

檀何斥道：「瞧你那張蠢到無辜的臉，這跟匈奴人漢人有個毛線關係？重要的是權力！作為皇帝身邊的人，必須要保證皇帝的年齡，或者是老朽不堪，或者是年幼無知。鉤弋夫人為何要挑這節骨眼上入宮？因為她要給大家生一下小皇帝，只有小皇帝，才是大家最需要的。而今太子偌大年紀，他又肯聽誰的話？別問她為什麼會懷胎十四個月，該問的是你怎麼還沒完成大家寄望於你的工作？」

江充如夢方醒：「照這麼說，金日磾和霍光允許我接近陛下，就是這麼個布局了？」

檀何陰聲道：「你就是條獵狗，獵狗養來就是捕捉獵物的。如果你不肯捕捉，那麼燉在鍋子裡的，就是你！」

「不是他死，就是我活！」江充一咬牙，「走，我們繼續追查巫蠱案，這一次，太子必須要為他的存在付出代價！」

從黃老之術到縱橫家

江充帶著檀何，聯繫上一次漢武大帝指定的搜查官員，按道侯韓說、御史章贛等，重返皇宮。小黃門蘇文接著喜滋滋地帶著這支搜捕小分隊，徑奔太子宮。

上一次沒有挖出巫蠱來，太子的情緒穩定了許多。他笑吟吟地引導著這些人，繞過土包和泥坑：「說吧，這次要從哪兒挖起？上一次挖出來的泥土，還沒有掩埋呢。」

江充心裡倒吸一口冷氣：太子拒絕填埋上一次挖掘出來的土坑，這說明了什麼？說明太子在記恨自己，等待登基後算帳。幸虧聽了檀何的話，否則……他跳入一個土坑中，蹲在裡邊，從懷裡掏出來鼓鼓囊囊一個包裹，包裹裡邊，全都是木偶人，還有幾幅自己寫的帛書，內容無非不過咒罵漢武大帝該死。

捧著這堆東西出來，江充向隨行的官員韓說、章贛說道：「你們看清楚了，這些都是太子宮中掘出來的巫蠱之物，許多的木偶人，還有寫有大逆不道言論的帛書。我請求你們做個公證，以便將這些東西呈報給陛下。」

兩名官員過來，仔細驗看，說：「我們公證，這些東西的確是木偶人，以及大逆不道的帛書。」

韓說和章贛，自以為聰明，只證明眼前這些東西的存在，並不證明其來歷。但這是什麼時候？火山爆發前夕還要玩這詭詐，只會把自己裝進去。

「好，那我們去甘泉宮面謁天子。」江充帶著大家，興沖沖離開。

一旁的太子劉據，都看傻眼了，他茫然地追出幾步：「這，這這這，這是怎麼回事呀？上次還沒這些東西呢，這是從哪兒冒出來的呀？」

江充等人已經拿太子當死人了，看都懶得看他一眼。太子惶急，飛跑了去找他的老師問主意。

太子的老師，這個職務叫太子少傅。

此前，表演型人格的卜式，曾因失歡於漢武大帝，被扔到太子這裡做少傅。敢情漢武大帝拿太子宮，當垃圾桶了。此後卜式消失於歷史之中，不知是任期到了免職，還是被趕走了。現在太子的老師，叫石德。

石德，他爺爺就是江湖人稱萬石君的石奮。漢武大帝年輕時，石家人屬於太后政治陣營，精研黃老之術。石家的黃老之術，說透了就是，遇到事情時，一個字也不要多說。總之是遇事就躲，所以漢武大帝獲得權力之後，並沒有清算石家人。

石德的父親，就是在公孫賀之前，出任丞相並在位上罕見壽終的石慶。石慶承襲父親衣缽，當了丞相之後認準一個理，遇事堅決不說話，哪怕被漢武大帝罵死，也堅決不吐一個字。所以他這個丞相，竟能平安老死。

石奮到石慶，連續兩代承襲黃老，但到了孫子輩的石德，他叛變了。他不習黃老，卻精研縱橫心法，是太子身邊的縱橫家。

實際上，石德有可能是當時唯一頭腦清醒的人，他明晰地判斷出了正在發生的怪事。聽了太子的話，石德立即指點道：「趕緊，你趕緊，自己寫張紙，就說是聖旨，立即把江充等人抓起來，嚴刑拷打，弄清楚他們究竟想幹什麼。」

太子大駭：「這豈不是造反嗎？」

石德道：「造個屁反，告你說，陛下這麼大年紀，臥病甘泉宮，鐵定已經死了，這是奸臣矯旨。你如果不抓緊時間動手，你就是下一個扶蘇！」

太子：「扶蘇……」

石德：「對頭，扶蘇，秦始皇的大兒子是也。始皇出遊而死，小兒子胡亥假造聖旨，逼迫扶蘇自殺。扶蘇那傻瓜問也不問，就立即抹了脖子。太子，別告訴我你要學他。」

從黃老的清靜無為，一步跨越到縱橫天下，石德老師的這個策劃，如果他爺爺和爹爹聽到，肯定會當場嚇死。太子膽大，只嚇了個半死，曰：「唉，石老師，問題是我父皇那叫一個凶殘，連他最喜歡的女兒們，說殺就殺，眉毛都不帶眨一下的。你說起兵，這萬一要是……總之，老師你就沒個正常點的主意了？」

石德笑道：「孩子，正常主意，對正常人類是有效的。可是拜託，你爹他是正常生物嗎？蓋非常時期，行非常之事。你到底有沒有能力成為天下之主，就看你現在的決心有多大了。」

「讓我再……想想吧。」太子左右為難，舉棋不定。

太子大起兵

太子這邊拿不定主意，然而江充卻迅捷如雷霆，已經將太子宮中掘出木偶的事件，通報了負責刑案的官吏。門客跑來稟報說，捉拿太子的官吏，已經在路上了。

這真是走投無路了。石德老師的行險之招，竟然是太子唯一的選擇。

公元前九二年的七月初九，太子升殿，叫來宮中豢養的門客死士：「你們幾個聽著，拿著這把劍，本宮奉陛下聖旨，收江充等一干奸邪。」

大家跟著太子，琢磨的就是以後他是天子。可這些年來，太子宮被蘇文那些奸人，壓得氣都透不過來，大家窩老火了。此時接到這假聖旨，頓時意氣風發，雄赳赳氣昂昂上路了。

先收江充，門客於路上攔住他：「陛下有旨，繡衣使者江充，有負朕之所望，奢驕橫侈，不守法紀，著交有司問罪。」不由分說，當場把江充和胡人巫師檀何拿下。

參與現場公證的御史章贛，也未費吹灰之力，立時收押。

但到了按道侯韓說，這廝卻不是個省油的燈。假聖旨才念到一半，他就狂跳起來，大喊：「矯詔，這是太子矯詔，太子你莫非真要謀反不成？」

你怎麼這麻煩？太子派出的門客，氣惱之下，抽出劍來，照韓說腦殼啪啪啪一通狂拍，把個韓說活活拍死了。

見到江充，太子恨得跳過來，沒頭沒臉一通狠揍：「江充，你個無恥小人，我招你惹你了？你處心積慮地想要害死我？你不就是喜歡害人嗎？我讓你害，讓你害……」不由分說，當場把個江充斬殺。

「殺得好，」檀何在一邊解氣地道：「自從陛下讓這廝入宮以來，他就揣摩陛下的心思，大興冤獄，從京師到三輔地區，從長安城到各郡國，被他冤殺的人不少於幾萬人。許多人都是嚴刑拷打而死，慘不忍睹呀。」

太子斥道：「你還說，沒有你為虎作倀，江充他一個人也做不了這麼多的惡。來呀，給朕把這條害蟲，架到上林苑炭烤。」

檀何於烈火濃煙中，忽然間他展顏一笑，說：「吾本胡人，浪跡中原，竟爾玩死兩個公主，此誠人間快事爾。」言訖，死之。

太子顧不上跟這廝扯皮，先派人向皇后衛子夫報信，然後打開庫府，向自己的支持者分發兵器。並派門客深入長安城大街小巷，號召百姓們拿起武器，保衛他們的新天子。

頓時長安城就炸了，老百姓們奔走相告：「聽說了嗎？太子造反，起兵攻打陛下！」整個長安都嚷動了。

是真的嚷動了，城中宮中，一片混亂。黃門太監蘇文察知事變，立即飛逃出宮，於甘泉宮官道上發足狂奔。

蘇文是最早跑來報信之人。金日磾和霍光，第一時間把這個消息，通報給了病榻上的漢武帝。漢武帝聽了，老淚縱橫，說：「怪朕，這事要怪朕。是朕太寵著江充了，他把太子欺壓得，都沒個人形了。叫個人去一趟，叫太子過來，朕跟他解釋解釋。」

「遵旨。」金日磾與霍光同時出來，叫過來一個人，吩咐道，「你，去長安城召太子，嗯。長安城中，現在一定是很危險，嗯，你懂的。」

「小人懂的。」那人既然是金日磾與霍光的親信，對於眼前正在發生著什麼，心裡明鏡也似。當即打馬離開甘泉宮，途中離開大道，向著有炊煙的地方行去，忽見路邊田中，有個村婦正在耕種，他急忙策馬過去：「妹子，讓哥哥樂一個，哥哥這裡有白花花的銀子……」

稍頃，田野之中，出現一幕場景，一群農夫村婦，手持鋤頭追打著這個傢伙。這廝在田野中跌跌撞撞地逃，多次栽倒，吃農夫們的鋤頭砸得滿臉開花，但這廝最終成功地逃到了自己的馬匹旁，爬上去逃掉了。

逃出來後，他就返回甘泉宮，一進宮門，就「撲通」一聲跪倒，失聲嗚咽起來：「陛下，小人無能，沒辦成陛下交給的任務……」

「咋的了？」霍光替漢武帝問道。

「嗚嗚……」那廝哭道，「太子不知是怎麼了，帶了好多人在城裡打打殺殺，小人去傳旨，卻被太子下令追殺，幸虧小人逃得快……」

漢武大帝鬱悶了：「這麼說，太子真是反了？」

正在這時，長史逃到了甘泉宮，稟報說：「陛下，不得了了，太子他於長安城中起兵，扯旗造反了。」

漢武帝大怒：「劉屈氂在哪裡？」

長史道：「陛下，太子率兵殺到丞相府，丞相逃了，連官印和綬帶，都被太子軍繳獲了。」

「無能！」漢武大帝怒極，「昔周公殺管叔蔡叔，手軟了沒有？沒有！

「傳朕旨意，關閉長安城門，調集天下兵馬，殺盡城中造反之人。

「不管他是誰！」

皇后之死

長安城中，太子與漢武帝的大對殺，開盤了。

漢武帝這邊出戰的是丞相劉屈氂，太子那邊是親自出馬。雙方對決之前，各自頒發詔書，召天下各地兵馬，趕來勤王。

各地兵馬接到這兩封相互敵對的詔書，陷入了嚴肅的思考之中。

他媽的，皇上跟太子鬧掰（決裂）了，應該支持哪一個呢？

該支持哪一個，要看權力的規律。

權力不認道理，只認現實。

現實就是，漢武帝還趴在龍椅上，他一天不咽氣，太子就一天不是皇帝。

那就不理太子了，他愛死不死，才不管這麼多。

太子徵召不來兵馬，悲憤之下，就深入長安四市，號召市民拿起武器……數萬老百姓，被編成隊伍，拿著武器跟在太子後面，行至太子宮西門，正遇丞相劉屈氂，率正規軍惡狠狠地殺來。

「與朕殺呀！」太子揮起長刀，「為了正義，為了我們共同的未來。」

「殺呀！」劉屈氂的軍隊衝過來，雙方開始「劈里啪啦」開打。

殺了一天一夜，長安街頭，屍體堆積，血流如海。但大家還不過癮，繼續拚殺下去。

殺了兩天兩夜，三天三夜……一直殺到五天五夜，太子才感覺不對勁：「咦，我們的人馬在哪裡？怎麼四周殺來砍去，全都是砍我們的人？」

「那啥，」門客告訴太子，「咱們的人，一半人，把另一半人砍死了。剩下來的一半，都投降了丞相，現在正圍著咱們砍呢。」

太子思考道：「莫非，現在是戰略轉移的時候了？」

殺了五天五夜，太子這邊眾叛親離，只好向著覆盎門狂奔。

守門人叫田仁，他開門放太子逃走。丞相劉屈氂隨後殺至，發現田仁放走了太子，大怒，就要殺田仁。

這時候，旁邊出來個御史大夫暴勝，曰：「太子，是陛下的骨血，豈是可以隨便亂殺的？再說田仁他是正規官員，就算要殺，也要先行稟報陛下。」

劉屈氂就住了手。可沒過一會兒，漢武帝的詔旨就到了，指責暴勝說：「暴勝，丞相履行他的職責，殺造反之人，你誰呀？竟然敢攔住？」

這道詔旨，當時就把個暴勝嚇壞了。

他害怕，倒不是害怕漢武帝發威，而是他阻攔丞相殺田仁，不過是剛剛一會兒的工夫，可這麼快斥罵他的詔旨就到了。

這說明，甘泉宮中，有人始終死盯著這邊。

那人是不是漢武帝本人，不好說。但這從甘泉宮來的詔旨，憤怒的情緒及恐怖的權力，卻是實實在在的。

恐懼之下，暴勝當場自殺。

當日，甘泉宮收回衛子夫的皇后印璽和綬帶。

衛子夫當場自殺。

追殺太子

對太子的追殺，仍然在持續。

太子所有的門客隨從，統統處死。隨太子起兵的，一概滅族。被太子強迫起兵的，流涉於敦煌郡，從此替陛下守護邊關。

長安城中，大搜捕進行中，風聲鶴唳，十室九空，家家戶戶都有在這場大戰中死掉的人。黑沉沉的天空，籠罩著一片愁雲慘霧的哭聲。

太子帶著兩個兒子，逃到了湖縣。

一戶農人收留了他。

農人說：「太子，你寬厚仁慈，日後必然是個好皇帝，就放心藏在這裡吧，我們全家拚了命，也會保護你的。」

太子說：「謝謝，只是……你家裡的飯菜，我有點咽不下去。」

農人道：「太子自幼錦衣玉食，自然吃不慣我們農家的粗糧。這樣好了，我把家中的鞋子賣掉，給太子買點好吃的。」

太子說：「這倒不用，我在這湖縣有個朋友，聽說他家裡好有錢，你去悄悄告訴他，讓他接我到他家。」

農夫擔心地問：「太子，那人可靠嗎？」

「可靠！」太子道，「我雖是太子，但始終視他為知己，你想可靠不可靠？」

「我聽著有點懸……」農夫擔憂地說。

讓農夫說著了，太子一聯繫知己，知己大喜，第一時間向官府舉報了。於是當年的八月初八，一隊捕吏興沖沖趕來，捕殺太子。

帶隊的，是新安縣令史李壽，還有一名捕快，名叫張富昌。之所以提到後面這個人的名字，因為他是當先踹門的。

張富昌一腳踢開門：「太子出來，跟我們去衙門問話，你無權保持沉默，無論你說話不說話，你都有罪……」

院子裡的農夫立即操起鋤頭：「全家人來呀，保護太子，他將來肯定會是個好皇帝的……」為了保護未來的好皇帝，農夫全家人操起鍋瓢，大戰捕吏，須臾死盡。

李壽率捕吏們進入房間：「太子出來吧，別躲了……哎喲，太子懸樑自盡了。」

趕緊把太子解下來，做人工呼吸。

李壽正手忙腳亂，搶救太子，捕吏突然一拉他：「長史快看，那邊還有太子的兩個兒子，都是皇孫……」

李壽：「掐死！」

「不是……幹嘛要掐死皇孫？」

「他爺爺害慘了天下人，這兩個東西長大，鐵定也是百世不遇的禍害，趕緊掐死省心。」

朝廷接到湖縣奏報：「保護太子的農夫全家並兩名皇孫，於捕鬥中悉數被殺，太子懸樑自盡，搶救無效。」

太子死了，但他還有一個孫子。

太子的孫子，就是漢武帝的曾孫。這小嬰兒出生就被關進大獄，他的啼哭之聲，是解讀這起震駭歷史大謎案的關鍵。

長安獄

太子造反，是漢武帝晚年最大的案子。

不可能有比這更大的了，太子大戰陛下，比這兒更大的，只能是陛下大戰外星人了。

因此捕獲涉案者數萬人之眾。

這麼多的囚犯，要一個一個地審理，重罪者殺，輕罪者流放。法律面前，每個罪人都是平等的，不可以掉以輕心。

甄別工作繁複而巨大，現有官吏，根本忙不過來。

就只能徵召有罪的官吏、被罷免的官吏，甚至有刑案經驗的人士共同參與。

於是一個因罪被罷免的廷尉右監丙吉，又被召回來繼續發揮餘熱。

丙吉到了長安獄，和昔日的老朋友打過招呼，就見幾個刑吏從獄門走出來，嘀咕道：「這個人犯，是所有案犯中罪行最嚴重的，也是嘴巴最牢固的。我敢打賭，咱們這裡，沒人能夠讓他招供。」

說到這裡，幾名獄吏斜睨著丙吉：「丙吉你看什麼看？就你那副德性，更沒能力讓他招供。」

「我怎麼就沒能力？」丙吉大怒，「案子這種事，你懂的，就是個和風細雨，就是個動之以情，就是個曉之以理，就是個家屬喊話，就是個政策攻心，就是個……你把這個人犯交給我，看我怎麼讓他感動得涕淚交加，哭喊著要求招供。」

眾獄吏大喜：「好，丙吉，咱們說定了，現在這名人犯移交給你，你若不能讓他開口，這輩子你就甭接新案子。」

這扇門，丙吉失足踏入，從此終生再也沒接案子。

意想不到的犯人

丙吉進門，先以愉快的聲音打了個招呼：「嗨，中午好，吃了沒有？」

然後他看到了人犯。

然後他一屁股坐在地下了。

然後他破口大罵起來：

「陛下，你親娘祖奶奶！這是你剛剛出生的曾孫子啊，是你的骨血啊！連吃奶還沒有學會，你就把他送入死牢嚴刑拷打，打你妹呀！一個剛剛出生的嬰兒，你就把他的媽媽擄走，發配給新貴為奴，反誣這沒奶吃的嬰兒謀反，謀你媽蛋反呀，你家的反是這樣謀的嗎？」

躺在冰冷地面上的，是太子劉據剛剛出生的小孫子，未來的漢宣帝。

現在，嬰兒時態的漢宣帝，已經是餓得奄奄一息，連哭的力氣都沒有了。

丙吉急忙把嬰兒抱起來，嘀咕道：「我得逮個善良又有愛心的女犯人來，可不能讓小嬰兒餓死，好歹是條人命呀。」

此後四年，丙吉就在長安獄中，守護著未來的漢宣帝。四年而後，他將迎來自己人生中最大一場戰役，迎戰瘋狂昏聵的漢武帝，保護未來的漢宣帝，與殺手死鬥於長安大獄。

第十八章——最後的陷阱

子貢先生放了個屁

公元前九一年，由衛青所蔓延的軍政勢力，被連根拔起，徹底剷除。

下一個目標，李氏集團。

李氏集團，指的是那位病重時不許讓漢武帝看到她憔悴容顏的李夫人，及其在朝政中的蔓延勢力，李廣利。

事實上，相比於衛青軍政集團，朝廷對李氏集團的剷除，向來是不屑掩飾的，甚至可以說是明目張膽，迫不及待。前者，李廣利遠征大宛時，朝廷就以荒誕罪名誅滅了他的弟弟李延年全族，目的再也明顯不過，就是逼迫李廣利造反，以便著手誅殺。

但李廣利咬牙不造反，朝廷也沒法子，所能做的，只是堅決不給他配備後勤糧草運輸系統，希望他兵行絕地，死在沙場上。

但李廣利非但沒死，還在極其艱難的條件下，打下了大宛。這畢竟是漢國對外的光榮勝利，在這方面，朝廷並沒有虧待李廣利，該封侯就封侯，該給女子金帛，一樣也不少。

只是，仍然不給配備糧草運輸系統，期望李廣利死的欲望，越來越強烈。

公元前九〇年，六十八歲的漢武大帝，為李廣利布設下了最後的陷阱。

說到這裡，我們就面臨著這樣一個尷尬的問題，誅除衛青集團，連自己的女兒孫子都不放過，又不間斷地設伏布局，坑殺李廣利。漢武大帝，他究竟在幹什麼？

縱然是再有學問的史學家，遇到這個問題，也會笑瞇瞇地去洗手間，而且多半情形下還會走錯門。

解答不了，一逃了之。

為什麼就解答不了呢？

因為，晚年時代的漢武大帝，他的個人意志，與身邊的親信霍光、金日磾等人的意志摻雜在一起。這種意志或是意願，都是抽象的思維式存在，沒人能夠從每道政令中，將這諸多混摻的多方面意願，逐一拆解開來。

簡單說就是，很多情形下，你無法弄清楚，究竟是漢武大帝在主事，還是霍光和金日磾在擺攤賣他們的私貨。

理論上來說，大事必然要經過漢武大帝本人的首肯。諸如追殺太子，逼死皇后，滅除公主，下皇孫於大獄等等。

但要命的是，所謂大事，不過是諸多小事匯聚奔流的最終結果。當最終的結果到來，縱然是漢武大帝，也只能接受既定的宿命。

總之呢，情況就是這麼個情況，漢武大帝太過於隨心所欲，拒絕任何制度性約束。一旦他不喜歡某個人，比如說不喜歡太子及皇后時，諸多奸小就會乘虛而入，齊心合力，把事情推到一個失控的狀態。

春秋年間，孔子最優秀的弟子之一子貢曾經曰過：「是以君子惡居下流，而眾惡歸焉。」

把子貢的話，翻譯成正常人類都能讀懂的白話文，意思就是：「牆倒眾人推！」

具體到太子及皇后衛子夫的遭遇，悲劇的根源始自衛青時代。衛青當然是位偉大的將軍，但在他受寵之時，他的優點被擴大，他的缺點被縮小。他的正確被銘記，他的錯誤被忽略或忘記。於是乎，一個近乎完美的英雄出現了，他沒有缺點只有優點，沒有錯誤只有正確。為了塑造這樣一位英雄，帝國傾盡了財力與人力，李廣家族三代人的血，就是為了這個營建過程而付出。

但等到走過他的巔峰時期，人們對他的要求突然間變得苛刻起來。這時候，他的優點被縮小，他的缺點被放大。他的錯誤被銘記，而他的正確，卻被人刻意忽略或忘卻。他仍然是他，但評價系統發生了本質的轉變。此前他一點點的小成績也會贏得萬眾歡呼，現在，縱然是他付出再多做得再好，評價者對此也無動於衷，只是執著地抓住他的枝節不放，直到這個人徹底崩潰為止。

所以子貢先生曰：「君子惡居於下流。」

意思是說，不要讓人把你放置在劣質的評價體系中。在這個評價體系裡，你的優點和成績被漠視，被忽略，而你的錯誤與缺點卻被無限放大，直到大到超出你的預期，導致整個社會對你形成擠壓之勢，到那時，你所有的付出，全都是枉然。

但是，子貢先生這番訓誡，跟他放的屁沒什麼兩樣。

因為這是個單邊世界，呈現的是一元評價體系，你沒有選擇。

神視蒼生如草芥

漢武帝時代，無疑是宏大的，中國歷史前所未有之宏大，至今仍有餘響。但當時的整體社會遊戲規則，卻是很原始的。事實上，漢武帝對社會遊戲規則的理解，停留在一個四歲孩子認知的水平上。終其一生，他活在自己的臆想和幻覺之中，並仿照這個幻覺的要素，在現實世界建立起一個仙人法則。

在漢武帝俯視天下時，他以為自己是神，被他看中的人，就可稱為神選，立即可以獲得富貴、功名與榮耀。儘管他也知道，這些財富、功名或榮耀，是強行從其他人的付出盤剝來的。但他並不介意這些，他只注重讓自己獲得神賜的快感。

他走遍大地，尋找神仙。而事實上他就是這個世界上的神仙。任何人獲得仙賜神選，就能夠霎時間改變命運。

為了維繫這個法則，他不惜泯滅親情，任何人，不管是女兒還是孫子，只要妨礙了他這個華美的白日夢，他就痛下辣手。

他希望所有人都知道，他是神。神視蒼生如草芥，冷酷無情。生殺予奪，予取予求。這是中國千秋萬代的皇帝夢，但在社會認知體系中，不過是一個四歲嬰孩的夢。漢武帝成熟得太早太早，從他五歲博取陳阿嬌歡心時，他就具有了一個成年人的功利思維。但他的心靈一片荒蕪，始終停留在四歲嬰孩階段，未曾得以拓展。

一生在作孩子的夢。

他不願意去想，這個夢太過於粗放原始，在他關注的地帶，固然是天堂，但他的注意力有限，舉凡注意力不至，就因為民眾的付出與資源被剝奪而淪為地獄。

就是個權力遊戲。

孩子層級的低端、原始社會遊戲。

只是因為認同這個規則，他才不惜一切代價地維繫之。任何人敢於否認這個規則，他的大腦就會無法承受，寧不惜殺掉對方全家，才能夠讓自己大腦恢復到平靜的原始認知。

殺掉任何人的一家，包括他自己。

他真的殺掉了自己的一家。

之所以如此之凶殘，只是因為，一旦人的既有世界觀遭到否定，整個大腦都會陷入崩潰。正常人沒有能力拒絕崩潰，所以大腦崩潰時所帶來的痛苦，不過是智商推進之前的產疼。

而漢武帝，他擅自動用手中的權力，拒絕了這個愉快的痛苦。

所以我們就得到了如此無法理喻的歷史。

為了保持愚昧，避免智力遞增所帶來的痛楚，這個民族的歷史，選擇了權力。

權力這東西，它是保持智商低迷的最佳毒藥——但這是後來的歷史了。

而此時，貳師將軍李廣利，他正率領七萬漢軍，疾奔在死亡陷阱的邊沿上。

他一直執拗地在陷阱邊沿奔跑，始終沒有跌進去。但這一次，眾人合力齊推，他再不跌進去，就有點說不過去了。

壞透了的小玩家

公元前九〇年，匈奴鐵騎歸來，侵五原，襲酒泉，殺兩郡都尉。

一切，又恢復到了漢武大帝問政的初始時代。

朝廷發布政令——這個政令，很可能不是漢武帝本人發出的。理論上來說，他已經喪失了發布政令的能力——朝廷發布政令，以李廣利率七萬人，出五原。

以商丘成率兩萬人，出河西。

以馬通率四萬騎兵，出酒泉。

三路並舉，再戰匈奴。

與此同時，有關三路人馬的動向情報，從漢宮權力中心發出，抵達匈奴大單于的軍帳中。

這只是個陷阱，要一次性的，將這一十三萬人統統坑殺。

舉凡漢國尚有軍戰能力的人才，無論在朝在野，無論是將是民，一個不留，悉數坑死。

「大匈奴萬歲，漢人去死……」從漢家皇宮裡，隱約傳出這樣的喜悅呼喊。

李廣利對此懵懂不知。在他心中，這個布局，彷彿又回到了衛青時代。只不過，李廣利不無幸福地發現，他已經成為事實上的衛青了。

老將凋零，名花謝敗。現在是他李廣利的主場。

啊，未來，美好的未來。

臨出征前，在丞相劉屈氂為他設下的歡送筵會上，李廣利縱情高歌：

「狼煙起，江山北望……對了老劉，家裡還好吧？」

「好，好好，」劉屈氂說，「我兒子和你女兒，小倆口日子過得蜜裡調油，衣來伸手，飯來張口，快快樂樂好似日了狗（熟人之間玩笑話）。」

兩家是姻親，一如霍光與上官桀，兩家也是姻親一樣。

李廣利道：「我是問，我外甥還好吧？」

「你外甥……」劉屈氂痛苦地搔頭，「你是問昌邑王？李夫人給陛下生的皇子？唉，我不知道該怎麼跟你說，那孩子吧，就跟你這麼說吧，自打生下來就處處不對頭，總感覺他全身洋溢著一種非人類的氣息。要是可以，我寧可親手掐死他。」

「少來了，」李廣利道，「孩子嘛，任何時候都是自家的好。你看啊，現在這個情形是這樣子的，太子呢，他也不知道怎麼了，好端端的，突然間想起來造反，你說這太子你造什麼反呢？造反就那麼好玩嗎？本來你再耐心地等幾天，等幾天就好，你就是天子了。可現在怎麼樣？灰飛煙滅呀。」

「是呀是呀，」劉屈氂道，「我與太子大戰長安城，遠遠地看了他幾眼，感覺那孩子當時已經崩潰了，可想他承受著多麼巨大的心理壓力。」

李廣利憤憤地道：「崩潰就崩潰吧，崩潰也不能怪咱倆，是不是？我這天天上戰場廝殺，連他媽的送糧草的都沒有，說崩潰誰崩潰得過我？可我上哪兒說理去？總之吧老劉，情況就是這麼個情況，太子這邊，也灰飛煙滅了，漢國總還需要個新的太子吧？」

劉屈氂道：「沒錯，不過立太子這事兒，咱是插不上話的。」

「別呀，」李廣利急了，「老劉，別忘了你是丞相，又在平定太子謀反中立下大功。說到在陛下面前的影響力，誰能比得了你呀？」

劉屈氂：「老李，你真的希望昌邑王做太子？」

李廣利：「這不廢話嗎？他是我外甥，娘家人死淨死絕，就剩下我一個了。你說我不支持他，還能支持誰？」

劉屈氂沉默半晌：「我怎麼總覺得……」

李廣利：「老劉！」

劉屈氂：「唉，那我就給天子上個奏摺吧。我可跟你說好，我最多只能做到這一步。結果究竟如何，這個取決於天子的考量。」

李廣利大喜：「有個奏摺就行。老劉，眼下是明擺著的事兒，天子要用我們李家人啦，你看啊，你在朝我在軍，你主持朝政我橫行沙場，這不就是明擺著的信號嗎？」

劉屈氂：「唉，天子是真龍。

「真龍，有逆鱗啊！拂之，不祥。」

逐戰大漠

三路漢軍，一十三萬人馬，再戰匈奴。

但結果不出所料，十三萬大軍所到之處，只見茫茫大漠，浩瀚草原，連根匈奴人的毛都見不到一根。

年邁的漢武帝，已經失去了對匈奴人的情報優勢。相反，匈奴人倒是對漢軍這邊的動向，了如指掌，十三萬漢軍還沒出發，匈奴人就浩浩蕩蕩地搬家了。

向北搬了六七百里。算準了等漢軍到這兒，眼珠肯定會餓成冰藍色的了。左右兩翼的漢軍，察覺情形不妙，當機立斷，掉頭向漢國方向狂奔。李廣利反應也不慢，三路大軍瘋狂回奔，他始終處在第二名的位置。

第一名是匈奴人，三萬鐵騎。

在李陵的率領之下。

李陵，天下排名第一的名將，他只對李廣利感興趣。

和李陵鬥，那是腦子進水，不想活了的表現。李廣利這邊，兵力人數只是李陵人的兩倍。但李陵所率的漢軍步卒，能輕易擊殺十倍於己的騎兵。李廣利何許人也？敢跟李陵較量？逃就一個字。

李廣利且戰且退，李陵則窮追不捨，雙方「劈里啪啦」激戰九天。九天後，不知是李陵用著匈奴騎兵不順手，還是無意將漢軍斬盡殺絕，於浦奴水最後一次交手後率匈奴退走。

李廣利長鬆了一口氣：「好傢伙，能於李陵手中全身而退者，大概只有我李廣利一個人吧？」

但這時，漢國連續多個戰場同時開局的老毛病又犯了。這邊十三萬漢軍激戰大漠，還沒打出個名堂來，漢廷突然派了個叫成娩的人，讓他盡起河西樓蘭、尉犁、危須等六國的軍隊，浩浩蕩蕩開到車師國，把車師國從國王到老百姓，統統給俘虜了。

車師國之戰是場震動西域的特大號勝仗，相比之下，李廣利這邊就顯得灰頭土臉了。很快李廣利接到朝廷責難，斥其畏敵如虎，區區一個李陵，有那麼可怕嗎？命其立即深入大漠，再擊匈奴。

李廣利無奈，只好率軍隊再掉頭，繼續向大漠深處挺進。行至夫羊地區的句山狹口，驚喜地發現匈奴五千騎兵，在衛律及匈奴右大都尉的統領下，正自向漢軍叫板。

李廣利和衛律，那可是老相識了。想一想，衛律曾是漢臣，何以會在匈奴人這邊吃飯？就是因為他和李廣利的弟弟李延年，是情交莫逆的知己。李延年是個閹人，替漢武帝管理宮中樂器，卻被冠以穢亂宮廷的罪名，滿門抄斬。衛律正是因為目睹李延年家被抄的慘狀，嚇得逃到匈奴這邊。

衛律只帶五千人，卻敢迎戰李廣利的數萬大軍，就是因為有這份交情。

他想和老朋友聊聊天，告訴李廣利一些他必須知道的事情。

聊天好啊，聊天最歡迎了。

就見李廣利銀牙咬碎，怪眼圓瞪，長刀一揮：「殺呀，統統與我殺光！」

數萬漢軍，猶如決堤洪水，洶湧澎湃地向衛律五千騎兵衝了過去。一下子把衛律這邊，衝得七零八落。

這時候的李廣利，堅信他的外甥昌邑王就要立為太子了，他李廣利的時代到來了。他將成為下一個衛青，甚至比衛青更偉大。這麼偉大的未來，就因為和一個叛變投敵的老朋友聊天而耽誤了，他才不答應呢。

李廣利抓住衛律無意與之交手的心理，催師而進，攆得衛律一邊發足狂奔，一邊破口大罵。罵不絕聲地逃到范夫人城，才逃脫了李廣利的追殺。

「他媽的李廣利，不識好人心！」逃到安全地帶，衛律氣急敗壞，一邊擦汗一邊罵道，「還一門心思替漢武帝那王八蛋賣命呢，你等他連你全家也一股腦兒地宰了，你就知道好歹了。」

李廣利才不理衛律的謾罵，命令大軍安營紮寨。正要洗腳休息，一個叫胡亞夫的掾吏忽然求見，李廣利吩咐他進來。

胡亞夫進了軍帳，劈頭說道：「將軍，你知道嗎？你的妻兒老小，全家已被下獄了。」

「啥子？」李廣利目瞪口呆地望著胡亞夫。

恐怖的圖謀

千真萬確的事兒。

當李廣利不顧老友交情，瘋狂追殺衛律之時，也正是朝廷不顧體面，「啪啪啪」舉刀狂剁李廣利老婆孩子的時候。

為啥要剁了李廣利老婆孩子呢？

官方披露的資料聲稱，有個叫郭穰的內史令——注意這個人，此人是官職不大，但深得漢武帝信任的心腹。郭穰在歷史上連續兩次出場，主要的工作是替漢武大帝幹髒活，他實際上又是一個江充，只是不像江充那樣遭了報應，所以才會被人忽略。

郭穰舉報聲稱：丞相劉屈氂的老婆，公然使用巫蠱，詛咒陛下。此外，丞相還和李廣利兩人一道，動用巫蠱祈求，想讓昌邑王做太子。

漢武大帝下令追查，結果證實了郭穰的舉報。

歷史寫到這裡，哪怕是瞎子，也會看出這又是一起太子式的冤案。就算是劉屈氂的老婆用巫蠱之術詛咒漢武帝，難道她堂堂丞相夫人，還會跑到大街上公然做法不成？倘若她是在私室祕密施術，郭穰又沒長千里眼，如何知道？

整個事件，不過是太子冤案的重演。郭穰先行誣告丞相夫人使用巫蠱之術，而後懷揣自刻的木偶人，奉主謀者之命入丞相府挖坑搜尋。再把木偶人掏出來，這就算罪證確鑿了。

前一個江充這麼幹，看起來像是起偶然事件，最多只是奸人窺伺漢武大帝的心思，處心積慮而為之的小概率事件。等到郭穰出場，我們才知道，漢武帝身邊養著這麼一群人，專職幹這種營生。

漢武大帝何等精明的人物？他怎麼可能不知道，授權告發者不受限制的司法權力，對被告發者肆意搜查，那麼告發者就可以隨意栽贓，大做手腳。他做了一輩子的皇帝，其精明程度無人出其右，如果連這麼點司法常識都不懂得，那他還算什麼漢武大帝？

實際上，早在朝鮮戰役時，這樁大陰謀的主謀者，就緊鑼密鼓地布局，布置滅殺太子滿門的大冤案。諸多事件看似偶然，不過是主謀者這隻無形的手，在背後推動的結果。

冤殺太子，只為了圖謀大漢帝國這花花江山。

主謀者又是哪個？

這個問題姑且莫論，總之劉屈氂一家慘了。他老婆被拖出去斬殺，劉屈氂本人被五花大綁，遊街示眾，盡情羞辱過後，處以腰斬的酷刑。

接著是李廣利一家。

原本，主謀者早在誅滅李延年滿門之時，就對李廣利動了殺機。之所以不肯為他的軍隊配備糧草運輸系統，不過是希望李廣利聰明一點，自己死在戰場上。可是李廣利這廝，堅持不死頑強生存，逼得主謀者實在沒法子了，索性撕破臉皮，圖窮匕見，不顧李廣利統軍在外，乾脆把李廣利的老婆孩子，一股腦兒地全都捉了起來。

聽到這個消息，李廣利頓時震驚了，陷入到茫然失措的狀態之中。

大腦一片空白，已經喪失了思考能力。

可這是為什麼？

那一天夜裡，在李廣利的軍帳中，他和胡亞夫有過一番激烈的探討。

胡亞夫：「大將軍，天子這意思很明白了，為什麼長期不給你配備糧草運輸系統？為什麼你前腳出門，後腳就誅滅你弟弟全族？陛下的意思就是讓你死，怎麼個死法陛下不挑剔，但死是必須的。」

李廣利：「可這是為什麼呀？」

胡亞夫：「立儲之爭唄。」

李廣利：「可這是為什麼呀？」

胡亞夫：「大將軍，你真是當局者迷。那昌邑王，有你這樣一個手握兵權、戰無不勝的親娘舅，又有劉屈氂這樣的謀臣，可謂皇儲中最有競爭實力的。可昌邑王那孩子太怪異了，總之望之不似人君，倒像個十足的人渣。既然昌邑王不能做太子，那大將軍和丞相，就成為未來新任儲君的最大威脅。不除掉你們兩個，陛下他不放心呀。」

李廣利：「可這是為什麼呀？」

胡亞夫：「再也明白不過了，想一想吧大將軍，你有多久沒有見到陛下了？時間不短了吧？何止你，我聽說皇后和太子，在被殺之前，都也是長年未見到陛下了。我們只見到金日磾、霍光和上官桀他們幾個，時不時地站出來吆喝一聲，說是陛下有旨。可陛下是不是還活著，這旨是真旨還是假意，這很讓人生疑，就算是陛下活著，恐怕也沒有思考能力了吧？」

李廣利：「可這是為什麼呀？」

胡亞夫：「明擺著，金日磾與霍光、上官桀三人，意在陛下的江山。可是他們終究不能明目張膽地篡位，因為百官和百姓不會承認他們。所以假天子之名，先行冤殺太子皇后，剷除衛青的族裔，驅走軍事天才李陵，再殺掉你和丞相。而後立一個連奶都不會吃的娃娃做小傀儡，這世界，還不由著他們為所欲為嗎？」

李廣利：「可這是為什麼呀？」

胡亞夫：「權力，當然是為了權力。權力啊，多麼神奇的力量，只要那麼一點點兒，就可以使黑的變成白的，醜的變成美的，錯的變成對的，卑賤變成尊貴，老人變成少年，懦夫變成勇士。它可以使死仇結盟，親人成仇。它可以使竊賊獲得高位，使惡棍受到敬愛，使歪臉的流氓得到少女青睞，使雞皮鶴髮的老婦再做新娘。即使它滿臉都是流膿的惡瘡，也會被認為是嬌豔無比的美嬌娘，這就是權力，這就是權力的偉大力量！」

李廣利：「可這是為什麼呀？」

胡亞夫：「就是為了……大將軍，你莫非神經了？怎麼老說同一句話？」

李廣利：「你才神經了，我在問你呢，可這是為了什麼呀？」

胡亞夫：「……什麼……為了什麼？」

李廣利：「我是在問你，你跑來告訴我這個消息，是為了什麼呀？」

胡亞夫：「我是為大將軍的前程著想啊。」

李廣利：「說吧，你到底犯了何事？竟想逃到匈奴那邊？」

胡亞夫：「大將軍……」

李廣利：「說呀。」

胡亞夫一狠心一咬牙：「沒錯大將軍，我是犯了刑律，只能逃走保命了。可大將軍你和我有什麼區別？你若回到朝廷，準保比我更慘。我回到朝廷，最多不過是個伏法斬首，混好了趕上大赦，連殺頭都不用。可是大將軍你呢？你若是回去，太子和皇后的昨天，就是你的明天。」

李廣利：「這樣啊。」

胡亞夫：「那當然，大將軍，眼下這情形，大將軍和我，都只有逃到匈奴那邊，才能保全性命。可我一個人過去，連飯都不知哪裡去吃，說不定走半道就吃匈奴騎兵砍了。我願意跟隨大將軍，到了匈奴那邊，仍然為將軍效力。這樣的話，將軍身邊能有個說話的體己人，我也能找到個吃飯的地兒，多好。」

李廣利：「好啦好啦，我知道了，下去吧。」

胡亞夫：「那將軍，咱們什麼時候走？」

李廣利：「走你個頭，擦亮你的兵器，明天與匈奴人大決戰。」

胡亞夫大駭：「將軍，你瘋了？」

李廣利：「你才瘋了，滾！」

董事長與經理人

李廣利，拒絕了胡亞夫提出的叛逃建議。

對於眼下發生的變化，他有著自己的獨特觀察模式。大宛之戰，未戰之際不也是滅了弟弟李延年滿門嗎？而且罪名極盡可笑，硬栽被閹割的李延年穢亂宮廷。首戰不利陛下不也是雷霆震怒，宣旨禁止這支軍隊返回玉門關的嗎？

可大宛再戰而勝，朝廷那邊瞬間轉了臉，從冰冷的後娘臉變成了溫玉如花的賤人臉，上杆子巴結他李廣利，封侯拜將，應有盡有。

大宛之勝扭轉局面的記憶，對李廣利刻骨銘心。是誰率數萬大軍縱橫河西，連糧草都沒有的情形下卻屢建功勳？是誰與軍戰天才李陵交手九天，竟迫得李陵無功而退？是誰於句山峽谷重擊匈奴衛律，讓衛律號啕大哭發足狂奔？

是我呀，是我李廣利大將軍。

艱危時局，擎天一柱，老子就是這麼拽！

他絲毫也不懷疑，一旦他擊敗匈奴再立戰功，一切仍會和上次一樣。

李廣利對時局的思考，建立在漢武大帝還活著，而且智商正常的基礎之上。

但這個基礎靠譜嗎？

還真不好說。

我們還需要更進一步的資料，以檢驗我們的判斷。

但李廣利顧不上了。次日晨，他率兩萬騎兵，渡過郅居水。前方，就見一片雞飛狗跳，匈奴的兩萬騎兵，手忙腳亂地迎上前來。李廣利信心大增，長刀一揮：「向前殺呀，我們漢軍，一個人打八個匈奴人綽綽有餘，給老子殺了這幫雜碎，所得財物都歸你自己，老子這次不提成。」

「殺啊！」急於發財的漢軍士兵，紅著兩隻眼睛衝了過去。

說起這匈奴人，擇草而移，逐水而居，原本是凶悍的游牧部落。誰知道山水輪流轉，轉到這時候，這一茬的匈奴人，由於擄獲了大量漢人的緣故，那叫一個疲軟，打起仗來實在是不堪一擊。一番激戰下來，匈奴左大將被漢軍圍住，「哐哐哐」一頓狠揍，活活打死了。戰場之上，東一堆西一片，全都是匈奴人的屍體。

李廣利親自衝馬躍陣，殺得不亦樂乎。

他這邊正大砍大殺，戰場外圍的一個高地上，長史與幾名部將，正登高眺陣。見李廣利於戰場上縱橫睥睨，目無餘子，長史不由得連連搖頭。

長史，是朝廷派到軍隊中來的文官，是監軍。假如把這支軍隊，比喻為帝國的資產，長史就是朝廷派來的董事長，標誌著朝廷對這支軍隊擁有絕對的產權。而李廣利，他再能打，最多不過是個經理人，對這支軍隊沒有股份的，連董事會都沒資格進。

看了一會兒，長史沉吟道：「這仗，打得不對呀，匈奴人如此疲軟，而李廣利卻執意孤軍深入。這明顯違背軍事常識的做法，不應該呀。」

「是呀是呀，」站在他身後的決眭都尉，點頭道，「李廣利這個人吧，打仗還是不含糊的，就是政治立場不是那麼穩定，時不時地愛說些牢騷話。早幾年我就對他說過，朝廷就是你娘親，陛下就是你親爹，你所經歷的危險和磨難，不過是陛下和朝廷對你的考驗。」

這些人一邊說著不過腦子的話，一邊在心裡合計：嗯，打仗這活，太他娘的危險了，不是正經兒人幹的。可漢國最重軍功，沒有軍功，就沒有金帛美女。但這軍功可是要拎著腦殼來換的。現在可好了，不如趁陛下想幹掉李廣利的機會，拿下李廣利，趕緊跑回朝廷表功，這也是軍功，而且是最大的軍功。

心照不宣，長史與決眭都尉等，當場商議妥當，等李廣利一下戰場，就假稱朝廷有旨到來。把李廣利叫到自己的軍帳，就勢捆了。然後率軍返回。

主意倒是個好主意。可問題是，長史身邊，也有對他憎恨的人。人際關係就是這樣，離你越近的人，越容易滋生陰暗的仇恨。這個計議剛剛出來，已經被人偷聽到，立即跑李廣利那邊報告去了。

李廣利聽到這事，悲傷地說：「我只不過是想為朝廷、為陛下做點實事，咋就這麼難呢？正面的匈奴人，我們能夠消滅他們，最可怕的是那些潛伏在我們隊伍中的壞人，他們起到的作用，比一百萬匈奴人更壞。

「傳本將軍令，長史等人意圖謀亂，欲殺本將軍而將我們整支漢軍送給匈奴人做奴隸，與本座將他們拿下。」

漢軍士兵聽了，怒不可遏，立即操刀子包圍了長史的軍帳。長史探頭出來看，被士兵們好一番狂砍，砍得滿地都是長史。

決眭都尉見勢不妙，利刃破開帳子後部，衝出去向自己的部隊狂奔。狂怒的士兵追了上去，連同他的部卒一併殺盡。

簡單說就是，戰場上漢軍與匈奴人殺成一團，戰場下面，漢軍和漢軍也殺成一團。總之就這麼血肉模糊的兩團。

殺了長史和決眭都尉，李廣利知道，軍心已渙散，就立即撤出戰鬥，向著燕然山方向疾走。

然而，大單于是何等的精明，又如何會放過這樣一個千載難逢的戰機？

總計七萬漢軍的末日來臨了。

徹底覆滅

入夜，李廣利的漢軍正在酣夢之中，大單于親率五萬鐵騎，突然出現在漢軍大營的後方。無聲地一揮手，匈奴騎兵一聲不響，向著漢軍大營衝殺過來。

漢軍頓時一片混亂。

因為一連串的變故，現在，這支曾和軍戰天才李陵交過手，曾殺得同樣數目的匈奴人哀鴻遍野的強大生力軍，精神上飽受摧殘，早已是軍心散盡，鬥志全無。聽到匈奴人殺到，所有人爬起來，扛起自己的小包裹，不顧一切湧出營寨，向著前方，向著漢國的方向狂奔。

就聽「撲通通」「哎喲媽」「嗷嗷嗷」慘叫聲迭連響起，逃在最前面的漢軍，忽然間失去了蹤影，唯一能讓人聽到的，是他們瀕死之時的慘嗥聲。

後面的士兵收腳不迭，繼續往前衝，於是他們也消失了，更尖利的慘嗥聲，彷彿從地底深處傳來。

策馬逃出來的李廣利，見此怪事，險些沒哭出來。

大單于，打仗就打仗唄，好端端的平地，你幹嘛要挖條深壕出來？這還讓不讓人活了？

就是不讓你活！

大單于精神抖擻，揮刀長呼：「大漠的好兒郎們，如今是匈奴刀俎，漢軍魚肉，給我隨意地斬殺吧，不要客氣，能者多殺，弱者少殺。殺多殺少，是能力問題。放著這華美的活肉卻不敢殺，這就是態度有問題了。」

「殺呀！」黑暗之中，響起了七萬漢軍覆滅前的絕望長號。

李廣利徹底崩潰，棄械請降。

大單于太實在了

大單于神清氣爽，樂得滿臉只剩下一張嘴，興奮地來接受李廣利的投降：「李廣利，漢家天子為啥要殺你全家呢？快把原因說出來，讓大家高興高興。」

李廣利：「……沒啥具體原因，陛下他就是喜歡這樣幹。」

大單于：「果然是漢家天子啊，生殺予奪，為所欲為，這是多麼快樂的人生啊。跟人家比，我他媽活得還不如一條狗。」

悲憤地學了幾聲狗叫，大單于突然大喝一聲：「李廣利，你是真心投降，還是假意詐降？」

李廣利：「……大單于，我都落到這地步了，你說我是真心還是假意？」

大單于：「那可是說不準的事兒。來來來，李廣利，我來考考你，你們漢人有句話，叫大丈夫何患無什麼來著？」

李廣利：「……無妻。」

大單于：「你聽著，漢家天子殺你的妻子，我再賠你一個妻子。而且是出身尊貴、知書達理、美貌無雙、溫柔嫻靜那種的。我要把我最可愛的女兒給你，你要好好保護她，愛護她，照顧她，不要讓她受委屈。」

李廣利：「……大單于，我不過是個降人，怎麼經受得起？」

大單于：「你在漢家天子眼裡，不過是條狗，殺了燉肉連調料都不放的那種。但你來到我大漠，來到我大匈奴，你就是我最尊貴的朋友。我的朋友，他必須要享受我最好的酒，吃最好的菜，娶我最美麗的女兒。我大單于就是這麼真誠，你將如何回報我？」

李廣利：「岳父大人在上，小婿無以為報，唯為大單于鞠躬盡瘁，為大匈奴開疆拓土，萬世揚威。」

大單于：「那你要如何對待我的女兒？」

李廣利：「舉案齊眉，相敬如賓。終生廝守，白首相依。」

大單于：「你發誓。」

李廣利：「……我對天地神靈發誓，若我李廣利讓我的愛妻受到傷害或委屈，就讓上天降下大火，把我燒成焦炭吧！」

大單于大喜：「好，李廣利，我看好你，拿酒來，讓我跟女婿好好喝幾桶！」

李廣利：「幾桶？哎喲媽大單于你太實在了。」

無法拒絕的燒烤

眨眼工夫，李廣利到了匈奴這邊，有幾個月了。

他雖然帶兵征戰，但終究是出身於音樂世家，於藝術領域有著非凡的造詣。這個特長導致了大單于一家的激烈衝突。

大單于喜歡暢飲，只要喝酒一定帶上他。可是大單于每天都要喝，每頓都要喝，所以他需要李廣利時刻陪伴在身邊。

而李廣利的新妻子，她從未見過如此非凡的人物，男人的事兒他懂，比任何男人都更懂。女人的事兒他也懂，比任何一個女人都要懂。這男子雖然有點陰氣沉沉，但卻是她生平未見稀罕之物。她捨不得他離開，想看到他的笑，聽到他的聲音，但他卻終日不在身邊，這讓她的心中，充滿了悒鬱清愁。

李廣利陷入工作和生活的兩難之中，留在家裡陪伴美麗而可愛的妻子吧，對不起大單于，天天在外陪著大單于喝酒吧，又對不起愛妻。

這一天，大單于來了興趣，帶著他和衛律，許多投降匈奴的漢人，以及大批的匈奴貴族，來到了荒山上一座巨大的燒烤場。

真的是燒烤場，到處都是用整棵樹搭成的燒烤架，架子上還有烤到焦炭般的什麼東西，形狀有點像……李廣利頓時色變。

這裡是烤人的火刑場。

就聽大單于笑瞇瞇地問道：「李廣利，你投降我大匈奴那一夜，我承諾把最美麗的女兒給你，你當場發誓決不會讓她受到冷落，還記得吧？」

李廣利：「……當然記得。」

大單于：「你當時發的誓，是啥來著？」

李廣利：「……我對天地神靈發誓，若我李廣利讓我的愛妻受到傷害或委屈，就讓上天降下大火，把我燒成焦炭……」

大單于：「你記得就好。那你告訴我，你最近有多久沒回家，多長時間沒有見到你妻子，沒有陪伴她了？」

李廣利：「……大單于，這些日子我都是和你在一起喝酒，從未分開過的呀。誰料得到你這麼貪喝，一次酒宴就要喝好多天……」

大單于：「咱們不說酒宴的事兒，事實上你多日沒有回家，沒有陪伴妻子，違背了你的誓言對不對？」

李廣利頓時急了：「大單于你不能不講道理，明明是你非要拉著人家，一頓酒從早喝到晚，連喝好多天，我多次說回家是你非要拉著人家不讓的……」

大單于：「但在事實上，你確實很久沒回家，冷落了妻子對吧？」

李廣利：「大單于你……」他轉向周圍的人，「你們都聽到了嗎？大單于他要……衛律，你站那麼遠幹什麼？過來替我說句話呀。」

衛律過來了：「唉，老李，要我說吧，這事大單于公裁得沒錯，明明就是你違背了自己的誓言嘛。」

李廣利頓時恍然大悟：「衛律，原來是你，是你坑害我！」

大單于怒道：「別吵了，不就是個炭烤嗎？男子漢大丈夫，拿出點血性行不行？李廣利，你自己不上去烤，休怪我動粗了。」

李廣利大喊：「大單于，你要殺我，就殺好了。我死之前就一個要求，就一個，告訴我為什麼，這是為什麼？」

「理由……」大單于訕訕地扭過頭，「李廣利，就跟你實說了吧，我這個人呢，沒別的毛病，就是個太實在。我實在到什麼程度呢？遇到最喜歡的朋友，比如你，就把最可愛最漂亮的女兒給你睡。但我爹他不樂意了，他說他想要你陪他……」

李廣利聽糊塗了：「啥玩意兒？你爹他……不是死了嗎？」

大單于：「就是呀，我爹他在陰曹地府，托人捎話來，說要我最喜歡的人去陪他。我最喜歡的人是誰？不就是你嗎！」

「不對。」李廣利問道，「你爹死都死了，骨頭都爛了，怎麼個托人捎話法？」

「笨呀你，」大單于不耐煩地道，「我爹他可以托夢呀。」

李廣利：「你爹給誰托的夢？」

大單于：「給衛律唄，怎麼啦，有什麼不對嗎？」

「不對大啦，」李廣利還待要說，旁邊已經衝上來一群人，不由分說，扛起他來往燒烤架子上插。李廣利放聲大號，「衛律，你個王八蛋，你這個叛徒，你忌恨我在大單于面前受寵，就利用大單于腦殼迷信的特點，竟然如此陷害於我，我做了鬼，也要再帶兵打回來……」號聲突止，現場彌漫起一股烤肉味道。

李廣利，他在投降的當年，就被匈奴人燒烤來祭祀用了。這個人，軍戰史上是不肯承認他的，認為他的軍事能力排不上號。但實際上，他的確不是絕代名將，但軍戰專業能力，真的不低。只不過他已經被烤了，再說這些，也沒什麼用了。

第十九章——

悲哀的傀儡

燒烤的藝術

站在皇宮的閣樓上，夕陽灑在金日磾的臉上，為他修剪得整潔的鬚髯，鍍上一道美麗的金邊。

他說：「燒烤，是一門精確的藝術。

「上好的精炭，採於終南山三十年的老松。削冠，去根，只要中間最挺撥的那一段。截至一尺一，不可多一分，不可少一分。置於窯中。窯高七尺一，底部是綠黏土，底部是紅黏土，門的部位是藍黏土。然後密封，升火，經過乾燥、熱解、熔融、黏結、固化、收縮等階段，開窯時得到的是一種黑到極致的誘人多孔狀。這種精炭燒出來的食物，最是精美，沒有絲毫的煙氣。」

遠方，傳來依稀模糊的嘶喊聲，霍光自後緩步踱過來，與他並肩而立，看著橫橋方向。

橫橋上，擁擠著許多侍衛，已經搭好了一隻巨大的炭烤架。炭火已經升起。

金日磾深深地吸了口氣，陶醉的表情，低語道：「你可聞到，那深山溪澗邊的花開與鳥鳴。」

霍光道：「剛才陛下又拉了一褲襠……」

金日磾截口打斷他：「耐心，我告訴過你的，耐心。一塊鬆軟的木材，在持續而穩定的高溫炙烤下，能夠變成美到極致、黑到優雅的木炭。這其中需要的不是急切或衝動，而是淡泊於心的耐性。沒有耐性的人，就體會不到如此精美的享受。」

遠方橫橋上，一個人被侍衛們強行拖了過來。雖然距離遙遠，但黃門太監蘇文的慘號，站在這裡還是能夠清晰聽到：「陛下，別殺僕，不要燒死僕，僕無罪錯呀，僕也沒敢跟任何人說起太子的事兒，沒敢說呀……」

霍光皺眉：「叫他閉嘴。」

金日磾失笑：「需要嗎？不需要吧。上好的燒烤，需要的不僅是耐心，還有寬容。」

黃門太監蘇文，已經被剝光衣衫，插到燒烤架上，侍衛們慢慢地轉動竹竿，讓他全身均勻受熱。瀕死前夕，蘇文突然爆發出一陣尖利的慘號：「陛下呀，饒過僕吧，僕實言招供，僕之所以構陷太子，是因為有人指使啊。陛下，陛下啊，那圖謀害死太子和皇后的人，就在你身邊呀……在你身邊呀！」

金日磾輕聲道：「該抹蘸料了。」

倒數計時

公元前八八年，漢武大帝六十八歲。

在漢國皇城，與漠北的匈奴聚居區，同一時間各自舉辦了一場盛大的燒烤會。匈奴那邊烤熟的是李廣利。漢宮裡，烤到滋滋滴油的，是小黃門太監蘇文。

如此巧合，只能說明一件事：

——漢武帝的生命，進入了倒數計時。

霍光、金日磾並上官桀，他們牢牢地控制著這個過程。

特點是精確，以至於這虛假的歷史，竟因其精確程度過高，而兩千年之久未被人看破。

非主流守墓人

忽然冒出來個極為奇特的官員，高寢郎田千秋。

什麼叫高寢郎呢？就是負責替皇家看守陵墓的這麼個官位。

這種官員，在朝廷裡那是相當邊緣化的，連個上朝的資格都沒有。實際上，許多皇帝懲罰官員時，常常是打發官員去看陵守墓，這種職位，不過是官場上的冷宮，無異於流放。

但位卑未敢忘扯蛋，高寢郎田千秋上奏——按理來說，這級別的官員，根本沒資格上奏摺的，但這個時候一定要有個人出來上奏摺，還必須是邊緣化非主流沒資格上奏的官員才行。

只有邊緣化、非主流的官員，在朝中根本沒有背景勢力，也沒有支持者，漢武帝才有可能繼續控制在霍光和金日磾之手，才會按照事先寫好的台本，複製出目前史書的歷史。

總之，非主流的守墓人上奏曰：「陛下，那啥，昨夜，我作了一個夢，夢到一個白頭髮的老頭，對我說，『嗨，你知道不？兒子擺弄父親的兵權，應該受到什麼懲罰？應該打屁股，啪啪啪，打到這調皮的兒子，屁股又紅又腫，這才合乎道理。』」

霍光和金日磾，把這個奏摺拿到漢武大帝面前。

漢武大帝蜷縮在龍椅上，一動也不動。

霍光宣稱：「陛下有御旨，召高寢郎田千秋入覲。」

田千秋來了，趴伏在天子殿堂那高高的台階之下，聽著上面的聲音。

霍光：「陛下御旨，父子之間的事情，一般人很難講清楚。唯有你田千秋，一句話就道破了朕和太子之間的隱痛。這是高祖劉邦的神靈，派你來教導朕的。你整日裡守在陰森森的陵墓裡，屈才了呀，從此你是朕的輔臣。」

田千秋好開心：「老臣，領聖旨。」

堂殿之上，冰冷的聲音持續：「傳朕旨意，複查太子造反一案。」

滅口行動

對太子一案的複查，並不是說要給太子平反。

而是要對參與此事的外圍知情者，進行一次步驟嚴密的滅口。

第一個是江充。

他已經死了，但是他的家人還在。

江充之罪，不在於他是如何構陷太子的，事實上，當他接到對皇后太子可以為所欲為的詔旨之時，就已經授予了他這個權力。問題是，他在這個過程中，過程太過於繁複，簡單說就是漏洞太多。

而且他的嘴巴也不嚴。

士兵們不疾不徐地在江充家裡搜索，找出每一個躲藏起來的人，當場殺掉。縱女人和嬰孩，終不可免。

然後是所有參與過太子叛亂之戰的人，無論當時在哪個陣營裡，悉以滅族。血腥彌天，漢國這些日子，流的血有點多。

但也差不多了。

殺到這時候，漢國的精英，基本上已經全部剪除了。衛青的全族被滅了，霍去病的兒子不明不白死於泰山，太子死了，皇后死了，李陵逃到匈奴而名裂，李廣利在匈奴那邊被燒烤了。能征的死光，慣戰的死絕，文人學士，早在此之前就已經悉數殺盡。眼下這個漢國，無異於一個空巢。

只剩一點點的掃尾工作了。

商丘成的死期，被列入到議事日程。

他是誰？

長安大追殺

商丘成，他其實也不算是誰，就是混在朝臣堆裡，儘量低調，避免漢武帝發現的這麼個大臣。但在太子起兵時，這廝突然發了神經，操把刀衝出家門，照太子的人馬一通狂砍。這一砍，他的能力就暴露了。

能砍你就砍。於是商丘成就被派上了前線，統兩萬人馬，為李廣利之右翼，出西河，尋找匈奴大單于決戰。

到了這裡我們就清楚了，漢國派李廣利最後一次出兵，三路大軍，十三萬人馬，實際上是金日磾送給大單于的一筆厚禮。早有落居於長安城中的匈奴人，穿行如梭，把漢軍的布置動向，統統地報給了大單于。

但是，大單于牙口並不好，啃不下一十三萬的漢軍，他拿著刀叉左看右瞧，最後挑選了最肥美的李廣利及他的七萬漢軍。而別兩路人馬，就趁這工夫「呼哧呼哧」跑回漢國來了。

跑回來怎麼可以？不要跑。

這次布局，就是要將漢廷具有軍戰能力的人，一網打盡，統統掃滅。

就是要將漢國徹底廢掉！

讓你招惹我大匈奴，我匈奴人是那麼好惹的嗎？

所以商丘成前腳進家，正脫了靴子洗腳，匈奴人已經追殺而至。

胡人巫師出現在他的府邸之外，神色震驚，向天空舉起雙手，以示眾人注意：妖氛，好濃烈的妖氛呀。

此戶人家，必有巫蠱。

不信掘開他家地面看看，木偶人一堆一堆的。

家人聽到了，急忙跑來告訴商丘成。商丘成失驚之下，一頭栽在洗腳盆裡。他幾乎是用盡全身力氣，大喊起來：

「金日磾，我可沒敢招惹你們匈奴人！

我只是砍砍太子而已。」

但說什麼都晚了。

當從漢廷天子的御座上，發布出來的是匈奴人的詔令，你還往哪兒逃？

聖旨下，御史大夫商丘成，以巫蠱之術詛咒陛下，著有司即時查清。

長安城中，快馬疾奔，一隊隊的漢軍士兵，向商丘成的府邸包圍而來。
商丘成仰天長歎，伏劍自殺。
人雖然死了，但事情還沒完。
李廣利最後一次兵出大漠，商丘成只是右翼軍而已。
還有個左翼軍馬通呢？
一併幹掉……等等。
馬通？
金日磾臉上浮現出燦爛的笑容。
「我需要一隻腳踏墊。」

成語世家

馬通，他有一個非同凡響的家族，其名頭不亞於飛將軍李廣。而且和李廣家族有著超乎尋常的密切聯繫。
馬通家族，堪稱成語世家。堵住兩頭的各有一個成語，上頭的是紙上談兵，下面的叫馬革裹屍。說話戰國年間的秦國，有名威名赫赫的將軍，名叫李信，他就是飛將軍李廣的祖先。而在趙國，則有一個大嘴巴的趙括。
趙括其人，誇誇其談，屬於典型的語言的巨人、軍戰的矬子。但趙王不知，秦兵打來時，就讓趙括率四十萬趙軍上戰場。當時趙括的母親拚老命阻撓，無效。於是趙母說：「大王，你如果非要讓趙括率軍出戰，我攔不住，但如果趙括他打敗了的話，請求不要追究我家人的責任。」

趙王說：「你看你這個老太太，咋就這樣不信任自己兒子呢？去吧去吧，他要打敗後我誰也不追究……」

趙王這邊的承諾未說完，趙括就失敗了。而且敗得超慘，他自己被亂箭射死不說，連累到他所率領的四十萬趙軍，統統被秦兵坑殺活埋。

趙括大嘴巴亂講話，給趙國造成了慘烈的損失，也為我們的傳統文化留下一個華麗麗的成語：紙上談兵。

事情發生後，趙王怒不可遏，立即丟開自己的承諾，全方位多角度地對趙家人展開追殺，以洩此憤。趙括族人被殺得滿地亂跑，就有一支逃到了北地，養馬為生，為避免趙王追殺，指馬為姓。

趙括就是馬通的祖宗了。

這支族脈繼續蔓延，到了東漢年間，還會出一個優秀的軍戰將領，伏波將軍馬援。

馬援將軍有句流芳百世的成語：馬革裹屍，意思是活著幹，死了算，人生打拚無極限。

相比於家族發源的紙上談兵，馬援的馬革裹屍就非常勵志了，算是標準的正能量。

說這麼多，意思是說馬通，還有他的哥哥馬何羅，弟弟馬安成，這家人居於紙上談兵與馬革裹屍之間，正能量不足但負能量也一般般。雖然馬家在朝中不顯山不露水，但那是朝廷始終沒給他們機會。倘若給他們個機會，說不定又是一個飛將軍李廣。

這是一個軍戰家族，只打掉一個兩個，顯然是不行的。家族的血脈源遠流長，殺不盡斬不絕，遠非御史大夫商丘成那般容易對付，必須要上大招。

於是，西漢歷史上，就有了這麼重重的一筆記載：

一天，陛下落榻於林光宮，金日磾像往常那樣，守護在陛下的寢宮門外，忽然間有人聽到半生不熟的中國話大喊：「馬何羅造反，馬何羅造反啦！」附近的衛士聽到動靜，紛紛趕來，只見陛下寢宮外一片凌亂，樂器被撞倒踩碎了一地，金日磾正和一個人抱成一團，在地上滾來滾去。

眾侍衛擁上前去，拔刀要殺那個人。

這些人，竟然敢在天子寢宮之前拔刀，還有，他們知道發生了什麼事嗎？

憑什麼上前就要殺人呢？

在他們的幫助下，金日磾站起來，整理了一下衣冠，戟指著被眾侍衛按住的那個人，作了一番控訴。

這番控訴，被列入西漢王朝的官方正式文件，被幾本史書抄來抄去。

內容說不盡地，詭異。

禁宮疑案

金日磾指控稱：「馬何羅，他是馬通的弟弟，和所有的貴族子弟一樣，在宮裡做事，職務是侍中僕射。

「馬何羅，是江充的莫逆知己。他的弟弟馬通，在太子造反時，狂砍太子，立了戰功。但當陛下誅殺江充家族及黨羽時，馬家兄弟害怕遭受到株連，就策劃叛亂。」

金日磾說，馬家兄弟一打算叛亂，就被他發現了，他金日磾就是這麼牛，拿鼻頭一聞，就知道馬家要叛亂。於是，他就警惕地睜大了眼睛，觀察著馬家兄弟的舉動。在金日磾那雙火眼金睛之下，馬家兄弟叛不成個亂，很痛苦。

就在陛下落榻於林光宮的那天，馬何羅、馬通與馬安成三兄弟，假傳聖旨，趁夜出了宮。

他們殺掉了朝廷使者，公然起兵叛亂了。

馬家兄弟既然已經叛亂了，那就趕緊找個沒人的地方，自己叛去吧，就不要給大家添麻煩了。

可是馬家兄弟偏不，大哥馬何羅居然又回宮來了。

都叛亂了，你還趕回來做啥子？

他非得回來不可！

他不回來，金日磾就無法立下功勳，他一個匈奴人俘虜，混跡於漢家朝廷，也沒有任何成就，他憑什麼能在漢武帝死前托孤，公開掌握權力？

但那馬何羅，他既然是回來行刺漢武大帝，這豈是一個人能完成的活？既然三兄弟同謀，怎麼不多來兩人手？

不能來太多，再來一個，就會當場把金日磾劈死，到時候金日磾非但沒可能臨危托孤，連命都搭進去了。

金日磾指控說：「當時，他正要去洗手間，忽然發現馬何羅懷藏利刃——連這他都看到了——見馬何羅懷藏利刃入宮，金日磾說他意識到事情不對勁，就急忙趕到陛下的臥房門前守候。果然，馬何羅匆匆走過來，看到他神色大變，迅速地走向陛下的臥室，可是由於心慌，一頭撞在門外擺放的樂器上，就聽『嘣愣吧咚隆哐』一連奏響，馬何羅栽倒在地。金日磾趁機從後面，攔腰抱住馬何羅，並大聲呼叫。侍衛們急忙跑來，舉刀子要殺馬何羅，這時候，陛下說話了。」

陛下說：「不要動刀子哦，金日磾還和馬何羅滾在一塊呢，萬一傷到了金日磾咋整？」

好了，有漢武大帝這麼一句話，就坐實了馬何羅刺殺案的結果。無論此案有多少疑點，但陛下一言，板上釘釘。

交給官吏審訊。馬家三兄弟愛招供不招供，反正供詞都已經寫好了。

誅之！

此次事件，為金日磾帶來了榮耀，他再也不是個侍候陛下拉屎端罐的弄臣了，現在是地地道道的漢室大功臣。任何人都不會懷疑，他有充足的理由，進入下一屆領導班子。

見金日磾玩得如此之嗨，霍光頓時急了。

他也需要個進入下屆領導班子的理由，必須的。

鉤弋夫人之死

《資治通鑑》上聲稱：漢武大帝，晚年欲立皇子劉弗陵為嗣，但劉弗陵才剛剛幾歲，不懂人事。漢武帝想讓大臣輔助劉弗陵，就細察群臣，發現只有奉車都尉、光祿大夫霍光，為人忠厚，可以託付大事，漢武帝就令黃門官畫了一張周公背負周成王，接受諸侯朝賀的畫，賜給霍光。

好了，繼金日磾之後，霍光也拿出了他有資格進入下屆權力核心的證據。

這兩個人如此之急，只能證明一件事：

漢武大帝要死了。

如果漢武大帝是正常死亡，那麼朝中的混亂，就可以到此收場了。有可能對未來小皇帝形成威脅的潛在勢力，悉以剪除，帝國新君劉弗陵的時代，已經不再存有障礙。

但假如不是呢？

那麼，還有一個人必須死。

是誰？

知道這一切祕密的人。

這人是哪個？

細察漢武帝的行蹤，晚年多是在外巡遊，但也偶爾回宮。倘若他的情形有什麼不對，很難瞞過宮裡的人。所以，就需要一個人跟隨漢武帝一道進宮，並由她在宮中，配合霍光、金日磾，對漢武帝進行控制。

鉤弋夫人！

這個女孩，在歷史上華麗麗地登場，就籠罩在一片欺騙的光環之中。她捏住兩個拳頭，硬說自己的兩手，生下來就是拳形，一輩子也沒打開過。而當漢武帝輕掰她的手時，那兩隻手掌立時打開，兩隻手掌，各握有一枚玉鉤。

這種怪事，也就漢武帝信，說給正常點的人，是沒人相信的。

她是先由術士聲稱河間有靈異仙氣，然後漢武帝下詔，找來的這麼個女人。此中的布局，一望而知。再加上所謂懷胎十四個月的非正常生殖現象，一切都說明這個女生有問題。

她被安排入宮，有了兒子，年幼的兒子又立為太子。這就意味著，她將成為帝國最有權力的人。布局者辛苦一番，不過是替這個漂亮女生打工，主謀者豈會答應？

所以她非死不可。

官方正式的記載如下：

過了幾天，陛下藉故譴責鉤弋夫人。夫人脫下簪珥，叩首請罪。漢武帝說：「來人呀，把這個不省心的爛女生送到掖庭的監獄，那裡更適合她。」鉤弋夫人大恐，被拖走時，拚命掙扎，看著陛下，可是不敢出聲哀求。漢武帝笑眯眯地曰：「快走，你死定了。」

隨後宣旨，將鉤弋夫人賜死。

弄死鉤弋夫人後，漢武帝神清氣爽，問身邊的人：「你們說，朕英明不英明？」

眾人道：「英明，太英明了，陛下你真是震古爍今，英明到了我們看不懂了。」

漢武帝：「哪裡看不懂？」

眾人：「既然陛下要立弗陵為太子，那為何要殺太子的媽媽呢？」

漢武帝笑道：「你們呀，終究還是個嫩。朕來問你們，朕百年之後，太子登基，誰的權力最大呀？」

眾人：「……當然是太子的生母太后，就是鉤弋夫人。」

「對頭，」漢武大帝曰，「等到朕百年之後，太子登基，屆時主弱母壯，鉤弋夫人正值青春年少，豈能耐得住宮中寂寞？到時候她一道懿旨，命你入宮陪她睡覺，這麼漂亮的女生，你睡還是不睡？」

眾人：「陛下，不要問臣如此刺激的問題，臣對陛下，可是忠心耿耿呀。」

漢武帝：「少在朕的面前裝了，你們肚子裡的那點花花腸子，豈能瞞得過朕？總之呢，君弱母壯，後宮必生淫亂之事。所以朕早早把她殺掉，雖然有點可惜，但總比讓她活著，給朕戴上一頂又一頂的綠帽子要好。」

眾人：「陛下深謀遠慮，臣等萬萬不及。對了，這麼偉大的謀略，應該以制度的方式確定下來……」

令人驚恐的是，這道立嗣殺母的殘忍政令，真的成為一個制度，竟明文實章地被北魏帝國繼承、貫徹下去了，直到北魏末年才廢除——令人絕望的是，空前強大的北魏帝國，正是因為廢除了這條殘忍邪惡的制度，結果放出來個年富力強的胡太后，這位太后正如漢武大帝所言，開始瘋狂地睡男生玩國政，硬生生地把個北魏弄到滅亡了。這後續的歷史，既證明了漢武大帝的英明神武洞察人性，也從一個側面印證了這段記錄的真實性。

但直到下一個意外事件出來，上述這所有的官方正式文件，才得以被徹底推翻。

也就是說，有關漢武帝晚年的歷史記載，是被人刻意寫好的一個台本，而非真正的歷史本身。

斬草除根

公元前八九年，漢武大帝六十九歲了。

朝廷不斷向外界放出消息，全都是鼓舞人心的正能量。

這些消息包括了，陛下已停止對匈奴的戰爭，斥退方士，下罪己詔，建築了一座思子台，每日登上去思念被冤死的太子，剷除陷害太子的奸佞之人，還在太子冤死的湖縣，修築了一座歸來望思之台。

總之，陛下對太子的思念，是真真切切的。

百姓聞之，紛紛稱善。長安城中，一片祥和。

就連長安獄中的人犯，也為陛下罪己詔書感懷於心，紛紛表態，一定要認真改造，爭取做一名優秀的好犯人。只有廷尉監丙吉，他的心情很不好。

丙吉，一名已經被罷免的吏員。太子被冤殺後，長安城捕捉數萬名人犯，官吏人手不足，遂將罷免官員召回審案。丙吉也被召回。但是他來到長安獄四年了，一直在郡邸獄忙碌，卻一樁案子也未完結。

這四年來，他每天就在女犯的監獄門外踅來踅去，一見到有年輕的女犯人進來，他立即跟上去：「站住，讓摸摸你的奶子……」

女犯無不被他嚇得目瞪口呆，心說，慘了，這傢伙是個變態……等丙吉摸過了，大喜：「你有奶水，馬上跟我過來。」

女犯無奈，忍辱跟過去，進了一間牢房，就見丙吉抱起一個嬰兒：「趕緊的，給這名重案犯餵奶。」

女犯大驚：「這麼個小東西，居然還是重犯？他犯什麼事兒了？」

「謀反。」丙吉回答。

「這麼個吃奶嬰兒，怎麼謀反的呢？」女犯一邊餵奶一邊問。

「嬰兒雖小志氣大，說起謀反死爺爸……」丙吉欲說不說，忽聽到外邊一片混亂，丙吉探頭往牢房門外看去，只見長廊裡幾個獄卒慌里慌張地跑進來，「丙吉，朝廷有使者到了，你快去接旨。」

「啥事呀？」丙吉一邊走一邊問。

獄卒搖搖頭低聲道：「這大半夜的，恐怕不會是什麼好事……」

丙吉出來，就見監獄門外，是黑壓壓的士兵，俱各手執長刀。一名儒雅秀美的年輕人，騎在馬上，偏頭打量著丙吉，幾個黃門太監：丙吉接旨。

丙吉沒有跪下，只是望著那秀美年輕人：「郭穰，竟然是你？」

郭穰哼了一聲：「你認得我？」

丙吉道：「內謁者令的儀表風範，為世人所仰，我又如何不知？」

口中說著，但心裡卻起了警覺。

就是這個郭穰，他聲稱丞相劉屈氂家中有巫蠱之氣，結果劉屈氂被遊街示眾之後，與妻子同時腰斬。李廣利全家也因此下獄，迫得李廣利兵敗叛逃。他實際上又是一個江充，也和江充一樣，有著秀美的外表，蛇蠍的心腸。

此人突然在夜晚來到監獄，絕對不會有什麼好事

就聽郭穰冷冰冰地道：「陛下有旨，著立即清查獄中人犯，所有人犯，即時斬決。」

丙吉大驚：「為啥子？」

郭穰厲叱：「丙吉，這是你該問的嗎？」

丙吉：「我身為廷尉監，有權過問獄中人犯的處置。更何況人命關天，你郭穰來上這一遭，就要造如此多的殺孽，我如何能不問？」

郭穰：「丙吉，放聰明點，這是天子詔旨。」

丙吉：「這大半夜的黑咕隆咚，我怎麼知道你手中拿的是什麼？你不多透露出消息給我，讓我怎麼相信你？」

郭穰氣惱地望著丙吉：「就跟你說了吧，就在今夜，望氣士說，長安獄的上空，有天子之氣，所以陛下派我來此。」

丙吉搖頭：「瞎說，你我都知道，陛下新近修了一座思子宮，又在湖縣太子罹難之地，造了一

座歸來望思之台。陛下日日夜夜想念冤死的太子，又怎麼可能讓你殺害他的曾孫？」

郭穰無可奈何地搖頭：「丙吉，你也是在朝為官的人了，連這也信？這不過是為了安撫人心，發布點正面消息，釋放點正能量……忽悠你們這些愚蠢的刁民的，給我把門打開。」

丙吉：「休想！郭穰，你之所來，是為了殺陛下的曾孫，可這小嬰兒有什麼罪？他剛剛生出來，父親就冤乎枉哉地死了。太子的一脈，只有這麼點骨血，我絕不會允許你把他殺掉。你帶來的人手雖多，但未必能夠攻破我這鐵籠也似的長安大獄。」

說罷，丙吉迅速閃進門裡，喝令關閉獄門。

郭穰急追上來，照獄門上狠砍了幾刀。可是那獄門是最堅硬的鏗木所造，要想破開這道門，郭穰這點人手還真不夠。

「走！」氣急敗壞的郭穰上馬，「我要彈劾丙吉這混蛋，他竟敢公然抗旨。」

郭穰回去了，他再也沒回來。

未來的漢宣帝，就這麼幸運地保住了性命。

蘇武掌握的祕密

突下詔旨殺太子的孫子，這說明有關漢武帝思念太子的記載，是假的——不是說漢武帝思念太子是假的，而是說，此前的一切表態，表達的並非是一種懺悔意識，而另有目的。

郭穰來到郡邸獄，是因為有望氣士說長安獄上空有天子氣。這證明了罷斥方士是假的，至少還有一個更有影響力的異能界人士，仍然在主導著漢武帝的思維。

遭丙吉拒絕，這道詔旨就執行不下去了，這表明漢武大帝，已經失去了貫徹自己意志的能力。

一旦我們意識到，縱漢武大帝，也有喪失貫徹自我意志的時候，此前隱藏於歷史記載中的所有困惑與疑問，在此豁然解開。

他其實，經常性地喪失自我意志的貫徹能力。

差不多等於是癡呆了。

是從什麼時候開始的？又是怎麼發生的呢？

被匈奴人放逐到北海牧羊的蘇武，掌握著解讀這個歷史大懸疑的鑰匙。

只不過，他正在認真研究公羊產奶技術，沒琢磨過這事。

可這事不琢磨不行啊——就是因為不認真琢磨，結果蘇武牧羊十九年，返回漢國後，又落入到霍光之手，最終蘇武的兒子，又因謀反之罪名被霍光殺掉。

霍光一直盯著蘇武，生怕蘇武想明白了。

可蘇武作夢也想不到會有這種事、這種可怕的事發生。

哪怕他全家都因為這個隱祕的原因，蹈死無地，他仍然不敢設想。

開啟這個祕密的鑰匙，就是他大哥蘇嘉之死。

陛下服了搖頭丸

有關蘇武大哥之死，見之於東漢班固《漢書・卷五十四》：

初，武與李陵俱為侍中，武使匈奴明年，陵降，不敢求武。久之，單于使陵至海上，為武置酒設樂，因謂武曰：「單于聞陵與子卿素厚，故使陵來說足下，虛心欲相待。終不得歸漢，空自苦亡人之地，信義安所見乎？前長君為奉車，從至雍棫陽宮，扶輦下除，觸柱折轅，劾大不敬，伏劍自刎，賜錢二百萬以葬。」

書中借李陵之口，敘述了這起事件。

蘇武的大哥蘇嘉，曾居於霍光的職位上，即奉車都尉。這個職務是負責在皇帝落車時，攙扶陛下。漢武大帝赴棫陽宮，自己扶著車子下來，結果不小心，一頭撞在柱子上，把車轅撞斷了。蘇嘉因此被賜自殺。

不小心失去平衡，撞到柱子可以理解。但把車轅都給弄斷了，這個動作就有點反常了。

當時漢武大帝的情形是這樣子的，下馬車，突然間眼前一暈，踉蹌撲出，「哎媽」「哐當」「嗷嗷」，撞到了柱子激烈後退，「哐」「嘩啦啦嘁哩咔嚓」……陛下一屁股，坐在了折斷的車轅上。

這個動作幅度，那可是相當的大。

不要說老頭，縱然個年輕人，如此這樣一番陀螺式連續滾撞，鐵定也要送醫院看醫生的。

動作幅度大，那是因為用力過大。

我們的問題是，這老頭，下個車怎麼會用這麼大的力氣？

莫非是蘇武大哥，突然踹了他一腳？

蘇大哥當然不敢亂踹陛下，那是誰踹了陛下？

——想一想，陛下晚年，他經年累月的都在忙些啥子？

尋仙！

問藥！

是方士踹的他。

用丹藥！

漢武帝下車觸柱，撞斷車轅的動作，明顯是服用搖頭丸後，才能達成的效果。血液裡某種活性激素過高，導致老頭嗨大勁，下車時突然陷入癲狂，「砰砰砰哐哐哐」地鬧出了一連串的撞擊事件。

可那年月，陛下上哪兒找毒販子買搖頭丸去？

但替代產品有，從秦始皇時代就有。

儘管史書中並無漢武大帝吞食丹藥的記載，但一個滿世界瘋跑尋找神仙的人，身邊又有大量的煉丹專業技術人員，如果說陛下始終對此無動於衷，或是方士不以丹藥引誘漢武帝，這完全是不可能的。

丹藥中的主要成分是汞，一種劇毒物質，服之身體燥熱，大腦皮層受損，人也變得暴躁易怒，行事顛三倒四全無邏輯可言。

這就是漢武大帝晚年治政的特點。

即使這一次的失控，不是漢武大帝吞服丹藥的後果，但他逃不過下一次，下一次一樣會把他的腦殼撞到三級殘疾。

縱或是他真的沒有服食劇毒丹藥，但他晚年的種種行為，都呈現出個人意志喪失的特點，淪為霍光和金日磾的精美獵物。

歷史真相的一種猜想

如前所述，事情的發生，始於公元前一〇九年。

那一年，漢武大帝四十六歲，江湖術士公孫卿不斷向漢武帝展示他發現的仙人巨型足印，因而獲封中大夫。

從此失去控制。

這一年收復朝鮮，戰事說不盡地詭異，兩名使者衛山及公孫遂毫無理由地被處死，衛青的家將荀彘，在完成收復朝鮮的不世功業後，被誘回長安城斬殺。

從這時候，就流露出刀指衛青集團的明顯目的，但也只是小打小鬧，尚未觸及關鍵人物。因為這時候衛青雖然臥病，但仍然活著。

等到鉤弋夫人出場，針對漢武帝的騙局，連起碼的腦子都懶得用了。這說明當時的漢武大帝，已經徹底喪失自我意識，淪為霍光與金日磾的傀儡。此後所有發生的事兒，貫穿著的是霍光與金日磾的雙重意志，與漢武大帝關係不大了。

鉤弋夫人出場，她擔負著入宮、努力生下個兒子、繼承皇位的任務。所以她才會懷胎十四個月，如果她仍然懷不上孩子，懷胎四十個月的事兒，這夥人也敢幹。只要牢牢地把喪失意識能力的漢武帝控制在手，他們怎麼玩都可以，輔以江充、郭穰這類新生代爪牙，霍光和金日磾，成為了事實上的漢武帝。

此後，霍光著手對衛青和霍去病軍政集團進行徹底滅殺，為劉弗陵登基鋪平道路，而金日磾則出於他是一個匈奴人的本能意識，在配合霍光做這些事，有意無意地，將朝中最具軍戰水平的人物或滅殺或驅逐到匈奴一方。因為這是兩個人的意識分別在起作用，各懷機心，各謀自利，這就讓這段時間的歷史，變得喪失了邏輯性與前後矛盾。

霍光和金日磾，他們在某種程度上，甚至掌控了漢武大帝的生死，所以他們可以像上演一幕電視劇一樣，按照台本循序操作。金日磾在清洗馬何羅家族時，上演了一幕英雄話劇，為自己繼續輔政創造依據。霍光則在同一時間弄出幅周公背成王的圖畫，表示自己是托孤之臣。

繼而兩人架起傀儡漢武帝，殺掉最後一個知情者鉤弋夫人。這個女生必須要殺，否則她將成為天下權力最大的女人，霍光和金日磾忙活到最後，等於是替她打工。

最後的工作，就是為劉弗陵的帝位法統，營造合法性氛圍。所以臨終前一年的漢武大帝，突然間又恢復了他既往的正面形象，緬懷太子，造思子台。一個武功天下、英明神武的老帝王指定的托孤之臣，無疑更具說服力。

如果不是他們要趕盡殺絕，連郡邸獄中漢武帝的曾孫都不放過，才讓我們意識到漢武帝的思念太子，不過只是一個宣傳。這才發現，在這積兩千年之久以之為常的歷史背後，隱藏著一個驚天動地的大騙局。

現在我們來看一下，自公元前一〇九年，漢武大帝完全喪失意識能力以來，漢帝國所發生的那些詭異事件，哪些是霍光的手筆，哪些又是匈奴小王子金日磾在玩轉大漢帝國。

公元前一〇四年，遣貳師將軍李廣利征大宛，以荒誕的理由誅殺李廣利弟弟李延年滿門，意圖逼迫李廣利叛逃，霍光和金日磾都有嫌疑，兩人聯手的可能性最大。

公元前一〇三年，強迫名將趙破奴深入大漠，導致趙破奴父子被俘。這應當是金日磾為匈奴單于通風報信，他在事實上已經成為了匈奴的諜報人員。

公元前九九年，李廣利出酒泉，落入匈奴人包圍圈，只率小股人馬逃回，這是霍光所為，只為清除昌邑王的支持者，減小昌邑王登基的可能。

公元前九九年，軍戰天才李陵陷於死地，投降匈奴。這應當是金日磾送去的情報，目的是給自己民族盡點微薄之力。霍光支持，因為李廣的孫女受寵於太子宮，所以李陵必死。

公元前九七年，公孫敖迎李陵回歸失敗，李陵全家被殺。這是在金日磾的配合之下，霍光的布局，為的是掃滅衛青軍政集團。

公元前九六年，第一起巫蠱事件爆發，居漢國的匈奴人，以胡人巫師的身分參與其中。可見這是由金日磾獻策，與霍光聯手推動的衛青集團滅殺行動。

公元前九四年，鉤弋夫人生下劉弗陵，霍光假漢武帝之命，以其宮門為堯母門，實際上是對衛青集團的滅殺正式開始，下令手下爪牙開始行動。

公元前九二年，對衛青集團的剿殺進入執行期，丞相公孫賀父子，衛青的大兒子，漢武帝的兩個女兒，悉數被殺。此時，霍光與金日磾的合作模式已經固化，兩人的合作被完美複製到一線，固定不變的一個胡人一個漢人，胡人假充巫師，漢人爪牙執行栽贓工作。胡人巫師的上線是金日磾，漢人爪牙則聽命於霍光。這個模式貫穿到漢武帝死前的一刻。

公元前九一年，太子、皇后被誣陷，悉以自殺，衛青軍政集團灰飛煙滅。兩人聯手推動完成，但動作幅度較大，兩人估計也很害怕。

公元前九〇年，以李廣利、商丘成、馬通三路出戰匈奴，金日磾給匈奴人送去情報，霍光於朝中製造巫蠱案，虐殺丞相劉屈氂一家，下李廣家人於大獄。致使李廣利兵敗投降，而商丘成與馬通逃回。

同一時間，匈奴人燒烤李廣利，而漢廷則燒烤黃門太監蘇文，如此巧合，多半是金日磾在兩邊同時出的主意。

公元前八八年，胡人巫師指商丘成家有巫蠱，商丘成自殺。商丘成幾乎不對任何人構成威脅，霍光不會把他放在眼裡，只能是金日磾獨力發動。而後金日磾於宮中誣殺馬何羅，為自己繼續輔政創造依據。霍光則以周公背成王的圖畫，證明自己被授權托孤的合法性。

這一年，兩人合殺鉤弋夫人，以保證權力牢牢地掌握在自己手中。

公元前八七年，漢武帝死後，霍光復假傳聖旨，詔殺獄中的太子孫，被丙吉所阻。霍光唯恐事洩，不敢追究。對外發布消息稱，漢武大帝在回心轉意後死去。

到此，漢武大帝的一生，畫上了一個悲涼的句號。

第二十章——

尾聲：牧蟻物語

權力子宮

細覽漢武大帝一生，可以說是涇渭分明的三個階段。

年輕時代的遊俠粗豪，敢作敢為；中年時期的大刀闊斧，征戰天下；晚年則淪為悲哀的獵物，為霍光與金日磾恣意玩弄，說不盡的可憐。

如果一定要下個結論的話，單以他中年時期的開疆拓土，就毫無爭議地成為千古第一大帝，縱使秦始皇以中國第一個皇帝的搶發優勢，最多不過是與他比肩。他的最大優點是善於鑒識人才，缺點是容不得人性中的汙垢，說殺就殺。這導致了武帝時代，是漢帝國人才輩出的時代，也是人才絕滅的時代。

即使沒有帝王襲承的蔭庇，漢武帝也是個絕頂聰明的人。年輕時所創造的金屋藏嬌成語，至今為人所使用。正是因為他的腦子過人，才能夠把匈奴人玩到哭天搶地，衛青與霍去病的不世功業，就是他運籌帷幄的結果。

他的缺點是過於自大，呈現出極端不成熟的神性人格。他幻想自己是個神，並把自己的幻想強行落地，如果現實與他的主觀想像不符，那就是現實的錯。漢軍將士為了他的這個臆想症，付出了極為慘烈的代價。可以說，漢國在這場宏大的戰爭中所支付的成本，超出於七成以上，是為漢武帝的臆想埋單。

他的功業是永恆的，中國歷史上的帝王將相，如過江之鯽不知凡幾，但無人能夠超過他。過人的智慧與宏大的功業，確保了他手中的權力無遠弗屆，但正因此，當他晚年淪為霍光與匈奴復國主義者的俘虜時，竟無一人能夠拯救他。

他為自己營造了一個巨大的權力子宮，在這裡邊他感受到非常的安全。但當異質侵入，他試圖呼救之時，沒有人能夠聽到他的聲音。

異質的侵襲

值得一提的是金日磾，他生長在大漠，一定曾見到過牧蟻。

牧蟻是這樣一種奇異的生物，它們自己並不築巢，而是在蟻后帶領下，尋找其他螞蟻的巢穴發起進攻。當對方反擊時，牧蟻的蟻后就會突然躺倒，肚皮一翻死掉。對方的工蟻興高采烈，立即擄起這塊碩大的食物，帶到巢中給蟻后用餐。但當到了對方蟻后面前，牧蟻的蟻后卻突然醒來，露出凶殘的面目，幾口吞掉對方蟻后。它的身體因為吃了對方蟻后，而仍然散發出對方蟻后的氣味，巢中的螞蟻們只憑氣味辨識，就以為牧蟻的蟻后，仍然是自己的蟻后。

而後，牧蟻蟻后將自己的工蟻叫來，開始肆意奴役巢穴中的工蟻。慢慢地，巢穴中的工蟻們，在殘酷的奴役與折磨下，一個接一個死去。但它們至死，也不知道自己已經成為異族的奴隸。

金日磾，他就是這樣一隻完美的牧蟻，在漢國的宮廷裡，他上演了一幕牧蟻之戰。衛青家族，名將李陵、李廣利，包括丞相劉屈氂、商丘成及馬何羅等人，在他們臨死之前，始終未曾意識到，他們面對的，並非是漢武帝的意志，而是一隻來自於大漠的牧蟻。

權力就是這樣的可怕，一旦它被異族的牧蟻所占據，無人能夠發現，更無人能夠抗拒。只能於絕望之中，等待著不盡悲哀的命運。

唯一發現這個祕密的，是太子的老師石德，這個出自於黃老之門的縱橫師，盡了他最大的努力，試圖挽回頹局。然而，那沉睡於權力之夢中的人們，根本未曾聽到他那撕心裂肺的絕望呼聲。

但這聲音始終在歷史中迴響。

雖然微弱，餘音不絕。

INK PUBLISHING

從前 26 漢武帝：皇權的邏輯（下）

作者　霧滿攔江
總編輯　初安民
責任編輯　施淑清
美術編輯　黃昶憲 林麗華
校對　施淑清 宋敏菁 林家鵬

發行人　張書銘
出版　INK印刻文學生活雜誌出版有限公司
新北市中和區建一路249號8樓
電話：02-22281626
傳眞：02-22281598
e-mail:ink.book@msa.hinet.net
網址　舒讀網http://www.sudu.cc

法律顧問　巨鼎博達法律事務所
施峻中律師
總經銷　成陽出版股份有限公司
電話：03-3589000（代表號）
傳眞：03-3556521
郵政劃撥　19000691 成陽出版股份有限公司
印刷　海王印刷事業股份有限公司

出版日期　2017年2月　初版
ISBN　978-986-387-144-6（平裝）
定價　330元
套書定價　660元（上下）　特價495元

Copyright ©2017 by Wu Man Lan Jiang
Published by INK Literary Monthly Publishing Co., Ltd.
All Rights Reserved
Printed in Taiwan

※本書由上海讀客圖書公司授權

國家圖書館出版品預行編目資料

漢武帝：皇權的邏輯（下）/
霧滿攔江 著；－－初版.－－
新北市中和區：INK印刻文學，
2017.2 面；17×23公分.--（從前；26）
ISBN 978-986-387-144-6（平裝）
978-986-387-150-7（套書）
857.4521　105024596

版權所有·翻印必究
本書如有破損、缺頁或裝訂錯誤，請寄回本社更換